화담 서경덕 1

뜻을 이루지 못한 사람들

.

화담 서경덕 1

뜻을 이루지 못한 사람들

― 김상규 지음 ―

아침이슬

국립중앙도서관 출판시도서목록(CIP)

화담 서경덕. 1, 뜻을 이루지 못한 사람들 / 김상규 지음
— 서울 : 아침이슬, 2005
　　p. ;　cm
ISBN 89-88996-55-0 04810 ₩ 9500
ISBN 89-88996-54-2 (세트)

813.6-KDC4
895.735-DDC21　　　　　CIP2005002320

화담 서경덕 1
뜻을 이루지 못한 사람들

ⓒ 김상규, 2005

첫판 1쇄 펴낸날 · 2005년 12월 15일

지은이 · 김상규
펴낸이 · 박성규
펴낸곳 · 도서출판 아침이슬

등록 · 1999년 1월 9일(제10-1699호)
주소 · 서울시 마포구 합정동 364-70(121-884)
전화 · 02)332-6106
팩스 · 02)322-1740
이메일 · 21cmdew@hanmail.net

ISBN · 89-88996-55-0 (04810)
ISBN · 89-88996-54-2 (세트)

작가의 말

고국을 떠난 지 20년이 되었다. 떠나는 그날부터 고국의 냄새와 우리 말이 못 견디게 그리웠다. 사무치는 그리움으로 소년 시절부터 관심을 가졌던 동양학과 우리 역사, 주역, 명리학 공부에 힘을 쏟았다. 그 과정에서 화담 서경덕을 만나게 되었다.

서경덕은 끼니를 거를 정도로 가난한 형편에 스승도 없이 자연을 관찰하고 탐구하여 우주의 이치를 깨달았고, 의문이 풀리지 않는 내용은 벽에 붙여놓고 깨달음이 올 때까지 궁구하여 독자적인 학문을 이룬 치열한 인간이었다. 또한 전국을 유람하며 선인들을 만나 도학을 수련하고 기철학을 완성하여 주자학 일색이던 조선의 학풍에 다양성을 부여한 대학자였다.

이와 함께 서경덕은 자신을 중앙 정치에 추천한 조광조를 비롯한 신진사림들이 훈구세력에 의해 제거되고, 벗들이 사화에 휩쓸려 스러지는 것을 목격하면서 자신이 어떤 몫을 담당해야 하는지 고민하지 않을 수 없었다. 그리하여 마침내 배움을 구하는 자들에게 자신이 이룬 학문을 전수하는 스승으로서의 소명을 자임하기에 이른다. 화담에 산방을 마련한 그는 양천을 불문하고 배우기를 청하는 자들은 모두 거두어 참배움의 길, 참인간의 길을 가르쳤고, 가르친 바를 스스로 실천하여 궁극의 모범을 제시하였다.

　이처럼 거대한 학문의 세계를 이루고 치열한 역사의식으로 초야에서 수많은 관인과 학자들을 길러낸 화담이 황진이와의 염문이나 토정 이지함의 스승이라는 데만 초점이 맞춰져 세간에 회자되는 것이 늘 마음 아팠다. 언젠가는 서경덕의 참모습을 대중들에게 널리 알리고 싶다는 원(願)을 품지 않을 수 없었다.

　이와 함께 이역만리에서 고국의 정치현실을 안타까운 마음으로 지켜보면서 오늘날의 현실이 서경덕이 살았던 16세기의 정치상황과 일맥상통하는 점이 있다는 생각을 갖게 되었다. 서경덕이 살았던 시대는 정치적 정당성을 잃은 훈구세력이 그에 대한 대안으로 부상한 신진세력과 첨예하게 갈등하고 대립하는 시기였다. 그러나 신진사림은 새로운 정치적 이상을 실현해가는 과정에서 실패를 거듭하였고, 그 결과는 네 차례에 걸친 피비린내 나는 사화로 치달았다. 그 와중에서 셀 수 없이 많은 선비들이 화를 당하였고 더러는 세상을 피해 은거하였다.

　서경덕은 어린 시절 귀동냥으로 들은 무오사화를 시작으로 네 번째 사화인 을사사화가 일어난 다음 해에 세상을 떴으니 사화의 시대를 살았다 해도 과언이 아니다. 의식이 있는 선비라면 자의든 타의든 현실에 얽혀들 수밖에 없는 상황에서 조선사에 가장 뛰어난 학자로 꼽힐 만큼 학문을 크게 이루었던 서경덕이 산중처사를 자처한 연유는 무엇일까? 작금의 정치는 과연 연산과 중종조를 관통했던 사화보다 한 발 나아갔으며, 우리 시대의 정신적 깊이와 성찰은 과거를 뛰어넘었는가? 이 작품은 일차적으로 그런 의문에서 시작되었다.

　벼슬길을 통한 개인적인 영화(榮華)를 포기하고, 새로운 사회의 동량지재(棟梁之材)를 키우는 일에 전념함으로써 그 나름의 방식으로 역사에 참여했던 화담의 모습이 제대로 그려졌는지에 대한 판단은 독자의 몫이다. 저자의 졸고가 더욱 원대한 상상력으로 탁류에 홀로 솟은 서경덕의 또 다른 모습을 그리는 계기가 되기를 바란다.

　그동안 격려하고 지켜봐주신 모든 분들께 깊은 감사를 드린다. 특히 어려울 때 힘이 되어주고, 믿어주고, 기다려준 아내와 두 딸에게 마음으로부터 사랑과 감사를 전한다.

2005년(乙酉年) 늦가을, 뉴욕에서

김상규

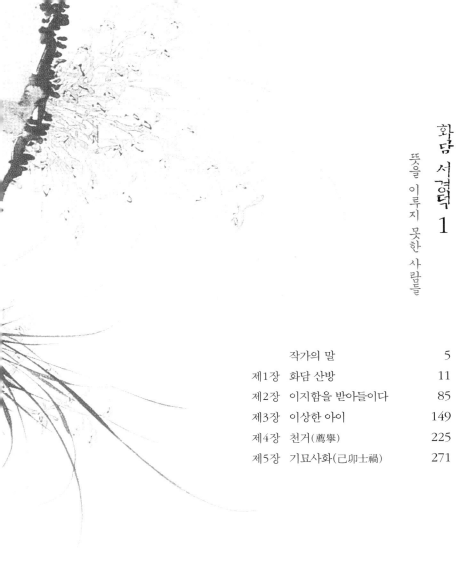

화담 서경덕 1

뜻을 이루지 못한 사람들

작가의 말   5

제1장 화담 산방   11

제2장 이지함을 받아들이다   85

제3장 이상한 아이   149

제4장 천거(薦擧)   225

제5장 기묘사화(己卯士禍)   271

제1장

화담 산방

당초 세속과 거리를 두고 조용히 서책이나 읽으며 지낼 양으로 화담에 둥지를 틀었으나
소문이란 것은 참으로 무성하고 빠른 것이어서 세인들은 그를 가만히 두지 않았다.
배움을 청하러 오는 이들뿐만이 아니었다.
대가의 면모를 살피고 학문을 논하러 오는 자들도 적지 않아
꽃골짜기는 늘 화담을 찾는 이들로 붐볐다.
서경덕은 귀천과 노소를 가리지 않고 성심을 다해 오는 이들을 맞이하고,
허락할 수 있는 만큼 제자로 거두었다.
작은 초가 한 채가 곧 강의실이었다.
그들은 초가가 있는 곳을 화담 산방이라 칭하고, 초가를 초당이라 불렀다.

1

낮과 밤의 길이가 같다는 춘분날.

해가 중천에 걸려 있다. 이지함은 오관산 자락을 오르고 있었다. 젊은 아낙이 일러준 대로 화담 산방을 찾아가고 있는 중이다.

"……산자락에 꽃내가 있고, 거길 건너 꽃골짜기를 한참 올라가다 보면 왼쪽으로 큰 바위가 보일 게요. 거기가 산방 입굽니다. 찾기는 아주 쉽지요."

내[川] 이름도 그렇고 골짜기도 그렇고 모두 꽃 화(花) 자를 달고 있으나 막상 꽃은 눈을 씻고 봐도 없다. 하긴 꽃이 피기에는 아직 골짜기의 바람이 찼다. 조만간 봄바람만 언뜻하면 순식간에 온 골짜기가 꽃으로 뒤덮일 터였다. 그게 세시절기의 힘이다.

골짜기를 오르다 보니 젊은 아낙의 말대로 왼쪽에 큰 바위가 있다. 위가 넓어 두 사람은 족히 앉을 만했다.

그러나 바위를 지나 산방으로 들어서니 초가 한 채만 덜렁 있을 뿐 대문은커녕 그 흔한 거적문조차 없다. 사찰의 작은 암자나 다를 게 없다. 그렇다고 무턱대고 들어갈 수는 없어 안쪽에 큰 소리로 이름을 넣었다.

"한양에서 온 이지함이오!"

스승으로 모시겠다고 찾아오는 길인데 '이리 오너라!' 하고 외칠 수는 없는 일이었다. 얼마나 별러서 찾아온 길인가. 그러나 인기척이 없다. 몇 차례 더 외쳤지만 큰 목청에 놀란 산새들만 화들짝 허공으로 치솟을 뿐이었다. 산방으로 가까이 다가가 귀를 기울여봤으나 인기척이 느껴지지 않았다.

"안에 누가 계시오?"

대답이 없기는 마찬가지, 방문을 열어보니 아무도 없다.

이지함은 공연히 집 근처를 서성거리다가 바위로 되돌아 나왔다. 산방 앞마당에 있는 연못가에서 맥없이 두어 시진가량을 보낸 뒤였다.

중천에 떠 있던 해는 어느덧 서산으로 기울고 있었다. 이지함은 바위에 걸터앉아 계곡을 내려다보다 그만 깜빡 잠이 들었다.

그즈음 오관산 계곡을 오르는 사람이 있었다.

그는 거문고를 둘러메고 소나무 사이로 홍건하게 떨어지는 낙조의 그림자에 맞춰 흥얼흥얼 노래를 곁들여 덩실덩실 어깨춤을 추며 산길을 오르는 중이었다. 산사람이라기엔 의관이 사뭇 번듯했고, 그렇다고 격식을 차렸다기에는 어딘가 속세를 떠난 듯한 풍모가 한눈에도 역력했다.

산봉우리 다섯이 나란히 서 있어 멀리서 보면 흡사 고깔[冠]처럼 보인다고 해서 붙여진 이름이 오관산(五冠山)이다. 오관산은 송도의 종산이다.

오관산은 영통사가 있는 곳으로 유명했다. 영통사는 고려 왕실의 명에 따라 창건한 왕실 사찰로 의천 스님이 출가하여 열반한 곳이기도 했다.

의천은 고려 문종의 넷째 아들로 성은 왕이요, 속세 이름은 후(煦)였다. 어느 날 문종대왕이 왕자들을 불러 모았다.

"누가 출가하여 복전(福田)이 되겠느냐?"

문종대왕이 물었을 때 선뜻 자원하고 나선 이가 바로 후였다. 그때 나이 열한 살. 후는 나중에 불국 사상에 근거한 천태종을 창종하여 종조가 되었고 대각국사 의천으로 길이 이름을 남기게 되었다.

이렇듯 유서 깊은 영통사는 앉은 지세(地勢)부터가 범상치 않았다. 늘 신령스런 기운이 감도는 곳으로, 사람들이 이르기를 아무나 근접을 허락지 않는 곳이라 했다. 하지만 아무리 명당자리라도 조선이 들어선 지 이미 140여 년, 조정의 억불정책에 따라 신도 수도 줄어 그저 근근이 명맥이나 유지하는 사찰이 되어 있었다.

그래도 지기(地氣)와 영기(靈氣)는 쉽게 자리를 저버리지 않는 법, 영통사 근처의 화려한 산세와 지맥을 통해 펼쳐지는 만물은 도원경에라도 견줄 만큼 수려했다.

산자락과 영통사는 긴 계곡을 끼고 이어지는데 사람들은 그 계곡을 영통계곡 또는 꽃골짜기(花谷)라 불렀다. 꽃이 피면 산세와 어울려 아름다운 풍치로 절경을 이루는 계곡이었다. 어디 꽃철뿐인가. 단풍이 들면 단풍이 드는 대로, 눈이 쌓이면 눈이 쌓이는 대로 절기마다 눈부신 경관을 자랑했다.

그 계곡 중간쯤에 연못이 하나 자리하고 있었다. 그 연못 또한 꽃에 둘러싸인 못이라 하여 꽃못(花潭)이라 하였다.

벽옥(碧玉)! 그랬다. 꽃못의 물빛을 굳이 표현하자면 벽옥이란 단어밖에 쓸 수 없을 만큼 맑고 푸르렀다. 오죽 맑았으면 이곳을 찾은 선녀조차 자신의 몸이 비칠까 부끄러워 옷을 입은 채 목욕했다는 전설이 내려오겠는가.

화담으로 오르는 머리 희끗희끗한 중년의 선비는 서 생원이었다.

이름은 경덕(敬德), 호는 복재(復齋). 이미 학문과 주역은 가히 대가라 일컬을 만하고 천문과 지리는 물론 운명학과 상학(相學)에 이르기까지 어느 하나 막히는 곳 없이 통달한 데다가 시와 춤, 거문고 등 예인의 품격까지 두루 갖추었다 하여 대학자로 칭송이 자자했다.

사람들은 화담에 초가를 짓고 칠 년째 은둔하고 있는 그를 일러 화담 선생이라 하였다.

당초 세속과 거리를 두고 조용히 서책이나 읽으며 지낼 양으로 화담에 둥지를 틀었으나 소문이란 것은 참으로 무성하고 빠른 것이어서 세인들은 그를 가만히 놓아두지 않았다.

배움을 청하러 오는 이들뿐만이 아니었다. 대가의 면모를 살피고 학문을 논하러 오는 자들도 적지 않아 꽃골짜기는 늘 화담을 찾는 이들로 붐볐다. 서경덕은 귀천과 노소를 가리지 않고 성심을 다해 오는 이들을 맞이하고, 허락할 수 있는 만큼 제자로 거두었다.

작은 초가 한 채가 곧 강의실이었다. 그들은 초가가 있는 곳을 화담 산방이라 칭하고, 초가를 초당이라 불렀다.

서경덕은 마침 춘분을 맞아 오관산을 둘러보고 오는 중이었다.

춘분.

이처럼 좋은 날이 또 어디 있던가. 음양의 기울기가 달라 사시(四時)와 사유(四維, 사방)가 생겨나고 사시에 맞춰 만물이 생멸하였으니 음양이 똑같은 날이 봄에 춘분이요, 가을에 추분이다. 음양이 균등한 춘분과 추분은 전환점이니 곧 음양의 변화가 뒤따름이다. 변화를 앞두고는 마음의 안정이 중요한 터, 화담은 춘분과 추분에는 강의를 쉬었다.

　오관산을 살펴보매 구석구석 봄기운이 깃들지 않은 곳이 없었다. 시든 풀 대궁 사이로 새순이 돋고, 나무란 나무는 모두 여린 연두색으로 봄 채비를 하고 있었다.

　자연의 생동에 신바람을 누를 길 없어 절로 노래가 터지니 거문고를 타며 한바탕 춤잔치를 벌이고 돌아오는 중인 것이다.

　이지함은 깜빡 잠이 들었다가 산짐승의 발자국 소리에 깼다.

　웬 산양 한 마리가 산방 안쪽에서부터 달려오더니 바위 위로 냉큼 내달았다. 옆의 이지함은 개의치도 않는 눈치였다.

　'음매' 하면서 발을 동동 구르며 꼬리를 살랑살랑 흔들어대는 품새가 마치 주인을 맞이하는 집짐승과 다름없었다.

　이지함이 산양의 시선을 따라 계곡을 내려다보니 과연, 바로 발아래 계곡을 타고 오르는 사람이 보였다. 중년의 선비였다. 그가 산양을 향해 손짓을 하자 산양은 순식간에 어디론가 사라져버렸다.

　"누굴 찾아오셨소?"

　바위를 돌아 나온 화담이 옷매무새를 가다듬는 이지함을 향해 물었다.

　화담이 일별하매 키가 구척은 되어 보였고, 선비 복색을 갖추긴 했으나 덩치가 워낙 커서 어찌 보면 도적떼의 우두머리가 의관을 갖춘 듯했다.

"화담 선생님을 기다리고 있었습니다."

목소리가 쩌렁쩌렁했다.

"목청 한번 좋소. 자, 안으로 듭시다. 내가 화담이오."

화담은 이지함을 산방의 초가로 안내했다.

"절 받으시지요."

지함은 초가에 이르자 앞마당에 넙죽 엎드려 절부터 올렸다.

그때 어디서 나타났는지 아까 그 산양이 이지함 옆으로 다가와 여차하면 뿔로 받으려는 듯 노려보고 있었다. 뿔에 상처가 있는 늙수그레한 수놈이었다.

"고앙은 자리로 돌아가거라."

산양은 화담의 말을 알아듣는 듯 이지함을 다시 한 번 훑어보곤 이내 못가를 돌아 바위틈으로 몸을 감추었다.

"지난가을 여기 꽃못가에 쓰러져 있는 것을 구완해주었더니 그 뒤로 여길 뜨지 않는구려. 무리를 떠나 홀로 떠돌기에 고앙(孤昻)이라는 이름을 주어 친구처럼 지낸다오."

화담은 산양이 떠난 쪽을 일별하고는 이지함을 초당으로 안내하였다.

"어서 안으로 드시오."

방 안으로 들어온 두 사람은 마주 앉았다. 이지함은 무릎을 꿇고 앉았다가 편히 앉으라는 말에 가부좌를 틀고 앉았다.

화담도 작은 키는 아니었으나 마주 앉고 보니 이지함이 머리 하나는 더 얹어놓은 것 같았다. 건장한 체격에 얼굴은 둥글고 검은 편이었다. 안광이 빛났고 목소리는 웅장하면서도 상쾌했다.

"이지함이라 하옵니다."

"이지함이라……, 관향(貫鄕)은 어디요?"

"한산(韓山)이옵니다."

"한산이면 목은(牧隱) 선생의 가계일 터."

목은 이색(李穡)이라면 이성계가 위화도 회군을 통해 서슬 시퍼런 권력을 잡았을 때도, 조선을 창업했을 때도, 흔들림 없이 고려조의 지조를 지킨 삼은(三隱) 중 한 분이다.

포은(圃隱) 정몽주, 목은 이색, 야은(冶隱) 길재. 삼은으로 불리는 세 분은 오관산, 송악산과 함께 송도의 자랑이자 자존심으로 화담도 존경해 마지않던 터였다.

"예, 7대손입니다."

화담은 이지함과 몇 마디 말을 주고받으면서 이목구비를 살폈다.

얼굴은 둥근형에 속했고 이목구비의 선이 굵었다. 관골(觀骨. 광대뼈) 아래로부터 턱에 이르는 부위가 넓게 잘 발달돼 있었다. 이마가 얼굴에 비해 약간 좁으니 초년 운세가 불길하고 부모덕이 허약하겠으나 전체적으로 성정이 유하고 심지가 굳어 후반에 발복할 상이었다. 또한 관계(官界)로 진출하기보다 상공 계통에 종사하면 크게 부를 이룰 수 있으되 사(士)의 가문인 까닭에 백성을 위한 길을 택하면 후세에 이름을 남길 수 있는 상이었다. 이런 상을 일러 안면팔상(顔面八相) 가운데 후중지상(厚重之相)이라고 하였다.

귀가 크고 두툼하였으며 불그스레하게 윤택이 돌았다.

눈은 안광이 차고 넘치는 데다 유화함도 있어 사물을 꿰뚫어보는 예리함이 번득였으며 눈썹은 범의 눈썹처럼 길고 두터웠다. 이것은 위엄이 있고 매사 사리가 분명함을 나타낸다.

코는 산비(蒜鼻), 즉 달래코이니 마음이 유순하고 정이 많아 형제간에 우애가 좋겠으나 뒤집어 살피면 초년고생을 건너야 중년 이후가 성세(盛勢)할 상이었다.

입은 단정하고 두터웠다. 이것은 구덕(口德)이 있음이었다.

'어제 운기를 살피매 큰 솥이 들판에 놓이더니 그 기(氣)가 이 사람에게 있음이렷다.'

"고향은 어디시오?"

"보령이옵니다."

"보령이라면 충청도가 아니오."

"그렇습니다. 바다를 안고 있는 곳이어서 바다를 보고 자랐습니다. 또한 근처에 이름난 사찰이 있어 산도 접하였습니다."

고향 이야기가 나오자 이지함의 목소리가 낮게 가라앉았다.

"부모님은?"

"수년 전에 명을 달리하셨습니다."

"허면 조실부모를 했다는 말인데……."

"예, 열여섯을 못 넘기고 양친을 모두 여의었습니다."

화담이 읽은 상(相) 그대로였다.

"그래, 올해 몇이시오?"

"스물셋 되었사옵니다."

"얼마 전에 득남을 하였을 터."

화담의 입에서 아들 이야기가 나오자 잠시 이지함의 목소리가 끊겼다.

"……예, 겨우 삼칠일을 지나 처가에서 돌보고 있습니다."

초면 인사의 예를 나눈 뒤 이지함은 머리를 깊게 조아렸다.

"부족한 공부를 채우고자 찾아왔습니다. 제자로 받아주시길 간청하옵니다."

이지함의 목소리는 간절했다. 화담을 마음의 스승으로 모신 지 이미 여러 해, 그동안 공부에 목이 말랐던 터였다. 오죽했으면 아내가 몸을 풀고 삼칠일을 넘기자마자 처가인 광릉을 떠나왔겠는가.

이지함은 맏형 지번(之蕃)이 일러준 대관재(大觀齋) 심의(沈義)와 피장(皮匠) 어른에 대한 이야기를 꺼내려다 입을 다물었다. 두 어른의 이야기는 일이 뜻대로 되지 않을 경우 그때 들춰내도 될 듯했다.

이지함이 화담을 찾아오게 된 것은 맏형 지번이 애쓴 결과였다.

이지함이 임신한 처를 따라 잠시 처가인 광릉에 머물고 있던 어느 날이었다. 광릉으로 이지번이 찾아왔다.

사돈댁을 방문한다는 것은 예나 지금이나 조심스러운 일이었다. 이지함은 형을 대하자 눈물이 핑 돌았다. 어릴 적부터 자신을 돌봐준 아버지나 다름없는 형이었다.

안부를 나눈 후 지번은 동생의 손을 찾아 쥐었다.

"너를 가르쳐줄 스승을 찾았다."

"스승이요?"

이지함은 반색을 하며 무릎을 당겨 앉았다. 얼마나 기다렸던 스승인가. 형님이 찾은 분이라면 틀림없을 터였다.

"달포 전에 친구들하고 성균관이 있는 관동(館洞. 지금의 명륜동)으로 설렁탕을 먹으러 갔다가 그곳에서 대관재 심의(沈義) 어른을 만났다."

"심의 어른이라니 처음 듣는 함자입니다."

이지함은 형의 눈을 마주하며 되물었다.

"증광문과에 병과로 급제하여 예문관 검열과 공조좌랑을 지내신 분으로 학덕이 높고 문장이 뛰어난 분이지. 친구분들과 말씀을 나누시던 중에 동생 소원이 스승을 모시는 것이라는 내 얘길 들으셨던 모양이라. 손수 나를 부르셔서는 송도의 화담 선생님과 친분이 두터우니 소개해서 왔노라고 하면 필히 거둘 것이라고 말씀하시는 게야. 그뿐이 아니다. 그 옆에 피장이란 어른도 계셨는데 그분에 대한 말씀도 함께 전하면 된다고 하셨다. 신분은 천민인 것 같았는데 범상한 인물이 아닌 듯하더구나. 나도 화담 선생과 이렇게 연이 닿을 줄은 꿈에도 생각지 못했다."

이지함도 송도의 화담 선생에 대해서 들은 바가 많았다. 해서 그런 분을 스승으로 모실 수만 있다면 하는 소망을 늘 가슴에 묻어두고 있던 참이었다. 이지함은 가슴이 뛰었다.

"이젠 네 소망을 이룰 수 있겠구나. 다 네 복이다."

이지번의 얼굴에도 화색이 돌았다. 동생의 영민한 공부머리를 깨우쳐주지 못하는 것은 아닌가 싶어 잠을 이루지 못한 게 하루 이틀이 아니었다.

"대관재 심의……, 피장 어른……. 함자를 꼭 기억해두겠습니다."

"아참, 마른내(〔乾川〕, 지금의 오장동)에 사시는 군자감 부봉사 허한(許澣) 어른의 자제도 그곳에 있는 모양이더라. 이름이 엽(曄)이라고 했던가. 사귈 만한 인물이라고도 하셨다."

이지함은 아내가 몸을 풀면 이내 송도로 떠나리라 다짐하고 더욱 공부에 매진하였다.

서책에 파묻혀 공부하던 중에 아내가 아들 산두(山斗)를 낳았다. 그리고 삼칠일이 지나자 이지함은 처가에 인사를 고하고 광릉을 떠났다.

광릉에서 송도의 화곡동까지는 하루 반나절 거리였다. 송도에 도착한 이지함은 거처할 집을 정한 뒤 서둘러 꽃못에 살고 있다는 화담 선생을 찾은 것이었다.

  화담 서경덕의 나이 쉰하나, 이지함과는 스물여덟 살 차이였다.

  화담은 잠시 생각에 잠기더니 말문을 열었다.

  "배움을 청하는데 거절할 수는 없겠으나 공부를 하기 전에 거쳐야 할 관문이 하나 있소."

  "무엇이든 하겠사옵니다."

  "오늘은 늦었으니 내일 일러주겠소. 거처는 정하셨소?"

  "화곡동에 집을 구해놓았습니다."

  화곡동은 꽃못으로 오르는 초입에 자리한 마을이었다. 이곳은 화담 산방에서 공부하는 제자들이 줄을 대어 우거(寓居)하는 곳으로 이미 산방 학인인 허엽과 차식, 박민헌 등이 기거하고 있었다. 이지함은 이곳의 갑재(甲齋)를 처소로 정했다.

  화담에게 가르침을 얻기 위해 산방을 찾은 이지함.

  훗날 그는 한양의 마포나루에 흙집〔土亭〕을 짓고 머리에 갓 대신 무쇠솥을 쓰고 다니며 가난한 백성들을 구제하고 세상 이치를 깨우쳐주는 도인으로 길이 이름을 남기게 된다. 또한 그 행적이 남달라 전우치(田禹治)를 비롯, 북창(北窓) 정염(鄭磏)과 함께 조선조 3대 기인(奇人)으로도 회자되었다. 이 세 사람은 제각각 화담과 각별한 인연을 맺는데 그 가운데 화담과 이지함의 운명적 만남은 이렇게 시작되었다.

2

    화담 산방을 나온 이지함은 계곡을 따라 마을로 내려왔다.

    밤하늘에는 봄 별들이 우수수 쏟아져 내릴 듯 밝게 빛나고 있었다.

    이지함이 사립문을 밀고 안으로 들어서자 갑재의 젊은 아낙이 기다리고 있었던 듯 툇마루에서 벌떡 일어났다.

    "이제야 돌아오시네요. 저녁은 드셨는지요?"

    "아직 식전입니다."

    "그럼 방으로 들어가 계시지요. 곧 상을 올리겠습니다. 아참, 저희 바깥분이 돌아왔어요. 시장하실 터이니 먼저 요기나 하신 다음에 인사 나누시지요."

    젊은 아낙이 차려온 저녁상은 푸짐했다. 거구인 이지함에게 양이 모자라지 않게 마음을 쓴 상차림이었다. 쌀이 간간히 섞인 보리밥이나마 산봉우리처럼 올려진 밥주발을 받은 이지함은 모처럼 배불리 먹었다.

상을 물리자 젊은 아낙이 남편과 함께 이지함의 방으로 들어왔다.

"정가라 합니다."

"이지함이라 합니다."

이지함은 상대가 비록 상민이었으나 갑재의 주인이므로 말을 낮추지 않고 공대(恭待)를 하였다.

젊은 아낙의 남편은 시골로 떠돌아다니며 장사를 하고 있는데 사람들은 그를 정 서방이라 부른다고 했다.

두 사람의 수인사는 간단하게 끝났다. 정 서방은 집을 비우는 때가 많아 산방학인들의 시중은 주로 젊은 아낙의 몫이었기 때문에 길게 이야기할 것이 없었다.

정 서방 내외가 나간 뒤 이지함은 소세를 하고 들어와 잠시 묵상에 잠겼다. 화담 선생을 이렇게 뵙게 된 것은 얼마나 감사한 일인가. 새삼 지변 형님의 배려가 고마웠다.

그러나 화담의 표정과 눈빛 등을 되새기던 이지함은, 내일 일러주겠다는 화담 선생의 숙제에 생각이 미치자 일순 마음이 무거워졌다.

'공부를 하기 전에 치러야 할 관문이 하나 있소.'

무엇일까, 이런저런 궁리를 해보았으나 갈피가 잡히지 않았다. 말하자면 입방시험일 터, 조선에서 손꼽히는 대학자가 내리는 하문이라면 예사 것이 아닐 수도 있다. 행여 이 관문을 통과하지 못하여 입방이 허락되지 않는다면……. 이지함은 머릿속이 어수선해졌다. 그러나 미리 궁리를 한다고 풀릴 문제도 아니고, 어차피 내일이면 알게 될 것이었다.

이지함은 이부자리를 폈다.

자리에 누웠으나 쉽게 잠이 오지 않았다. 생각이 꼬리를 물어, 두고 온

안식구와 어린 아들의 얼굴이 겹쳐 떠올랐다. 괜한 생각을 한다 싶어 서책을 펼쳤으나 글도 눈에 들어오지 않았다.

뒤척이던 이지함은 삼경을 훌쩍 넘겨서야 잠이 들었다.

이지함은 중종 12년(1517년) 충청도 보령에서 한산 이씨의 시조 이윤경의 13세손인 이치(李穉)와 어머니 광주 김씨 사이에 셋째 아들로 태어났다.

아버지 이치는 벼슬이 현령(縣令, 종5품)까지 올랐으나 이지함이 열넷되던 해에 갑자기 세상을 등졌다.

열여섯 나던 해에 어머니마저 세상을 뜨자 맏형 지번과 함께 삼 년 동안 시묘를 살았다. 이때부터 지번은 지함의 아버지 역할과 글을 가르치는 스승의 역할을 동시에 하게 되었다. 그러나 지번의 학문으로는 지함의 총명함과 학구열을 감당하기 어려웠다.

삼 년간의 시묘살이를 마치자 지번은 가솔을 데리고 한양으로 거처를 옮겼다. 자식을 낳으면 한양으로 보내고 말은 제주로 보내랬다고, 지번은 동생들의 앞날을 위해 고향을 떠나 한양으로 이사한 것이다.

한양으로 올라온 이지함은 갓 스물을 넘기던 해에 종실인 모산수(毛山守, 정종의 후손, 정4품) 이정랑(李呈琅)의 딸과 결혼했다.

이지함은 어려서부터 학문에 남다른 욕심을 부렸다. 독서욕이 강해 읽지 않은 책이 없을 정도였다. 결혼 후 처가인 광릉 농장에서 일 년 동안 독학하면서는 사서삼경까지 통독하였다.

이지함이 광릉에 머물 때였다.

하루는 하인에게 밤에 쓸 등유를 가져오라고 했다. 그러나 하인은 빈

손으로 돌아왔다.

"나리께서 등유를 주지 않으십니다요."

"빙부(聘父)께서 등유를 아니 주신다고?"

"예, 그러하옵니다."

"그럼 할 수 없지."

장인이 사위의 건강을 염려해 등유를 보내지 않자 이지함은 직접 도끼를 들고 산으로 올라가 관솔을 따 왔다. 관솔불을 밝혀 공부를 할 요량이었던 것이다.

당연히 학문과 문장의 진전도 눈부셨다. 이지함 사후에 영의정을 지낸 조카 이산해(李山海)는 이지함의 묘비에 다음과 같이 새겨 넣었다.

'일 년 사이에 문장이 물이 솟구치듯 하고 산이 자태를 뽐내는 것 같았다.'

그런 이지함에게 간절한 소원이 하나 있었으니 그것은 훌륭한 스승을 찾아 부족한 공부를 채우는 것이었다.

잠을 설친 이지함은 진시(辰時, 오전 7시~9시)가 되어서야 잠에서 깨어났다. 들창머리가 대낮처럼 밝았다. 이렇게 늦잠을 잔 적은 한 번도 없었다.

화담 산방의 등방(登房) 시간은 정(正) 진시(오전 8시)였다.

'이거 큰일 났군!'

이지함은 서둘러 소세를 하고는 의관을 갖춘 뒤 급하게 신을 꿰었다. 조반상을 들고 나오던 젊은 아낙과 마주쳤으나 한가하게 밥을 먹을 여가가 없었다. 일각이 새로웠다.

이지함은 삽짝을 나서자마자 뛰기 시작했다.

첫날부터 지각이라니! 양반 지체를 돌볼 겨를이 아니었다. 이것은 단순히 늦는 것에 그치는 문제가 아니라 스승과 학문을 대하는 예가 아니었다. 평생 공부일진대 첫날부터 이렇게 어긋나서야 무슨 면목으로 제자되기를 청한단 말인가.

징검다리를 차례로 밟는 시간조차 아까워 그대로 텀벙텀벙 꽃내를 뛰어 건넌 이지함은 내처 꽃골짜기로 치달아 올라갔다. 어제 산방 바위 위에서 볼 때에는 한 뼘 거리도 아니 되는 듯싶었는데 골짜기는 참으로 길고 멀었다.

이지함은 땀으로 범벅이 된 채 바위를 돌아 산방으로 들어섰다.

"태초에 어떻게 세상의 만물을 이루었는가 하면……."

화담 선생의 굵고 힘이 실린 목소리가 산방 입구까지 들려왔다. 이미 수업이 시작된 것이다.

'기어코 늦고 말았구나!'

이지함은 그만 털썩 주저앉았다. 배짱을 부리자면 고개 숙이고 모른 척 들어설 수도 있었으나 그것은 학인을 청(請)하는 자로서 차마 할 수 있는 일이 아니었다. 이지함은 강의 쉬는 시간에 화담 선생을 면대할 양으로 주저앉은 채 이마의 땀을 훔쳤다.

그때였다. 어제 본 산양 고양이 서너 걸음 정도 떨어진 곳에서 이지함을 쏘아보고 있었다. 여차하면 뿔로 들이받을 기색이었다.

"훳! 저리 가."

이지함은 고양을 향해 모기 소리를 내며 저쪽으로 가라는 손짓을 하였다. 그러나 고양은 꿈쩍도 하지 않았다.

그때 갑자기 강의를 멈추고 화담이 누군가를 부르는 것 같았다. 이지함은 초당 쪽으로 귀를 기울였다.

"늦었으면 늦은 것이지 뭘 망설이고 있는가. 숨을 다 골랐으면 어서 안으로 드시게!"

사방을 둘러보아도 다른 사람은 없었다.

이지함은 자리에서 벌떡 일어나 초당으로 뛰어갔다. 그러곤 화담과 눈이 마주치자 어제처럼 땅바닥에 엎드려 넙죽 큰절을 올렸다.

"충청도에서는 만날 때마다 절을 하는가 보군. 참으로 예의범절이 밝도다. 껄껄껄."

화담의 농담에 제자들도 같이 웃었다. 이지함의 귀엔 아무 소리도 들리지 않았다. 절을 한 자세로 그냥 엎드려 있었다.

"무슨 절이 그렇게 긴가. 이젠 그만 일어나 이쪽으로 와서 앉게."

화담은 지함의 자리를 비워두고 있었다. 그러나 이지함은 당황이 덜 가신 채여서 어떻게 자리를 찾아가 앉았는지도 모를 지경이었다. 자리에 앉고 보니 흙투성이에다 구정물 자국까지 버선 꼴이 말이 아니었다. 이지함은 차마 고개를 들 수 없었다.

"우선 여기에 있는 산방학인들하고 인사나 나누시게."

화담이 학인들과 인사를 주선해주었다.

"보령 출신 이지함이라 합니다."

이지함이 먼저 산방학인들에게 자기를 소개하였다. 그러자 바로 옆자리에 앉은 학인부터 차례로 인사를 하기 시작했다.

"박민헌이오."

"난, 차식이라 하오."

"한양에서 올라온 허태휘요."

"송도 출신 황원손이라 합니다."

"동(同) 이균입니다."

산방학인들이 저마다 자기소개를 할 때 문득 형 지번이 일러준 허엽이란 이름이 떠올랐다. 헌데 허엽이란 이름자를 쓰는 학인은 없었다. 이지함은 그 와중에도 허엽이란 학인이 없는 것에 섭섭한 마음이 들었다.

"자, 오늘 강의는 여기서 마치겠네. 그동안 '태허(太虛)'에 대한 연구 기간을 넉넉히 주었으니 충분한 준비가 되었으리라 보네. 태허에 대한 논의는 내일 하기로 하세."

화담이 말을 마치자 모두들 자리에서 일어났다. 일어나면서도 이지함을 힐끗힐끗 내려다보았다. 아무래도 몰골이 말이 아닌 탓이었다.

이지함도 일어서려 하는데 화담이 불러 세웠다.

"자네가 이 산방에서 공부를 하려면 먼저 세 가지 일을 해내야 할 걸세. 괜찮겠는가?"

"하문 받자옵겠습니다."

이지함은 잔뜩 긴장이 되었다.

"첫째, 고양의 경계를 풀어주고 주인이 되어야 할 것이네. 기일은 한 달을 주겠네. 할 수 있겠는가?"

"할 수 있습니다."

그깟 산짐승 한 마리 길들이는 것쯤이야 어렵지 않을 듯싶었다.

"둘째, 민들레의 구덕(九德)에 대해 논하여야 하네. 기일은 같네."

'민들레의 아홉 가지 덕이라니?'

이지함은 한 가지도 떠오르는 것이 없었다. 그러나 막막하긴 해도 궁리해보면 어찌 알아낼 수 있을 것 같았다. 지천으로 흔한 들풀 아닌가.

"셋째, 지금부터 못가에 있는 나무토막으로 바둑판을 만들게. 목재의 두께를 최대한 살려야 할 것이네. 허나 절대로 남의 손을 빌려서는 아니 되네. 이것도 같은 기일 내에 해내야 할 것일세. 할 수 있겠는가?"

"……"

바둑은 큰형 지번과 여러 차례 두어봤다. 그러나 장인(匠人)도 아닌 내가 과연 바둑판을 만들 수 있겠는가. 선뜻 대답하기가 어려웠다.

"왜 대답이 없는가. 못 하겠는가?"

화담이 짐짓 준엄한 표정을 지었다.

"아닙니다. 할 수 있습니다."

이지함은 정색을 하며 말했다. 되든 안 되든 한번 부닥쳐보리라 마음먹었다.

"만약 세 가지 중에 하나라도 이루지 못할 시는 즉시 산방을 떠날 것을 약조할 수 있겠는가?"

"그리하겠습니다."

"오늘부터 시작해서 앞으로 한 달이네. 꼭 명심하시게."

3

"자네 묘향산에 가지 않으려나?"

피장이 대관재 심의에게 물었다. 혜화문 안 피장의 집에서였다.

"뜬금없이 묘향산은?"

허연 수염을 길게 늘어뜨린 심의가 피장에게 되물었다.

"꺽정이 놈이 갈 일이 있다는군."

"주먹질이 하고 싶어 어찌 양주를 떠날 수 있담. 꽤나 급한 일이 있는 모양이군."

"급한 일은 무슨……. 패거리를 만날 셈이지."

"그놈도 언제나 철이 들는지, 쯧쯧."

심의가 걱정된다는 듯이 혀를 찼다.

"그놈 걱정은 접어두세. 이참에 나도 산천 구경이나 할 심산일세. 같이 갔다 오지 않겠나? 자네도 얼마 전에 송도에 갈 일이 있다고 하지 않았던가."

"그야 그렇지. 화담을 만난 지가 퍽 오래 되었네그려."

"잘됐네. 화담 선생이라면 나도 꼭 뵙고 싶었네. 이참에 겸사겸사 다녀오세."

"언제쯤 갈 예정인가?"

"한 사나흘 있다가 출발할 참이네. 내일쯤이면 꺽정이 놈도 올 게고."

피장은 비록 천민이었으나 사람들은 그의 학식과 인품을 높이 사 갖바치로 부르지 않고 존대하는 의미로 피장이라고 불렀다.

피장의 학문은 정암(靜庵) 조광조(趙光祖)가 궐 밖 선생으로 모셨을 정도로 깊고 넓었다. 그를 따르는 사람도 많아 기묘사화(己卯士禍) 때 자결한 김식(金湜)을 비롯하여 많은 선비들이 피장을 존경하며 교우했다.

"그럼 나도 송도로 갈 차비를 차려야겠군. 사나흘 후에 또 보세."

심의는 밤이 늦어서야 피장의 집을 나왔다.

심의는 기묘사화를 일으킨 주동 인물의 하나인 심정(沈貞)의 아우였다. 중종 14년(1519년)에 일어난 이 사화로 해서 수많은 사림(士林)이 주살되었다. 그러나 심의는 형과는 뜻한 바가 달라서 심정이 나랏일을 잘못 이끌어가자 벼슬도 버리고 뜻이 맞는 사람이면 신분을 막론하고 사귀며 여생을 보내고 있었다. 피장은 다른 어떤 친구보다 귀하게 여기고 가까이 지내는 벗이었다.

다음 날 동이 트자 양주에 사는 꺽정이가 피장의 집으로 들어섰다.

"어르신, 그간 무고하셨는지유."

"그래, 부친은 별고 없으신가?"

피장과 꺽정이의 부친은 같은 동리에서 태어나 형제처럼 지내는 사이였다.

"어르신 뫼시고 묘향산을 다녀온다 했드니 조심해서 다녀오라 하셨시유."

"잘했다. 대관재께서 오시면 출발하자꾸나."

꺽정이는 임가 성을 가진 백정의 아들이었다. 딸을 내리 셋이나 낳다가 마지막으로 하나 건진 아들이 꺽정이었다. 아버지가 백정이니 자식도 당연히 백정이 되었다. 그러나 꺽정이는 조신하게 제 아비를 돕기보다는 싸움판으로 돌며 세월을 보냈다. 천민으로 태어난 한이 뼈에 사무쳐 온 세상이 불만투성이였고 특히 양반이라면 치를 떨었다.

약조한 대로 사흘 뒤에 심의가 피장의 집으로 왔다. 몸종도 없이 괴나리봇짐 하나만 덜렁 허리춤에 찬 간편한 차림새였다. 그의 나이 환갑을 훨씬 넘겼으나 아직 오십대 초반의 건강을 유지하고 있었다. 체질도 강건했으려니와 느긋하고 여유 있는 성품 덕분이기도 했다.

"꺽정아, 준비되었느냐?"

피장이 물었다.

"준비 다 됐시유. 두 어른의 짐은 지가 맡겠구먼유."

꺽정이는 심의와 피장의 괴나리봇짐을 빼앗다시피 하여 어깨에 둘러멨다. 타고난 장사인 열아홉 살 꺽정이에게는 그까짓 봇짐들은 한손거리도 안 되었다.

세 사람은 피장의 집을 나와 송도로 발길을 옮기기 시작했다.

이지함은 초당을 나와 못가로 갔다. 과연 못가에는 커다란 나무토막이 가지런히 놓여 있었다. 모두 세 토막이었는데, 한눈에도 바둑판 정도는 너끈히 만들 수 있는 아름드리나무의 밑동들로 장인의 손을 타면 훌륭한 바둑판이 될 재목으로 보였다.

이지함은 서둘러 화곡동 갑재로 내려왔다. 우선 연장을 준비하는 것이 순서일 듯싶었다.

집으로 들어서니 젊은 아낙 혼자 툇마루에 앉아 나물을 다듬고 있었다.

톱과 끌을 변통 좀 하자 하니, 젊은 아낙이 나물바구니를 내려놓으며 일어섰다.

"끌과 대패가 한짝인데 대패는 아니 필요하구요?"

"맞소, 대패도 필요하외다."

젊은 아낙은 마당을 돌아 초가 한쪽 벽에 쌓아둔 장작더미를 뒤져 연장을 챙겨왔다. 아낙이 연장을 건네며 의아하다는 듯이 물었다.

"그런데 선비님께 왜 이게 필요하답니까?"

"긴히 쓸 일이 있어서 그럽니다."

"드리긴 합니다만, 다루기가 만만치 않을 겝니다. 모두 날이 시퍼렇게 선 것들이니 조심하셔요."

아닌 게 아니라 톱을 들어보니 호랑이 송곳니를 촘촘히 박아놓은 듯한 톱날이 눈이 시릴 정도로 새파랗게 서 있었다.

"공부는 아니 하시고 집이라도 지으시려나……."

부엌으로 돌아서며 중얼거리던 젊은 아낙이 잠시 후 밥상을 내왔다. 아침에 건너뛴 조반상이었다.

이지함은 온종일 일할 욕심에 배를 든든히 채웠다. 그러고는 평복으로 갈아입은 뒤 톱과 대패와 끌을 챙겨 산방을 향해 부지런히 발걸음을 옮겼다.

'서두르지 말고 순서를 정해서 천천히 하자!'

꽃골짜기를 오르며 화담 선생과 약속한 세 가지를 떠올렸다. 우선순위를 정해야 기일 안에 모든 것을 끝낼 수 있기 때문이었다.

먼저 바둑판을 만들기로 했다. 연장을 사용한다고 하나 태어나 처음으로 목재를 다루는 일인지라 시일이 오래 걸릴 것 같았다.

다음이 고양을 길들이는 것이었다. 어차피 바둑판을 만들고 고양을 길들이는 것은 산방에서 해야 할 일이었다. 바둑판을 만드는 짬짬이 고양을 길들이면 한결 시간을 줄일 수 있을 듯싶었다.

끝으로 민들레의 아홉 가지 덕. 이것은 의서(醫書)나 다른 서적을 통해 찾아보아야 할 터이니 잠자리에 들기 전에 꼼꼼하게 챙겨야 할 것이었다.

그렇게 순서를 정하고 보니 마음이 훨씬 홀가분해졌다. 이지함은 힘찬 걸음걸이로 산방을 들어섰다.

아무도 없는 산방은 산새 소리만 가득했다. 못가뿐 아니라 초당 지붕도 온갖 산새들로 이엉을 올린 듯했다. 고양은 화담 선생을 따라간 모양인지 보이지 않았다.

이지함은 못가의 널찍한 곳에 연장을 풀어놓고, 세 토막 중 가장 위의 토막으로 보이는 것을 들어다 앞에 놓았다.

막상 앞에 갖다 놓자 막막했다.

'어디서부터 톱을 대야 한단 말인가?'

지함은 땅바닥에 주저앉아 나무토막을 이리저리 살펴보았다. 깨끗하게 잘려진 아래 윗면은 손을 댈 필요가 없었고, 두툼하게 나무껍질에 싸여 있는 둥근 모양만 각을 내면 일은 쉽게 될 성싶었다.

우선 넓적한 돌로 밑을 받쳐 나무둥치를 고정시킨 뒤 뾰족한 잔돌을 주워다가 나무토막 위에 줄을 그었다. 각을 내기 위해서였다. 최대한 나무토막의 두께를 살리려면 한 치의 여분도 두지 않고 네 모서리가 꼭 들어맞게 줄을 그어야 했다. 그런 뒤 톱을 들었다.

그때 병풍처럼 펼쳐진 기암절벽을 타고 쏜살같이 내려오는 것이 있었다.

"음매, 음매애······."

이지함은 고양이겠지 싶어 쳐다보지도 않고 나무의 오른쪽 면에 톱날을 겨누고 허리를 굽혔다. 그때 무언가가 엉덩이를 세차게 내질렀다.

"아이쿠!"

이지함은 바둑판 목재를 껴안고 앞으로 털퍼덕 나자빠졌다. 고양이 바위같이 단단한 머리로 이지함의 엉덩이를 들이받은 것이다.

엉덩이 한쪽이 떨어져 나간 것처럼 아팠다. 이지함은 윗몸을 일으키며 버럭 소리를 질렀다.

"네가 진정 나를 죽일 참이더냐?"

그러나 고양은 씻씻 콧바람을 내뿜고 뒷발로 흙을 파내며 다시 덤벼들 기세였다.

"이놈, 저리 못 가느냐! 이놈!"

이지함은 고래고래 소리를 쳤다.

"허허허, 고양이 들이받은 모양이로군. 가자, 고양아."

언제 산에서 내려왔는지 화담이 박장대소를 하며 이지함에겐 눈길도 주지 않은 채 초당으로 향했다. 고양은 그제야 숨을 고르며 화담을 따라갔다.

이지함은 은근히 부아가 치밀었다.

'저놈을 기필코 내 손으로 길들이리라!'

이지함은 고양을 향해 불끈 주먹을 쥐었다.

이지함은 통증을 참아내며 나무토막을 들어 처음과 같이 놓곤 톱질을 시작했다. 날이 시퍼렇게 선 톱인지라 마른나무를 쉽게 파고들었다.

땀이 비 오듯 했다. 이렇게 톱질이 어려운 줄 몰랐다. 손도 화끈거리고 허리도 아파왔다. 아직 반의반도 톱날이 먹질 않았건만 벌써 어깨에서 힘이 다 빠져나가버린 듯했다.

그래도 혼신의 힘을 다하여 한참 만에 오른쪽 면을 떨쳐냈다. 그러나 자세히 보니 수직으로 곧게 잘린 것이 아니라 비스듬히 기울어져 있었다. 분명 그은 줄을 따라 곧게 켜나갔는데 이게 어찌 된 일인가. 아무리 생각해보아도 원인을 알 수 없었다.

이미 산방은 어둑어둑해지고 있었다. 화담은 마실을 갔는지 초당은 비어 있었다.

이지함은 연장을 챙겨 화곡동 갑재로 돌아왔다. 어찌나 피로한지 수저를 드는 둥 마는 둥 하곤 이내 곯아떨어지고 말았다.

한편 한양을 떠난 세 사람은 고양(高陽)을 거쳐 줄비골(파주)에 이르렀다. 해가 뉘엿뉘엿 지고 있었다. 젊은 사람이라면 송도까지 하루 걸음이었으나 노인들이라 줄비골에서 하루를 묵을 요량으로 쉬엄쉬엄 왔던 것이다. 해가 떨어지자 금방 사위가 어둑해지더니 곧 지척을 분간키 어려울 정도로 캄캄해졌다.

껄정이를 앞세워 어렵사리 주막을 찾아든 세 사람은 구석진 방을 하나 얻을 수 있었다. 저녁상을 받을 때 주모에게 탁배기 두 되를 얻어 오게 하였다. 두 어른은 서로 잔에 탁배기를 가득 채웠다. 밥 퍼먹기에 정신이 없는 꺽정이를 보며 피장이 잔을 들어 권했다.

"너도 한 잔 받아라."

꺽정이는 말이 떨어지기 무섭게 잔을 넙죽 받아 쥐었다. 피장이 탁배기 한 되는 너끈히 들어감직한 사발에 가득 채워주자 고개를 외로 틀고 단숨에 마셨다.

"이놈아. 술은 천천히 음미하며 마시는 것이다. 앞으론 그리 하여라."

피장이 꺽정이의 술버릇을 타이르자 옆에서 심의가 빙긋 웃었다.

"내버려두게. 다 나이가 들면 알게 되는 법 아닌가."

상을 물린 뒤 홑이불을 하나씩 차지하고 누웠다. 모처럼 다리품을 판 여정이었으므로 이내 깊은 잠에 빠져들었다.

"이놈아, 코 좀 그만 골아라."

코 고는 소리 때문에 잠에서 깬 피장이 꺽정이 어깨를 흔들었다. 꺽정이의 코 고는 소리는 한여름 밤 뇌성 못지않았다.

꺽정이는 잠시 코골이를 멈추는 듯하더니 이번에는 방귀를 냅다 뀌었다. 방귀 소리가 어찌나 크던지 홑이불이 들썩할 정도였다.

"장사의 방귀는 역시 다르구먼."

심의가 그런 방귀 소리는 처음이란 듯이 껄껄대며 웃음을 참지 못했다.

다음 날 줄비골을 떠나 문산(汶山)을 거쳐 장단(長湍)으로 오는 동안 줄곧 꺽정이의 코골이와 방귀 이야기로 지루한 여정을 잊을 수 있었다.

일행은 널문이골〔板門〕을 코앞에 둔 장단에서 하루를 더 묵기로 했다. 다음 날 일찍이 서둘러 해거름 안으로 송도에 도착할 요량이었다.

잠자리에 들면서 두 어른은 꺽정이의 코 고는 소리가 못내 걱정스러
웠다.

"오늘 밤은 괜찮을는지 모르겠네."

심의의 걱정에 피장은 뭔가 짚이는 게 있는지 한마디 했다.

"그보다 밤손님을 걱정해야 할 걸세."

"밤손님이 내방(來訪)할 괘(卦)라도 나왔더란 말인가?"

"문단속을 잘 해두었네. 피곤하네. 눈을 붙이세."

백룡산(개풍군에 있는 산)에서 우는 부엉이 소리가 마치 뒷동산에서 우
는 것처럼 가깝게 들렸다. 두 노인도 부엉이 우는 소리를 들으며 깊은 잠
속으로 빠져들었다.

4

　이지함은 이른 조반을 챙겨 먹고 산방으로 올라갔다. 간밤에 깊은 잠을 잔 덕분인지 몸이 한결 개운했다. 화담 선생이 기침(起枕)하셨으면 인사라도 드리고 일을 시작할까 했으나 초당은 비어 있었다. 고양도 보이지 않았다.

　이지함은 못가로 내려가 비스듬히 잘려진 나무를 살폈다.

　'톱질이 어긋난 이유가 뭘까?'

　이리저리 궁리를 해보아도 이유를 알 수 없었다. 다시 톱질을 해보는 수밖에 없었다. 이젠 제법 톱질이 익숙해져 한결 수월했다. 톱날이 설컹설컹 나무의 살을 파고들었다.

　한쪽 면을 다 자르고 보니 또 어제처럼 비스듬하게 잘려졌다. 다시 조심스럽게 남은 두 면을 마저 잘랐는데 한결같이 삐딱했다. 삐딱하게 잘렸더라도 모두 바깥쪽을 향했더라면 뒤집어 각을 낼 수 있으련만 두 면은 안쪽으로 톱질이 되어 있었다. 아예 못 쓰게 된 것이다.

초당에서는 강의가 시작된 지 오래였다. 하늘을 올려다보니 해는 벌써 중천을 향해 달려가고 있었다.

이지함은 산방학인들이 부러웠다. 그러나 그들도 같은 과정을 거쳤을 터, 꾹 참고 노력 정진하면 한 달 후에는 저들과 어깨를 나란히 할 것이었다. 이지함은 못가에 있는 다른 토막을 가지고 왔다. 밑돌을 받치고, 줄을 긋고 다시 톱질을 시작했다. 톱질을 하는 와중에도 화담의 강의 소리가 또렷하게 들려왔다. 어제 말했던 태허에 대한 강의인 듯싶었다.

"……만물의 기(氣)는 흩어지면 차가워지고 모이면 뜨거워지는 법이다. 그러므로 풀이 쌓이면 열이 나게 되고, 똥이 쌓이면 불이 붙을 수 있게 되는 것이니 그 이치는 기가 한곳에 서리어 펼쳐나가지 못하기 때문이다. 이렇듯 기라는 것은 모으려고 하면 모을 수 있고 흩으려 하면 흩을 수 있는 것이다. 기의 특성이 이러하매 지혜로운 사람은 이 광활한 우주에 펼쳐진 기의 조화를 꿰뚫는 혜안이 있어야 할 뿐더러 느낄 수 있어야 할 것이며, 나아가 마음대로 다스릴 줄 알아야 하는 것이다. 학문을 하는 자세도 이와 같이 기를 다스리는 마음으로 임하여야 할 것이다. 또 힘도 마찬가지, 펼 때 펴고 모을 때 모을 줄 알아야 균형을 이루는 것이다."

순간 이지함의 귀가 번쩍 뜨였다.

'균형!'

바로 그것이었다. 톱질이 바르게 되지 않은 것은 힘의 균형을 잃은 탓이었다. 자신의 톱질은 힘만 들어갔지 펼 때 펴고 모을 때 모아야 하는 힘의 균형을 염두에 두지 못한 것이다.

이지함은 마음을 느긋하게 고쳐먹고 그어놓은 줄과 톱날을 일자로 고정시켰다. 그리고 힘을 고르게 펴서 톱질을 하기 시작했다. 곧게 잘려나 갔다. 그렇게 네 군데의 톱질을 끝내고 보니 각면과 면이 반듯하게 수직을 이루었다. 드디어 바둑판의 기본틀이 만들어진 것이었다.

이제부턴 대패를 써야 했다. 힘의 균형을 머릿속으로 다지며 두 손을 모아 곧게 잡아당겼다. 무 껍질 벗겨지듯 두껍게 벗겨져 올라왔다. 나이테도 선명했다. 헤아려보니 수령(樹齡)이 오십 년은 족히 될 듯싶었다.

한쪽 면의 대패질이 끝났다. 이렇게 쉬운 것을! 이지함은 흡족해하며 허리를 펴고 초당을 쳐다보았다. 산방학인들이 퇴방(退房)하고 있었다. 이지함은 계속해서 다른 면을 대패로 깎아냈다. 배가 고파왔지만 참았다. 마지막 한쪽 면을 남겨두었을 땐 이미 어스름이 밀려오고 있었다.

갑재로 돌아온 이지함이 삽짝을 밀고 들어서자 젊은 아낙이 쪼르르 달려왔다.

"선비님이 쓰실 궤안(机案, 책상)을 만드시오?"

이지함은 배도 고프고 시시콜콜 이야기를 다 하자면 한도 끝도 없을 것 같아 건성으로 고개를 끄떡이며 방으로 들어갔다.

"궤안이 필요해서 그러는 거라면 맞춰드릴 테니 선비님은 귀한 손에 톱밥 묻히지 마시고 공부에나 정진하시지요."

닫힌 방문에 대고 젊은 아낙이 마치 지아비 대하듯 말하였다.

이지함은 자기를 안쓰럽게 생각하여 하는 말이려니 하고 대수롭지 않게 여기며 말했다.

"말씀은 고맙소만 스승의 명이라 내 손으로 직접 해야 합니다. 괘념치 마시오."

"제가 알아서 하겠소이다."

젊은 아낙은 이지함의 말투를 따라 대꾸하며 부엌으로 사라졌다.

이지함은 잠자리에 들기 전에 민들레에 대하여 골똘히 생각해보았다.

'과연 아홉 가지 덕이 무엇일까?'

이지함이 민들레에 대해 아는 것이라곤 어디에서나 지천으로 볼 수 있다는 것뿐이었다. 민들레는 철만 되면 논두렁, 밭둑, 산자락 어디고 가리지 않고 돋아나서 꽃을 피웠다. 집 안뜰에서조차 제일 먼저 피어나는 것이 민들레였다. 장소를 가리지 않는다? 이지함이 가만히 생각해보니 그것도 덕이라면 덕이었다. 모진 궁핍을 무릅쓰고 질긴 삶을 이어가는 백성들을 고스란히 닮지 않았는가.

이지함은 민들레의 구덕 가운데 첫 덕으로 '장소를 가리지 않고 핀다'를 꼽기로 했다.

이렇게 넉넉잡고 사흘에 한 가지씩만이라도 들춰낼 수 있다면 기한 안에 다 해결할 수 있을 것 같다는 생각이 들었다.

마음이 홀가분해진 이지함은 곧장 단잠에 빠져들었다.

이튿날 이지함은 나머지 한쪽 면을 대패로 다듬기 위해 만반의 준비를 하고 앞으로 당겼다. 그러나 대팻날이 조금 먹히는 듯하더니 이내 나무에 박혀 당겨지지 않았다. 이미 벗겨진 면도 꺼칠꺼칠했다. 그 옆으로 옮겨 대패를 당겨보았으나 마찬가지였다. 대패를 들어 날을 살펴보았다. 이가 빠진 것도 아니었다. 대팻날은 시퍼렇게 서 있었다.

'이게 또 무슨 조화인가.'

이지함은 낙담하여 땅바닥에 주저앉았다. 아무리 생각해도 알 수 없는 일이었다.

문득 고개를 들어 운암 쪽을 바라보았다. 멀리 운암에 기대어 있는 고앙의 모습이 눈에 들어왔다. 고양은 등이 가려운지 운암에 대고 긁고 있었다. 하얀 털이 거꾸로 섰다. 그러더니 이번엔 반대로 등에서부터 꼬리 쪽으로 길게 두어 번 운암에 대고 밀었다. 거꾸로 섰던 털이 제대로 모양을 잡았다.

'옳거니!' 이지함은 나무를 반대로 돌려 대패질을 해보았다. 매끈하게 벗겨졌다.

이지함은 무릎을 쳤다.

'모든 것은 결이 있구나. 그래서 죽은 나무도 자신의 결을 간직하고 있었던 게야.'

신명이 올라 남은 한쪽을 말끔히 다듬었다. 바둑판 모양을 갖춘 여섯 면의 마무리 대패질도 끝마쳤다. 이제 남은 것은 상하, 좌우로 열아홉 개씩 줄을 긋는 것이었다.

이지함은 점심도 먹을 겸 먹물과 실을 가지러 갑재로 왔다. 젊은 아낙은 안 보이고 방에 명주보자기로 덮어둔 점심상이 차려져 있었다. 밥을 먹고 먹물과 면(棉)으로 꼰 실을 챙겼다. 그리고 툇마루에 앉아서 짚신을 발에 꿰고 있는데 젊은 아낙이 짐꾼을 앞세우며 마당으로 들어섰다.

"이쪽 방 툇마루 옆으로 놓으시오."

짐꾼이 내려놓는 것은 궤안이었다.

"선비님 궤안이오. 이젠 톱질 그만 하셔도 되겠지요."

젊은 아낙은 큰일이나 했다는 듯이 허리를 곧추세우고 말했다.

'아뿔싸!'

난감했다. 궤안을 도로 물리라고 할 수도 없었고 이제 와서 사정 이야기를 털어놓을 수도 없는 노릇이었다.

"고맙소이다. 허나, 궤안 대금은 받으시오."

이지함이 엽전 몇 닢을 꺼내 내밀었다. 젊은 아낙은 이지함이 내민 손을 감싸 쥐었다.

"돈 받으려고 들여온 게 아니어요. 선비님을 생각해서 들여온 것이니 다른 생각은 마시고 공부에나 전념하셔요."

젊은 아낙은 이지함의 손을 꽉 잡은 채 눈을 마주보았다.

"정히 돈을 안 받겠다면 나도 궤안을 들여놓을 수 없소이다."

"선비님, 말씀 좀 들어보셔요. 괜한 시간 허비하지 말고 꼭 공부에 전념하시어 대과(大科)에 장원급제하셔요. 우리 집을 거쳐 간 선비님들은 어쩜 그렇게 한결같이 대과하곤 인연이 먼지……. 해서 선비님만큼은 꼭 대과에 합격하시라는 간절한 뜻을 전하는 것이니 그저 이녁의 성의라고 생각하셔요."

젊은 아낙은 이지함의 손을 놓아주지 않았다. 향기로운 냄새가 코끝을 스쳤다. 남녀가 유별하건만 젊은 아낙은 아랑곳하지 않았다.

순간 젊은 아낙이 다른 뜻을 품고 있구나 하는 생각이 번개같이 스쳐지나갔다. 궤안과 돈이 문제가 아니었다. 이지함은 젊은 아낙에게 잡힌 손을 빼내며 빠른 걸음으로 갑재를 벗어났다.

"거처를 옮겨야겠군!"

이지함은 주위를 둘러보며 중얼거렸다. 송도 아낙들은 내외를 하지 않는다더니 그 말이 단순히 소문만은 아닌 듯싶었다. 아무 때나 저렇게 남정네의 손을 덥석덥석 잡는다면 차후 무슨 일이 생길지도 모를 일이었다. 어차피 숙식비는 반년치를 선금으로 셈하였으니 거처를 옮기는 것은 문제가 안 되었다.

하늘엔 먹장구름이 시커멓게 내려앉고 있었다.

이지함은 산방으로 올라가다가 꽃내 근처에서 걸음을 멈추었다.

지천이 민들레였다. 꽃을 피우기 직전으로 줄기마다 처녀 젖꼭지만한 꽃망울을 달고 있었다.

이지함은 허리를 굽혀 이파리를 뜯어보았다. 뜯긴 면에서 하얀 진액이 스며 나왔다. 혀를 대보니 맛이 썼다. 쓴맛, 문득 지번 형님이 했던 말이 떠올랐다.

"풀을 씹어 쓴맛이 나면 대개가 약초거니와 특히 진액이 나오는 것은 속병을 가라앉히고 입맛을 돌게 하니 씀바귀가 그러하지."

어린 시절, 지번 형님은 아니 먹겠다며 고개를 젓는 지함의 밥 위에 씀바귀무침을 거듭 올려놓으며 봄 씀바귀는 보약이라는 말을 아끼지 않았다.

혀끝에 감기는 쓴맛의 느낌으로 보아 민들레도 씀바귀와 같은 성질을 지니고 있을 듯싶었다.

이지함은 이파리를 입에 넣고 씹으며 민들레의 아홉 가지의 덕 가운데 두 번째를 '약초로 쓰인다'로 정했다. 그렇게 마음을 정하고 나니 입 안에 도는 쓴맛이 오히려 친근하게 느껴졌다.

'머지않아 꽃망울이 터지면 그때 더 많은 것을 알 수 있겠지.'

이지함은 서둘러 산방으로 올랐다. 산방에는 아무도 없었다. 이지함은 곧바로 바둑판을 다듬던 못가로 가 바둑판 모양을 갖춘 채 벌거벗은 재목을 바로 세웠다. 그리고 끝이 예리한 차돌 하나를 집어 들었다.

그때 갑자기 비가 쏟아져 내렸다. 이지함은 얼른 저고리를 벗어 바둑판 재목을 덮었다. 그리고 번쩍 들어 초당의 처마 밑으로 옮겼다. 재목이

물을 먹으면 말리는 데도 시간이 걸릴 뿐 아니라 먹실로 줄을 칠 수도 없었다.

처마 밑으로 들이치는 비를 피하며 지함은 갓모 생각이 간절했다. 갓모는 기름에 절인 종이를 여러 겹 접어서 만든 것으로 갓에 덧씌우면 비를 피하는 데는 제격이었다.

'아차, 기름종이!'

갓모에 생각이 이르자 기름종이를 준비하지 않은 게 생각났다. 실에 먹물을 묻혀 줄을 그으려면 바둑판의 가장자리를 한 푼 정도는 기름종이로 빙 둘러서 고정시켜야 했다. 그래야만 먹을 묻힌 실로 줄을 찍을 때 끝까지 찍히지 않게 방지할 수 있었다. 그리고 차돌로 기름종이 바로 앞쪽에 줄을 그을 끝부분만 살짝 표시한 뒤 거기에 맞춰 먹실로 찍으면 되는데 그만 그걸 깜빡했던 것이다.

'기름종이를 구해 와야 하는데……'

하지만 갑재로 다시 내려가기는 싫었다. 저잣거리에서 기름종이를 사는 한이 있더라도 젊은 아낙에게 기름종이를 얻고 싶은 생각은 추호도 없었다.

비가 그쳤다. 이지함은 비에 젖은 저고리를 말아 쥐고 한 번 꽉 짠 다음 양쪽 깃을 잡고 허공에 대고 소리 나게 몇 번 털었다.

"감기 조심하시게."

때맞춰 산방으로 들어서던 화담이 한마디 던졌다.

"저잣거리를 다녀올 참이던가?"

"예, 그럴 생각이었습니다."

"오는 길에 손님을 만날 것이니 잘 모시고 오게."

"예, 그리하겠습니다."

얼결에 대답을 하고 산방을 나서던 이지함은 고개를 갸웃했다.

'저잣거리를 가려고 한 것을 어떻게 아셨을까? 또 손님을 만날 것이라니?'

한편 장단에서 하루를 묵는 피장과 심의, 꺽정은 깊은 잠에 빠져 있었다. 아무도 꺽정이의 코 고는 소리를 탓하지 않는 것을 보면 필시 첫잠이 깊이 든 것이었다.

이경(二更. 밤 9시~11시)에서 삼경으로 들어설 때였다. 밖에서 문고리를 따는 소리가 났다. 검은 그림자 둘이 바람처럼 방 안으로 들어왔다.

"가진 걸 모두 내놔라!"

말소리는 낮았지만 살기가 등등했다. 이미 한 그림자는 피장의 목에 칼을 들이대고 있었다. 또 다른 그림자는 칼을 들고 심의와 꺽정이의 동태를 감시했다. 그 순간에도 꺽정이의 코 고는 소리는 그칠 줄 몰랐다.

"여기."

피장이 그림자의 왼손에 목을 눌려 입술만 달싹이며 말했다.

"여기가 어디냐?"

"베개."

피장은 베개로 삼고 있던 봇짐을 눈으로 가리켰다.

그림자가 봇짐을 꺼내느라 심의의 머리를 건드렸다. 심의가 몸을 뒤척이며 눈을 뜨자 망을 보던 그림자가 재빠르게 심의의 목덜미에 칼을 겨누었다.

"네놈도 가진 것을 몽땅 내놔라!"

심의는 말도 못하고 손가락으로 방구석을 가리켰다.

"저 구석에 있는 것이 다냐?"

심의가 겁먹은 표정으로 고개를 끄덕였다.

"꼼짝 말고 그대로 있어라. 움직이면……."

그림자 하나가 칼로 목을 베는 시늉을 했다. 심의의 목젖을 스치는 칼날이 섬뜩했다.

이 모든 게 열을 셀 만큼의 짧은 시간에 이루어진 일이었다. 꺽정이의 코 고는 소리가 더 심해지고 있었다.

두 그림자는 재빠른 동작으로 봇짐을 챙겨 들고 방문을 빠져나갔다.

그때였다. 뭔가 허공을 솟구치는 물체가 피장의 눈에 보이는 듯했다. 순간 방문이 부서지는 소리가 나며 두 그림자가 곤두박질을 하였다. 무언가가 두 그림자를 잡아채 머리끼리 맞부딪치게 하여 혼절을 시켰다. 순식간에 벌어진 일이라 아무도 그 물체가 무엇인지조차 모를 지경이었다.

문득 피장이 꺽정이의 자리를 살펴보았다. 코를 골며 자고 있던 꺽정이가 없었다. 피장이 무릎걸음으로 문지방 쪽으로 갔을 땐 이미 두 그림자가 쓰러진 다음이었다.

"안으로 드시지유."

꺽정은 별일 아니라는 듯 빼앗은 봇짐을 피장에게 건네었다. 그러곤 벌렁 자빠져 아까처럼 코를 골며 잠을 자는 것이었다.

"도둑이야! 도둑!"

밖이 소란했다. 피장이 밖으로 나가보니 이 방, 저 방에서 잠을 자던 사람들이 봇짐을 빼앗겼다고 아우성을 치고 있었다. 주모도 불을 밝히며 마당으로 나왔다. 앞산 쪽을 바라보았다. 봇짐 같은 것을 어깨에 둘러메고 어둠 속으로 달아나는 무리들이 있었다. 그 뒤를 화살 맞은 노루처럼 절뚝거리며 따라가는 두 사람도 보였다.

"화적(火賊)패가 극성이라더니 사실이구먼."

피장이 방으로 들어오면서 혀를 찼다.

"그나마 군도(群盜)들이 날뛰지 않는 것만 해도 다행일세."

심의는 놀란 가슴을 쓸어내리며 숨을 길게 내쉬었다.

"군도들이야 다 잡아들였잖은가. 순석 부대라고 했던가? 마지막으로 잡아들인 군도 말일세."

"그랬지. 그러나 누가 알겠나. 또 다른 도적떼가 나타날지."

"참으로 어려운 시국이야. 백성들은 먹을 게 없다고 난리들인데 벼슬아치들은 땅 한 뼘이라도 더 차지하려고 서로 죽이고 죽고 있으니."

"그러게 말일세. 금상이 보위에 오른 지 서른네 해째 접어들었건만 태평성대는 간데없고 붕당(朋黨)의 조짐까지 있지 않은가."

"백성들이 바라는 것은 오직 하나, 배불리 먹고 자는 것뿐 아니던가. 헌데 허구한 날 끼니 걱정을 해야 하니 화적질인들 마다할쏜가."

그러다가 문득 지난밤 잠자리에 들면서 피장이 했던 말이 생각났는지 심의는 말을 바꿨다.

"밤손님을 조심해야 한다고 하더니 정말 탄복일세. 자네 괘는 한 번도 어긋난 적이 없어."

"송도의 화담은 서너 수 더 앞선다고 들었네. 나야 그에 비하면 초발심(初發心)밖에 안 되는 셈이지."

"그런데 꺽정이 놈이 언제 일어났지?"

"나도 모르겠네. 저렇게 코만 골던 놈이 번개처럼 후다닥 해치우고 들어오다니……."

피장은 자못 놀랍다는 표정으로 꺽정이를 내려다보았다.

"번개 같은 몸놀림과 천둥처럼 코 고는 모습이라. 그거 그럴싸하네. 천둥과 번개는 짝을 이루지 않던가."

"확실히 괴력(怪力)을 갖고 태어난 놈은 놈이야. 허허허. 참으로 통쾌했네."

"누가 믿겠는가. 나이도 어린 것이 칼 든 괴한을, 그것도 둘씩이나 자다가 일어나서 단숨에 꺾었다고 하면 말일세."

"세상일이란 믿는 측과 못 믿는 측이 있지 않은가. 믿을 사람은 믿겠지."

"어쨌거나 동이 트는 대로 서두르세. 화담이 보고 싶구먼."

"얼마 만인가?"

"해가 일고여덟 번은 바뀐 것 같으이."

두 노인은 이런 얘기 저런 얘기를 나누다가 다시 잠을 청하였다. 눈을 다시 떴을 때는 어둑새벽〔黎明〕 무렵이었다.

"일어나거라."

피장이 그때까지 코를 골며 자고 있는 꺽정이를 깨웠다. 꺽정이는 기지개를 켜며 늘어지게 하품을 하곤 방귀를 힘차게 뀌었다.

"다친 데는 없느냐?"

"다치다니유?"

피장의 물음에 도리어 꺽정이는 무슨 이야기냐는 듯 눈을 둥그렇게 떴다.

"됐다. 떠날 채비를 하여라."

널문이골을 지나 송도로 들어선 일행은 저잣거리를 찾아갔다. 옛 황도답게 저잣거리도 한양만큼이나 붐볐다. 송도는 조선조가 들어서자 창업에 협조하지 않으려는 방편으로 상인이 된 사람들이 많아 일찍이 상업이 발달하였다. 좁게 늘어선 저잣거리의 밥집으로 들어가 앉자마자 비가 쏟아지기 시작했다. 얼마 후 비가 그치자 밥집을 나오면서 심의가 주모에게 물었다.

"바침술집이 어디 있소?"

"저쪽 모퉁이를 돌면 큰 기와집이 보일 거요. 바로 그 집이오."

"고맙소."

바침술집이란 다른 것은 팔지 않고 병술만 파는 곳이었다. 가난한 백성들이 주로 이용하는 일종의 술도가로 때로는 관청으로 술을 공급하기도 했다. 대개 관청에는 주고(酒庫)가 설치되어 술을 직접 만들었으나 부족할 경우 바침술집의 술을 들여왔던 것이다.

"바침술집은 왜?"

피장이 심의에게 물었다.

"술친구를 찾아가는데 어찌 빈손으로 갈 수 있나. 그 친구와 수작(酬酌)을 하다 보면 언제 밤이 새는 줄도 모르지."

"오늘 밤은 술로 지새우겠구먼."

"그야 물론이지, 허허허."

일행은 바침술집에 들러 병술을 다섯이나 사고 안줏감도 장만했다. 그러고는 저잣거리를 나와 화곡동으로 향했다.

저잣거리를 지나면서부터 웬 키 큰 젊은이가 줄곧 같은 길을 가고 있었다. 차림을 보아하니 피장이나 꺽정이와 다를 바 없는 천민 복장의 젊은이였다. 키 큰 젊은이는 가끔씩 일행에게 눈길을 주곤 했다.

마침내 화곡동으로 접어들자 키 큰 젊은이가 양반 차림의 심의에게 물었다. 키 큰 젊은이는 이지함이었다.

"말씀 좀 여쭙겠습니다, 어르신."

"듣고 있네."

심의는 천민을 대하는 투로 응대했다. 보아하니 얼굴색마저 검은 것이 영락없는 천민이었다. 이지함은 바둑판을 만들던 평복 차림에다 비까지 맞아 후줄그레하기 짝이 없었다.

"혹시 화담 산방으로 가시는 분이 아니신지요?"

"그건 왜 묻나?"

"산방으로 가시는 분이면 제가 모시려고 합니다."

"그렇다면 이걸 들게. 화담이 우리가 오는 걸 알고 노복(奴僕)을 보낸 모양이군."

심의가 피장의 손에 든 안줏감과 병술을 이지함에게 건네주며 말했다.

이지함은 아직 화담 선생의 가르침을 받는 산방학인이 아니었으므로 자신을 떳떳하게 소개할 수 있는 입장이 아니었다. 짐을 받아든 이지함은 성큼성큼 길을 앞질러 나갔다.

"참으로 건장한 노복일세. 누구라도 탐을 낼 만하군."

이지함이 길을 앞서는 모습을 보고 심의가 하는 말이었다.

"상을 보아하니 천민은 아닌 것 같으이."

피장이 이지함의 상을 언제 보았는지 심의의 말꼬리를 붙잡았다.

"그렇다면 중인(中人)밖에 더 되겠는가."

"양반의 상이었어. 틀림없이 귀한 상이었네."

"허면 양반이 어떻게 맨상투 차림에 저런 복장을 하고 다닐 수 있단 말인가. 자네가 잘못 본 걸세."

"피치 못할 사정이 있었을 게야. 산방에 가보면 알겠지. 자, 서두르세."

5

　이지함이 앞을 서고 꺽정이가 뒤를 받치듯 하며 산방으로 들어섰다. 아직도 피장과 심의의 발걸음은 꽃골짜기의 중턱을 넘지 못하고 있었다.

　"휴, 골짜기가 어찌 이리도 긴가. 예전에는 짧았던 기억이 나는데."

　심의가 숨을 몰아쉬었다.

　"나이 든 탓이지. 전에는 짧던 길이 지금이라고 길어졌겠는가."

　"세월의 발목이라도 잡았으면 싶네. 이젠 나이 먹는 게 두렵네."

　"그랬으면 오죽 좋겠나."

　"꺽정이 놈이 부럽구먼. 천출이면 어떤가. 저렇게 젊고 싱싱한데."

　"젊은 것도 나름이지. 녀석은 도대체 글 배우는 걸 싫어하니 앞날이 걱정일세. 나랏법을 어기면서까지 가르치려 해보았지만 도무지 글공부는 싫다니……."

　"그래서 까막눈이 됐구먼. 아무리 천한 백성이라도 천자문 정도는 배

위야 하지 않겠는가."

"여부가 있겠나. 허나 천민들은 글을 못 하게 하는 나랏법이 있으니 그게 잘못된 게지. 그러니 그걸 어쩌겠는가."

"자네 같은 사람도 있잖은가. 알아도 함부로 드러내지 않으면 되는 것이지. 이젠 전과 많이 달라졌잖은가. 글 배우는 간섭도 덜 하니 말일세."

"그게 어디 쉬운 일이어야지. 천한 백성이란 조금 알게 되면 드러내는 걸 좋아하니 그 또한 문제일세. 식자우환(識字憂患)이 되기 십상이야. 글을 배워도 써먹을 데도 없고."

"그래도 글은 배워야 하지 않겠나."

"그야 백번 천번 지당한 말씀이지. 암, 배워야 하고말고. 인생이란 나이가 들면 들수록 더 배워야 하는 것이거늘. 이제 다 올라왔구먼. 들어가 보세."

산방 입구에서 잠시 숨을 고른 두 사람은 천천히 산방으로 들어섰다.

먼저 올라간 이지함이 초당으로 달려가 손님의 내방을 알렸다.

"선생님! 손님이 오셨습니다."

꺽정이는 이지함의 옆에 서서 화담 산방을 이리저리 훑어보느라 분주하게 눈동자를 굴리고 있었다.

"먼 길을 오시느라 수고가 많으신 분들이네. 어서 뫼시게."

화담은 어디서 오는 손님인지 알고 있는 듯했다.

"예, 곧 모셔 오겠습니다."

화담은 초당 문을 활짝 열고 툇마루까지 나와 손님 맞을 준비를 했다. 이지함은 산방으로 들어온 두 어른을 초당으로 안내했다.

"어서 오십시오, 심 교수(敎授) 어른."

화담의 얼굴이 환하게 밝아졌다.

심의는 8년 전 개성 유수부(留守府)의 성균관 교수로 있었다.

교수는 종6품의 관직으로 성균관이나 향교의 유생들을 가르치는 훈도를 말한다. 훈도 외에 백성들의 교화를 담당하는 교도가 따로 있었는데 이 모두 교육을 담당하는 일이므로 통틀어 교관(教官)이라고 하였다.

유수부는 도성(都城, 한양)을 경비하기 위한 특별구역으로 개성(송도)과 수원, 광주(廣州)에 두고 있었다. 조정에서는 송도의 유수부를 송도 유수부라 하지 않고 개성 유수부로 불렀다. 유수부는 또한 임금이 도성 밖으로 나갔을 때 머무는 행궁(行宮)의 역할도 하는 곳이었으니 유수부에는 만일의 사태에 대비하기 위한 병력이 항상 주둔하고 있었다. 그래서 유수부를 유수청(留守廳)이라고도 하였다.

유수부의 수장(守長)을 유수(留守)라고 하였는데 글자 그대로 '머물러 지킨다'는 뜻을 지닌 벼슬 이름이었다. 품계는 정2품으로 각 도의 관찰사보다 한 품계 높았고 판서(判書)와 같은 품계였다. 유수는 병권은 물론이고 관할구역의 행정권 등 막강한 권한을 갖고 있었다. 또한 도성 안에 있는 정2품 당상관을 대감(大監)으로 불렀듯이 유수를 경관(京官)이라고도 불렀다. 이는 대궐에 직속되어 있었기 때문이다.

개성의 성균관은 송악산 동쪽에 자리 잡고 있었다. 고려 초 별궁으로 사용되던 이곳은 중기에는 순천관이란 이름으로 외국의 국빈들이 기거하는 숙소로 이용되다가 고려 말부터 성균관이 되어 유생들의 교육기관으로 자리 잡았던 것이다.

"오랜만일세, 화담. 그동안 잘 계셨는가."

"예, 덕분에 이렇게 잘 지내고 있습니다."

화담은 심의보다 나이가 열네 살이나 아래였다. 따라서 어른으로서 깍듯이 대하고 있었다.

"일행이 있네. 같이 들어가도 무관한가?"

"무관하다마다요. 자, 어서 안으로 드시지요."

손님들이 모두 초당 안으로 들어갔다.

"자네는 밖에서 무얼 하시는가. 어서 안으로 들지 않고."

화담은 따라 들어갈 수도 없고, 나갈 수도 없어 머뭇머뭇하는 이지함을 불러 옆에 앉게 했다.

"먼 길 오시느라 모두들 노고가 많으셨습니다."

"노고는 무슨 노고, 친구 찾아오는 길은 아무리 멀다 한들 즐겁기만 하다네. 다시 만나서 반가우이, 화담."

심의가 정색을 하며 화담을 친구로 칭하여 불렀다.

"친구라니요. 한낱 서생에 불과한데 말씀 받자옵기 송구합니다."

"무슨 말씀이신가. 우린 친구일세. 자, 우리 둘 얘기는 나중에 하기로 하고 서로 인사하시게. 이쪽은 피장이란 친굴세."

심의가 피장을 소개하였다.

"소인 피장이라 하옵니다. 뵙게 되어서 광영(光榮)이옵니다. 절 받으십시오, 화담 선생님."

피장은 천민으로서의 예를 갖추었다.

"진작부터 심 교수 어른을 통해서 말씀 많이 들었습니다. 그렇잖아도 뵙고 싶었습니다. 참으로 반갑습니다."

두 사람은 맞절을 하였다. 피장은 중인에게조차 하대(下待)를 받아야 하는 천한 신분인 갖바치였으나 화담은 심 교수 대하듯 정중하게 맞았다.

그때 이지함의 머릿속에 큰형 지번의 이야기가 떠올랐다. 대관재 심의 어른과 피장 어른!

송도의 화담 선생에게 두 분의 존함을 대면 문하생으로 받아줄 것이라며 형님에게 소개해준 분들, 바로 그들과 마주 보고 있는 것이다.

스승을 찾아준 은인이나 다름없는 분들과 마주하게 되다니 너무나 뜻밖이었다.

"꺽정이도 인사 올려라."

심의가 낮은 어조로 꺽정에게 눈짓을 했다.

"꺽정이어유. 절 받으시어유."

꺽정이는 궁둥이를 하늘 높이 올려 넙죽 절을 하였다.

"짐 수발하고 오느라 고생이 많았겠구먼. 만나서 반갑네."

화담은 꺽정이에게도 하대를 하지 않았다. 말끝마다 이놈, 저놈이 이름처럼 붙어 다니던 꺽정이로서는 은근히 기분이 좋아졌다.

"자네도 인사 올리시게."

"한양에서 온 유생 이지함입니다."

화담의 하문으로 이지함이 정중하게 인사를 올렸다.

'유생? 그렇다면 노복이 아니었단 말인가?'

심의가 인사를 받으며 무안한 낯빛으로 사과를 했다.

"내가 젊은이한테 말을 함부로 한 것 같네. 차림새가 내 눈에는 영락없이 노복으로 보였네. 혹여 마음 상했으면 풀게."

옆에 앉은 피장이 부처 같은 미소를 띠고 있었다.

"아니옵니다. 하나도 마음 상하지 않았습니다."

심의는 꺽정이를 시켜 주안상을 보게 하였다. 주안상이라고 해야 길에서 사 온 병술과 안줏감이 전부였다. 조촐한 상차림이었으나 가난한 산방 살림으로는 잔칫상이나 다름없었다.

술잔이 몇 순배 돌았다. 꺽정이는 어른들과 술자리를 같이한다는 것이 매우 불편했다. 몸이 비틀리고 영 술맛이 나지 않았다. 술잔도 너무 작아 목구멍으로 넘어갈 것도 없었다. 그 기색을 놓칠 리 없는 화담이 이지함에게 일렀다.

"초당이 비좁으니 함께 잠자리를 할 수 없을 것 같네. 오늘 밤 양주골 젊은이와 동숙(同宿)해주었으면 하네."

"예, 선생님."

심의가 초당을 나서는 꺽정이 손에 병술 하나를 쥐어주었다.

두 사람이 초당을 나왔을 땐 반짝이는 별무리들이 산방을 가득 채우고 있었다.

이지함과 꺽정이는 어두운 꽃골짜기를 단숨에 내려왔다. 화곡동으로 들어서자 개 짖는 소리가 멀리서 들려왔다.

"앉읍시다. 우거하는 곳이라 아무것도 없소. 불편하지만 잠을 청하기엔 어려움이 없을 것이오. 가져온 술이나 한잔씩 합시다."

꺽정에게 병술을 받아든 이지함은 방 한쪽 모서리에서 자리끼 대접을 가져왔다.

"있는 것이라곤 이것뿐이니 먼저 한잔 드시오."

"아니, 지가 먼저……."

"괜찮소. 받으시오."

꺽정이는 두 손으로 공손하게 잔을 받았다. 이지함이 한 잔 가득 부으니 껵정이는 한입에 털어 넣고 곧바로 두 손으로 잔을 돌렸다. 이지함도 게눈 감추듯이 마셨다. 소매로 입을 훔치던 껵정이 이지함에게 물었다.

"그런데 말이유, 지가 뭐라고 불러야 해유? 백정 놈이 공대를 받는 것두 송구하구유."

"백정도 똑같은 사람이오."

"누가 사람 취급을 해주남유. 양반 앞에선 개돼지나 다름없는 걸유. 그건 그렇구, 뭐라고 불러야 되나유?"

"그쪽에선 형뻘 되는 손윗사람을 뭐라고 하오?"

"그냥 성님이라고 해유."

"그렇다면 내가 나이를 조금 더 먹은 것 같으니 성님이라 부르시게."

"그럼 지금부터 성님으로 모시겠구먼유. 지는 열아홉밖에 안 됐시유."

"나보다 넷이 아래군. 동생, 한잔 받으시게."

"성님, 고마워유."

병술을 다 비운 두 사람은 이불도 깔지 않고 방바닥에 벌렁 누워 잠을 청했다. 모처럼 술을 먹은 이지함이었다. 이내 잠이 들었다.

초당에선 오랜만에 화기애애한 이야기꽃이 피었다.

"내가 오래 살아 화담을 다시 볼 수 있다니 정말 꿈만 같네."

"저도 심 교수 어른을 다시 뵈어 참으로 고맙습니다. 말씀으로만 듣던 피장 선생도 만나 뵈었으니 오히려 제가 꿈만 같습니다."

"이보시게, 화담. 자네나 피장 같은 친구를 둔 나는 세상 부러울 게 없는 늙은일세. 내 나이 되어보게. 모두 세상을 등져 아무도 없다네. 오래 사는 것도 좋으나 친구가 없다는 생각을 해보셨는가. 이젠 나이를 잊고

산 지 오랠세. 나이 먹어 친구 하나 없는 것보다 젊은 친굴 두는 편이 내겐 행복이라네. 피장도 나보다 일곱이 아랠세. 그런데 친구로 대하지 않던가. 우리 모두 친구일세. 안 그런가, 피장?"

"여부가 있겠나. 허나, 화담 선생님하고 소인하곤……."

화담이 피장의 말을 가로채며 끼어들었다.

"신분이 무에 그리 중요하겠습니까? 피장 선생께선 저에게도 가르침을 주실 수 있는 분이라고 들었습니다. 앞으로 친구처럼 대해주십시오."

나이로 따지면 피장보다 화담이 일곱이 적었고, 피장은 심의보다 일곱이 적었다. 그러나 심의는 나이를 개의치 않았다.

"한양 이야기가 듣고 싶습니다. 심 교수 어른."

"허허, 이 사람 화담! 말을 놓으시게. 그래야 친구가 되지 않겠나. 공대를 계속하면 나는 한양으로 돌아가겠네!"

화담이 공대를 하자 심의는 짐짓 화를 내며 몸을 일으킬 듯했다. 화담이 얼른 사과를 하자 다시 자리에 앉았다.

"댓바람에 말을 놓기는 쉽지 않은 것 같으이, 대관재. 서로 하오를 하는 게 어떨까 싶네. 화담은 어떻게 생각하오?"

피장이 중재를 자청하고 나섰다.

"그게 좋겠소."

화담은 얼결에 응낙을 했으나 마음속으로는 송구하기 짝이 없었다.

확답을 받은 심의가 병을 들고 두 사람에게 술을 따랐다. 또다시 술잔이 서너 순배 돌아갔다.

"지금 조정에서는 붕당의 조짐이 있다네. 대윤(大尹)이니 소윤(小尹)이니 하며 외척들이 판을 치고 있지. 나라꼴이 어떻게 되려고 그러는

지……."

"대관재, 대윤은 누구고 소윤은 누구를 말함이시오?"

"화담은 멀리 떨어져 있으니 잘 모를 것이네만, 대윤은 윤임(尹任)이고, 소윤은 윤원형(尹元衡)이라네. 윤임은 세자 저하의 외숙이 되고, 윤원형은 금상의 재계비(再繼妃) 윤씨의 동생이라네."

연산군 폐위 뒤 하루아침에 진성대군(晉城大君)에서 왕위에 오른 중종 임금은 세 명의 왕비를 두었다.

첫 번째 왕비는 단경왕후(端敬王后) 신씨였다. 단경왕후는 반정 때 살해된 신수근의 딸로 왕비로 책봉된 지 7일 만인 중종 원년(1506년) 9월 9일에 반정공신들의 압력으로 폐위되어 궐 밖으로 쫓겨났다. 그때 나이 스물이었다.

두 번째 비는 장경왕후(章敬王后) 윤씨였다. 장경왕후는 중종 10년(1515년) 2월, 지금의 왕세자(인종) 호(岵)를 낳고 산후병을 얻어 7일 만에 경복궁 동궁 별전에서 스물다섯의 나이로 죽었다.

세 번째 왕비는 문정왕후(文定王后) 윤씨였다. 장경왕후가 죽고 2년 후인 중종 12년(1517년) 2월에 열일곱의 나이로 왕비로 책봉되었다.

문정왕후 윤씨는 딸만 넷 낳다가 서른셋 되던 중종 29년(1533년)에 경원대군(慶源大君, 명종)을 생산했다. 그리고 이제는 나이 사십 줄에 들어섰다.

심의가 말하는 재계비란 두 번째 계비라는 뜻으로 바로 문정왕후를 지칭하는 것이었다.

"외척이 날뛰는 이유는 딱 한 가지, 화담은 짐작할 수 있겠지? 이왕 말이 나온 김에 어디 두 사람이 한번 알아맞혀보시겠나?"

심의가 화담과 피장에게 짓궂은 제의를 하였다.

선비들의 술좌석엔 으레 지필묵이 준비되어 있는 터였다. 흥이 나면 시조도 읊었고, 서로 운을 띄우며 흥겨운 시를 지어 화답을 하거나 시구(詩句)를 암송하기도 했다. 누군가가 주제를 들고 나와 제의하면 물리치지 않는 것이 예의였다.

술기운이 거나해진 두 사람은 지필묵을 당겨 써 내려갔다. 심의도 돌아앉아 뭔가 끄적거렸다. 두 사람은 글을 쓴 지찰(紙札)을 반 접어 심의 앞으로 내밀었다.

심의가 피장의 서지(書紙)를 펼쳤다.

'御'

'어' 자가 씌어 있었다. 어 자는 '어거(馭車)하다, 짐승을 길들이다, 다스리다, 말다, 아내, 벌려놓다, 모시다, 맞아들이다, 막다' 등 스무 가지도 넘는 뜻을 가지고 있었다.

어 자 하나만 가지고는 무슨 뜻인지 알 수 없었다. 심의는 이해가 가지 않는다는 표정으로 화담의 서지를 펼쳤다.

'榻'

'탑' 자였다. 탑 자는 '걸상, 평상, 베(布)의 이름, 본을 뜨다, 그대로 베끼다' 등의 뜻을 가지고 있었다.

술이 올라 불콰해진 심의가 빙긋 웃으며 말했다.

"이 친구들 조선 천지에 학문과 주역에 대가(大家)라고 하는 거 맞는가? 두 사람이 똑같은 글자로 나올 줄 알았는데 서로 엉뚱한 글자를 썼잖은가. 내가 볼 땐 아직도 멀었네. 여기 답이 있네."

'王'

심의가 던진 서지에는 '임금 왕' 자가 적혀 있었다.

"우하하하하!"

왕 자를 본 화담과 피장은 약속이나 한 듯 얼굴을 마주보며 박장대소했다.

"이 친구들이 갑자기 왜 이러나."

뭔가 이상한 낌새를 느낀 심의가 두 사람의 서지를 다시 펼쳐보았다. 분명 조금 전에 본 '御'와 '榻'이었다. 그러다가 눈이 휘둥그레졌다. 두 글자를 붙여 보았다.

'御榻'

어탑! 그것은 임금이 앉는 의자, 즉 어탑은 임금 자리인 보위(寶位)를 일컬음이었다.

'어탑'은 심의가 쓴 '왕' 자와 같았으나 격이 달랐다.

"과연 대가는 대가일세!"

'왕과 어탑!'

서로 구체적인 말을 하지 않았지만 세 사람은 조정의 상황을 한눈에 꿰뚫고 있었던 것이다.

대윤은 왕세자를 보전하여 보위에 올리려 하고, 소윤은 왕세자를 폐위시키고 경원대군을 보위에 오르게 하려는 속셈이었다. 이 싸움은 자신의 아들을 보위에 오르게 하려는 문정왕후의 욕심에서 비롯된 것이었다.

그렇게 세 사람은 조정에 관한 이야기와 시국을 논하면서 밤을 지새웠다. 때로는 웃음꽃이 피기도 하고 때로는 비통한 한탄이 터져 나오기도 했다. 그러다가 불현듯 이야기가 꺽정이에게로 옮겨갔다.

꺽정이의 코 고는 이야기, 방귀 이야기, 힘이 장사라는 이야기, 장단에서 화적을 번개같이 때려눕힌 이야기……. 이러저런 이야기 끝에 피장이 한숨을 내쉬었다. 한낱 천한 백정이지만 젊은 청년의 앞날을 걱정하지 않을 수 없었다.

"꺽정이 놈은 묘향산을 간다고 하지만 내가 볼 때는 구월산으로 갈 것 같네. 구월산이 어딘가? 화적들의 소굴이 아니던가. 삼림이 우거져 한낮에도 밤중 같은 산속이라 조정에서도 포기하다시피 하는 곳이잖은가. 참으로 걱정이 되네."

피장이 꺽정이의 등쌀에 못 이겨 '같이 가마' 하고 송도까지 오긴 했으나 걱정이 되어 말을 꺼낸 것이다.

심의가 피장의 말을 받았다.

"그거야 그놈의 팔자지. 딱히 방도가 없지 않은가."

"방도가 있을 수도 있잖은가. 찾아볼 수밖에……. 『역경(易經)』에 비하면 반 푼어치밖에 되지 않지만 나도 사주팔자라든가 관상 따위는 좀 볼 줄 아네. 하지만 그것도 혼자 생각이니 옳고 그른 것이 분간이 잘 안 되네. 이참에 화담의 이야기를 듣고 싶구먼. 이야기 좀 해주시겠나?"

"타인의 상을 잠시 일별했을 뿐일세. 학문을 하는 사람으로서 함부로 내뱉는 것은 옳지 않다고 생각하네."

"그걸 모르는 바는 아니지만 내 판단이 잘못된 것이라면 그도 문제 아니겠나. 화담도 놈의 상을 다 보았을 것이니 숨기지 말고 말씀해주시게."

"글쎄, 깊이 관찰하지 않아 잘은 모르겠네만 우리가 이야기한다고 따를 사람이 아닌 것은 분명하네."

"그런 말을 듣자는 게 아니잖은가. 속을 다 터놓으시게."

"화담, 그리하시게."

심의까지 거들고 나서자 화담은 어쩔 수 없다는 듯 입을 떼었다.

"상이 좋지 않네. 관상보다 심상(心相)이 더 좋아야 한다는 말이 있네. 그러니까 얼굴에 나타난 것보다 마음이 더 중요하다는 말이지. 그런데 꺽정이는 심상이 더 좋지 않으니 그게 문제라는 걸세."

"심상이 더 좋지 않다는 말은 또 무엇인가, 화담?"

"피장도 잘 알고 있지 않은가. 내심험독(內心險毒)일세."

"그렇다면 사람이 될 여지가 없다는 말인가?"

심의도 한마디 거들었다. 그러면서 한편으로는 눈을 감고 꺽정이의 얼굴을 떠올리며 입속으로 중얼거렸다.

'커다란 낯짝에 그래도 각이 번듯했어. 살빛은 거무스름했고……. 주둥이는 한일자로 길게 쭉 찢어졌지. 헌데 코는 날이 우뚝 섰단 말이야. 그리고 눈썹은 검댕을 칠해놓은 것처럼 시꺼먼 게 꼭 누에를 붙여놓은 것 같았지. 눈에서는 섬뜩할 만큼 칼 빛이 났고. 낯짝은 제가 만든 것이 아니라서 어쩔 수 없다지만 고놈의 성깔은 불덩이란 말이야.'

화담이 차분하게 말을 이었다.

"되고 안 될 것은 없네. 허나 장차 큰 문제를 일으킬 것이 더 걱정이 된다는 말일세."

"큰 문제라니? 그게 대체 무엇인가?"

심의가 근심 서린 표정으로 재차 묻자 화담이 붓을 들었다.

"피장, 붓을 들어 함께 써보세."

화담의 제의에 피장도 붓을 들었다.

"대관재가 살펴주시게."

두 사람은 붓을 내려놓고 글씨가 적힌 서지를 다시 심의에게 내밀었다.

화담의 서지에는 '首賊', 피장의 서지에는 '大賊'이라 적혀 있었다.

수적의 '도둑의 우두머리'나 대적의 '큰 도둑'이나 군도를 이름이니 모두 떼도둑을 뜻하는 것이었다.

화담과 피장은 서로 뜻 깊은 눈길을 주고받았다.

심의는 서지를 펼칠 때부터 놀란 표정으로 입을 다물지 못하고 있었다. 화담이 잠시 생각하는 듯하더니 입을 열었다.

"멸문지화(滅門之禍)를 당하는 것은 아닌지 모르겠네."

"……"

"……"

"그나저나 피장은 앞으로 어쩔 셈이신가?"

"할 수 없지 않은가. 내가 직접 그놈이 가는 데까지 따라가서 눌어붙던가 아니면 데리고 나와 사람을 만들어볼 참이네."

"어려움이 많을 게야."

그러면서 화담은 다시 붓을 잡아 몇 자 적었다. 그리고 피장에게 건네주었다.

"이게 무슨 뜻인가?"

"잘 생각해보시게. 잠이 오는군. 이제 눈을 붙이도록 하세."

화담이 피장에게 적어준 것은 다음과 같았다.

'玉白石衣刀 再生 甲子之六'

창밖이 어슴푸레 밝아오고 있었다.

6

"신이 두 켤레나……. 에구, 발도 징그럽게 크네."

젊은 아낙이 이지함의 방 툇마루 앞에 놓인 짚신 두 켤레를 보고 놀라는 시늉을 했다.

"선비님 기침하셨소?"

툇마루에 걸터앉으며 젊은 아낙이 물었다.

"하였소이다. 왜 그러시오?"

이지함은 퉁명스럽게 말을 받았다.

"손님이 오셨소? 못 보던 신이 있으니."

"그렇소이다. 허니 조반상 보실 때 밥 두어 그릇만 더 얹어주시오."

"알았소."

대답을 하고 돌아서기는 했으나 젊은 아낙은 이지함에 대한 노여움이 덜 가신 채였다. 성의를 무시해도 유분수지, 툇마루 옆에 팽개쳐져 있는 궤안을 볼 때마다 속에서 불이 일었다. 게다가 썩으면 없어질 손 좀 잡았다고 뿌리치며 도망칠 것은 또 뭐란 말인가. 남자가 그깟 일로 얼굴을 피하다니 생각할수록 부아가 치밀었다.

'하여튼 책상물림 샌님들이란.'

젊은 아낙이 부엌으로 들어가면서 입을 삐쭉거렸다.

이지함은 그런 아낙을 짐짓 못 본 척 외면했다.

정 서방은 장삿길을 떠난 모양인지 수인사를 나눈 뒤로 눈에 띄지 않았다. 정 서방은 한번 나가면 언제 올지 기약이 없는 사람이었다.

처지가 그러하니 젊은 아낙으로서는 남정네 품이 밥보다 그리울 것이었다. 젊은 아낙은 언뜻 봐도 교색이 넘쳐흐르는 자태였다. 남정네를 대하는 눈빛이 그러했고 걷는 뒤태가 또한 그러하였다. 이지함이 젊은 아낙을 애써 경계하는 것도 그런 연유에서였다. 자칫 헤프게 보였다가는 무슨 곤욕을 치를지 모를 판이었다.

갑재를 나온 이지함은 꺽정이와 어깨를 나란히 하며 꽃내까지 왔다.

이지함이 먼저 징검다리를 건넜다. 꺽정이도 건너왔거니 하고 뒤를 돌아보았다. 그러나 꺽정이는 냇가에 쭈그리고 앉아 부지런히 손을 놀리고 있었다.

이지함이 징검다리를 다시 건너가보니 민들레 이파리를 따고 있었다.

"민들레 이파리는 뭐하려고?"

"가만계셔봐유. 공밥 먹을 수 있남유. 값을 해야지유."

냇가에는 막 돋아난 민들레가 지천이었다.

"이파리가 야들야들할 때 따야 해유. 우리 엄니가 이걸 잘 무쳤는데 을매나 맛있는지 몰라유. 그리구유, 이놈이 나보다 먼저 일어나유. 동이 트기 전에 일어나는 놈이거든유. 지가 이놈보다 먼저 일어날라구 암만 애써두 안 됐시유. 또 이놈이 꽃이파릴 거시기 벌리듯 활짝 열어놓고 있을 적에는유 가까이 가지 말아야 돼유. 벌이 무진장 많거든유."

꺽정이는 게걸음으로 민들레 이파리를 따면서 계속 주절거렸다.

"가만, 가만있어보게, 동생. 방금 뭐라고 했지?"

꺽정이가 무심코 주절거리는 가운데 귀담아들을 것이 있었다.

"어머니가 무쳐준다……, 동이 트기 전에 일찍 일어난다……, 또 뭐라 그랬지, 동생?"

"벌이 많이 몰려든다니깐유."

"벌이 모여든다……? 그렇다면 꿀이 많다는 게 아닌가?"

"그렇겠쥬, 뭐."

이지함은 무릎을 쳤다. 꺽정이의 말 속에 민들레의 덕이 숨겨져 있었던 것이다.

"그런데 동생, 일찍 일어난다는 말은 무슨 뜻인가?"

"그것두 몰라유? 꽃이파리를 제일 먼저 열어 제낀다니깐유. 이놈 거보다 먼저유."

꺽정이는 쭈그리고 앉은 무릎을 꽃이파리를 펼치듯 쫙 벌리면서 손가락으로 자신의 사타구니를 가리켰다.

"아, 그게 그런 말이었구먼. 하하하. 고맙네, 동생."

"고맙긴유……. 남들도 다 아는 건데유."

이지함은 꺽정이의 말을 다시 정리해보았다.

'먹을거리가 된다, 제일 먼저 꽃을 피운다, 꿀이 많다.'

머릿속에 이 세 가지를 꼭꼭 저며 넣었다. 이미 두 가지는 찾아냈으니 이제 네 가지만 더 보태면 된다. 맞고 안 맞고는 나중 문제다. 아홉 가지를 찾아내 합당한 논리로 설명하면 될 것이다.

"이거 젊은 아줌씨한테 무쳐달래서 한번 잡숴봐유."

꺽정이의 양손에는 민들레 이파리가 가득했다.

산방 초당에는 세 켤레의 짚신이 나란히 놓여 있을 뿐 조용했다. 아직 기침 전인 듯싶었다.

이지함은 발소리를 죽인 채 꺽정이를 데리고 못가로 갔다. 바둑판에 줄을 그어야 했기 때문이었다.

꺽정이는 이지함이 공을 들이고 있는 바둑판에는 전혀 관심이 없는 듯했다. 이지함이 바둑이 뭔지 몇 마디 설명을 해주었으나 그런 것 따위는 알 것 없다는 듯 마당 한쪽 구석에서 싸리비를 가지고 왔다.

싸리비를 들고 온 꺽정이는 못가에 흩어진 톱밥, 대팻밥, 목재 자투리를 쓸어 모아 초당 부엌 아궁이에 넣고 왔다. 일이 몸에 밴 터라 누가 시키지 않아도 알아서 척척 해냈다. 할 일이 없어지자 꺽정은 운암을 지나 슬슬 뒷산으로 올라갔다.

이지함은 먹실로 바둑판 줄을 만들어나갔다. 먹선을 치려니 신경이 바둑줄처럼 팽팽해졌다.

이지함이 바둑판 줄을 다 그어갈 무렵 꺽정이가 다시 못가로 돌아왔다. 꺽정이의 양손에 풀이파리가 한 움큼씩 쥐어져 있었다.

"음매애."

뒤를 돌아보니 고양이었다. 고양은 경계는커녕 짧은 꼬리를 살랑살랑

흔들며 껏정을 따라오고 있었다.

"옳지, 옳지, 이리 온. 아이구 착하다."

껏정이가 풀이파리를 손바닥에 놓고 손짓을 하자 고앙이 코를 벌름거리며 가까이 다가갔다.

"그래, 먹어라. 옳지, 잘 먹는다. 자, 또 먹어라."

고앙은 널름널름 맛있게 먹었다.

껏정이가 고앙의 목을 쓰다듬어주기 시작했다. 달랑거리는 수염도 만져주고 뿔도 만져주고 배도 만져주었다. 고앙은 껏정이가 만지거나 말거나 풀이파리만 열심히 씹고 있었다.

잠시 후 껏정이의 손이 슬금슬금 고앙의 사타구니 쪽으로 가더니 불알을 살살 만지기 시작했다. 고앙은 '으음' 소리를 내며 가쁜 숨을 뱉어내더니 눈을 부릅떴다. 그러곤 갑자기 앞발을 치켜들며 뒷다리로 섰다. 불알을 조금 더 만져주자 불알 앞쪽에서 시뻘건 것이 툭 삐져나오더니 허공에 대고 쭉 방사를 했다.

"헤헤헤. 기분 좋지, 염생아."

"무슨 짓을 하는 겐가, 동생!"

이지함이 보고 있기 민망하여 껏정이를 나무랐다. 껏정이는 또다시 헤헤헤 웃었다.

"성님, 암놈이 없잖아유. 그러니 내가 대신 만져줬쥬."

"암컷이 없다고 그러면 되나."

"아이구, 성님두. 성님은 몰라도 너무 모르세유."

"뭘 모른단 말인가."

"지가 준 풀이파리를 먹고 방사를 하지 않으믄유 하루 쬥일 시끄러워서 못 살아유."

"그건 또 무슨 소리인가."

"이 풀이파리를 먹으믄유 한나절에 암놈 백 마리는 거뜬히 해치우거든유."

"암컷 백 마리를? 그런데 암컷이 없는 줄 알면서 왜 그런 풀이파리를 주었단 말인가."

"증말, 뭘 몰라도 한참 모르시네. 그거야 염생이들이 제일루 좋아하니깐 줬지유. 그래야 이놈허구두 친해질 게 아닌감유?"

"친해진다?"

"그럼유. 지 좋아하는 거 주는데 안 좋아할 리 있남유? 사람이나 짐승이나 똑같아유."

꺽정이는 한바탕 사설을 늘어놓았다.

"자, 봐유, 을매나 똑같은지. 짐승이나 사람이나 배고픈 거 알지유, 지 새끼 이뻐할 줄 알지유, 지 식구 죽는 거 보면 울지유……. 헤헤헤, 지는유, 짐승을 많이 때려잡아봐서 잘 알아유. 또 뭐가 있드라……. 그래유, 지 좋아해주는 거 알지유, 화나면 승질 부릴지두 알지유, 거 뭐예유, 교…… 뭐라 하던데, 교…… 에이, 무식한 놈은 무식하게 말해두 되지유, 성님? 그러니깐 씹하는 것두 알지유……. 하여간 똑같아유."

이지함이 들어보니 말인즉슨 구구절절 옳았다.

"동생."

이지함이 꺽정이를 불렀다.

"왜 그러신대유?"

"아무리 그래도 그렇지, 그리 말하는 건 좀 뭣하네. 교미(交尾)나 교접

(交接)이라 하네. 다음부터는 잊지 말게."

"맞아유. 교접이구먼유. 이제 생각이 나는구먼유."

"헌데, 그 풀이파리 이름이 뭔가?"

고앙을 길들이기 위해서였다. 그러려면 고앙이 좋아하는 풀이파리 이름을 알아야만 했다.

"음양곽이라구 해유."

"음양곽?"

이지함은 들어본 것 같기도 하고 못 들어본 것 같기도 했다. 글로 쓰면 알 수 있을 것도 같았다. 그러나 글을 모르는 꺽정이에게 써보라고 할 수는 없는 노릇이었다.

"들은 얘긴디유, 왜 음양곽이라 했냐문유, 아까 번에두 지가 말했잖아유, 염생이 수놈이 먹으면 한나절에 암놈 백 마리는 꺼떡없다구유. 하여튼유 음탕한 염생이가 먹는 약초나 그런 말이래유."

이지함은 꺽정이가 무슨 말을 하는지 알아들었다.

음란할 음(淫), 양 양(羊), 향기로운 풀 곽(藿). 음양곽(淫羊藿). '음탕한 염소가 먹는 향기로운 풀'이었다. 다르게 쓸 수는 없었다. 꺽정이가 얘기하는 음양곽은 맞는 말이었다.

"그런데유. 이 음양곽을 백정들두 대려 먹어유."

"약재로도 쓰이는 모양이로군. 그런데 음양곽을 어디서 뜯나?"

"뒷산 쪽으로 가면은유, 숲 속에 많아유."

"어떻게 찾을 수 있겠나?"

"아주 쉬워유. 줄기 하나에 가지깽이가 딱 세 개만 나는 풀이에유. 그 가지깽이에는유, 이파리가 딱 세 개씩만 달려유."

"고맙네, 동생."

그랬다. 음양곽을 삼지구엽초(三枝九葉草)라고도 했다. 줄기 하나에 가지가 셋씩 돋아나 가지 하나에 잎이 세 개씩만 달리는 풀이었다. 그래서 가지 셋, 이파리 아홉, 삼지구엽초가 되었던 것이다. 이파리는 꼭 콩잎처럼 생겼고 키는 다 자라도 한 자 정도밖에 안 되는 다년초였다.

음양곽은 염소만 좋아하는 것이 아니라 일반 백성들 사이에서도 요긴하게 쓰이는 약초였다. 허리와 무릎을 보하며, 남자의 양기를 돋우고, 근골을 굳세게 만들어주며, 정액 분비를 증가시키는 약재로 쓰였다.

이지함은 꺽정이를 통해 민들레의 세 가지 덕은 물론 고양을 길들일 수 있는 방법을 알게 된 것이었다.

'화담 선생님과 약조한 세 가지!'

처음에는 한 가지도 해낼 수 없을 것 같았던 약속이었다. 그러나 우여곡절 끝에 바둑판을 만들었고, 고양을 길들일 수 있는 방법도 알아냈으니 이제 남은 것은 민들레의 구덕 가운데 네 가지 뿐이었다. 가슴이 설렜다. 화담의 제자가 되는 날이 이제 멀지 않은 것이다.

화담과 대관재 심의, 피장이 못가로 걸어오고 있었다.

"어르신들, 밤새 무고하셨는지유."

"간밤에 말씀 많이 나누셨습니까, 선생님?"

이지함과 꺽정이는 세 어른 앞에 공손하게 예를 올렸다.

"그랬네, 그런데 자네는 양주골 젊은이와 자느라 방이 비좁지는 않았는가?"

화담이 대답 삼아 되물었다.

"잠자리는 넉넉했습니다. 재미있는 이야기도 많이 했습니다."

"고맙네. 사람이란 동고동락하는 시간을 갖게 되면 한 식구가 되는 법, 인연을 소중하게 생각하여야 할 것이네."

일행의 발걸음이 바둑판을 만들어놓은 곳에 이르렀다. 화담이 바둑판을 보더니 이지함을 불러 대뜸 호통을 쳤다.

"이걸 바둑판이라고 만들었는가!"

'……?'

이지함이 보기엔 번듯한 바둑판이었다.

"어떤 바둑판을……?"

그러나 말도 채 끝내기 전에 또다시 호통이 떨어졌다.

"음양도 모르는 서생이었더란 말인가! 다시 만들게!"

화담이 바람을 일으키며 초당으로 발걸음을 돌렸다.

이지함은 가슴이 쿵 하고 내려앉았다.

"화담이 화를 다 내다니."

심의가 얼떨떨한 표정으로 화담의 뒤를 따르고 있었다.

"해는 말을 할 줄 모른다네."

피장이 심의를 뒤따르며 의미심장하게 한마디를 남겼다.

'해는 말을 할 줄 모른다?'

이지함은 피장의 말을 되새기며 바둑판을 보았다. 그러나 해와 말이 그곳에 있을 리 만무였다.

"치잇, 모르면 갈쳐주진 않구, 해는 말을 못 한다니유. 해가 어떻게 말을 해유. 피장 어른은 알고 있는 거예유. 헛말은 안 하시는 분이걸랑유."

꺽정이도 이지함이 걱정되는지 끼어들었다.

"나도 그렇게 생각하네. 피장 어른 말씀에 뭔가 깊은 뜻이 있을 것이네만, 그런데 그걸 알 수 없으니……."

"잘 생각해봐유. 성님은 글을 많이 읽었다면서유. 무식한 지두유 쬐끔만 생각하면 알아지는 게 많거든유."

이지함은 못가에 주저앉았다.

'음양을 모른다? 해는 말을 할 줄 모른다?'

두 사람이 던진 말들을 화두로 삼아 사색에 잠겼다. 화두의 늪은 하늘만큼 넓었고 바다 속처럼 깊었다.

"아까 그 젊은 학인에게 어찌 화를 내시었는가?"

초당으로 들자 심의가 짐짓 목소리를 낮추어 화담에게 물었다. 화담이 누구를 대하여 언성을 높이는 것을 처음 보았던 것이다. 제자는 물론이려니와 설령 조롱하듯 학식을 시험하려 드는 부류에게조차 화담은 늘 온화하게 웃으며 대했다.

"큰 그릇을 만드는 중일세."

"큰 그릇을 만들다니, 이지함이라는 젊은이 말인가?"

"땅을 끌어안고 하늘을 떠받칠 그릇이라네."

"그가 그런 재목이었는가. 그러고 보니 피장도 어제 처음 만난 길에서 귀한 상이니 뭐니 했는데, 자네도 미리 알아본 겐가?"

심의의 물음에 피장은 그저 부처 같은 미소를 지어 보일 뿐이었다.

"허, 내가 진정 까막눈일세. 달고 있으면 뭣하나. 그런데 차근차근 일러주지 않고 왜 언성을 높였는가?"

"공부 욕심이 큰 젊은이네. 자칫 욕심을 앞세워 길을 쉽게 들면 궁량이 작아지고 오만해져서 그릇이 되기도 전에 행세하려 드는 것을 익히 봐오지 않았는가. 선현들도 배움을 청하는 사람일수록 간난(艱難)함을 거쳐 마음이 형통해지도록 해야 하며, 그런 뒤에야 비로소 분별이 생긴 다 했네."

"지당한 말씀일세."

"뱃속에 사서삼경을 넣고 천하의 사서를 읽었다고 자처한 사람 중에도 알량한 이익을 위해 권세를 휘두르고, 권력에 아첨하는 인사가 어디 한둘인가. 배우길 잘못 배워 겸손을 잃고, 인의예지를 잃었으니 진정 선비를 만나기 어려워졌네. 쇠가 좋을수록 거듭 달구어 두드리라 했으니 말하자면 입방 전 수련이네."

"훌륭한 스승일세."

심의가 감탄하며 화담을 바라보았다.

"과찬이네. 그저 늦배운 산중처사로 스승의 예를 다하려 애쓸 뿐이네."

화담이 웃으며 손을 내젓자 곁에 있던 피장이 끼어들며 말을 돌렸다.

"그건 그렇고 화담, 어둑새벽에 써준 것 말일세. 그걸 한번 논해보세."

"그렇지, 그것도 괜찮겠구먼."

심의가 가부좌를 튼 무릎을 안쪽으로 바싹 당겨 앉았다.

피장이 봇짐 옆에 접어둔 서지를 가지고 왔다. 그리고 방 한가운데에 펼쳐놓았다.

'玉白石衣刀 再生 甲子之六'

막상 서지를 펼쳐놓고 보니 껵정이에 대한 예언일 것이라는 막연한 추측뿐 피장이나 심의나 깜깜절벽이었다.

우선 옥백석의도(玉白石衣刀)를 제대로 풀어야 뒤도 실타래가 풀리듯 풀릴 것이었다.

"구슬(玉)과 흰 돌(白石)과 옷(衣)과 칼(刀)이라."

심의가 한 자씩 뜻을 읊으며 중얼거렸다.

화담은 슬며시 초당 밖으로 나왔다. 초당에 눌러앉아 있으면 두 사람이 불편하리라 싶었기 때문이었다.

"구슬이 박힌 흰 돌에 옷과 칼을 놓는다? 옷감을 칼로 베어 옷을 만들고 흰 돌에 옥을 붙인다?"

심의는 자의를 꿰맞춰보고 있었다. 글자 순서대로 꿰맞춰보기도 했고 거꾸로 꿰맞춰보기도 했다. 그러나 이리저리 꿰맞춰도 떠오르는 것이 없었다.

"이보시게, 피장. 도통 무슨 뜻인지 알 수가 없네. 자네는 어떤가?"

"자의에 얽매이는 것부터 틀렸다고 보네. 뒤에 재생이 따르는 걸 보면 혹시 파자(破字)가 아닌가 싶네. 만일 파자가 확실하다면 옥과 백만으로는 글자를 이룰 수 없으니, 옥백석(玉白石)이 무엇의 파자인가 알고 나면 쉬울 것이라고 보네. 그래야 새로이 태어난다는 재생과 연결이 되지 않겠나."

"오, 그렇겠군. 옥백석이라……."

피장은 이미 무슨 글자를 파했는지 알고 있었다. 그가 매달리고 있는 것은 말미의 네 글자, '갑자지육(甲子之六)'이었다.

"피장, 의도(衣刀)는 '처음 초(初)'라는 걸 알아냈네. 그런데 옥백석은 무엇의 파잔가? 내 머리로는 풀 수 없네. 도대체 머리가 열리지 않아."

심의는 아예 방바닥에 벌렁 누워버렸다.

피장은 심의가 눕자 갑자지육을 파고들었다.

'갑자(甲子)는 육십갑자(六十甲子)를 뜻하는 듯한데…… 또 육은 무얼 뜻한단 말인가. 음, 혹시 숫자를 말하는가. 숫자라…… 갑자지육을 육십지육으로 해본다면 육십에 육이 된다는 말인데……, 육십에 육이라…… 그래, 옳거니. 삼백육십을 말하는군.'

"이보게 대관재! 풀렸네!"

피장의 풀렸다는 소리에 심의가 벌떡 일어나 앉았다.

"옥백석(玉白石)은 푸를 벽(碧)이요, 의도(衣刀)는 처음 초(初). 그래서 벽초(碧初)가 되네. 재생은 다시 태어난다는 것이니 다른 뜻이 없을 것이고. 갑자지육(甲子之六)은 삼백육십을 말하는 듯싶네."

"다른 건 다 알아듣겠는데 삼백육십은 이해가 되질 않네."

심의는 피장이 자세하게 설명하자 그제야 고개를 끄덕였다.

"그런데 삼백육십은 또 무슨 뜻인지 그걸 모르겠단 말이야. 대관재도 한번 생각해보시게나."

피장의 고민은 바로 삼백육십에 있었던 것이다. 머리로만 할 것이 아니었다. 지필묵을 들어 써보았다.

'벽초 재생 삼백육십(碧初 再生 三百六十)!'

서지를 뚫어지게 바라보던 심의가 갑자기 붓을 들더니 끝자리에 해 년(年) 자를 꽉 눌러썼다.

"그래야 말이 될 듯싶네. 답은 항상 가까이에 있고 쉬운 법. 그걸 알고 있는 화담이 년(年) 자를 일부러 빼놓은 것일세."

'碧初 再生 三百六十年!'

"이제야 말이 되는군."
"피장, 내가 한번 해석을 해보겠네. 들어보게."
심의가 자신 있게 나섰다.
"푸른 새벽으로 다시 태어난다. 삼백육십 년 후에!"
"해석 한번 멋들어지네. 하하하!"
피장이 큰 소리로 웃었다.
"걱정이의 사후까지 내다보다니 정말 화담은 대단하이."
심의가 화담의 깊은 통찰에 감탄을 하였다.
"화담이 나보다 서너 수는 위일세. 과연 주역을 통달하였다더니 그 말이 사실이었네. 참으로 놀랍네."
피장도 화담의 혜안에 탄복하고 있었다.
말을 마친 피장이 얼른 자리에서 일어나 화담을 불렀다. 화담이 초당으로 들어오자 해답을 쓴 서지를 보여주었다.
"과연 대가들일세. 이렇게 내 속을 다 들여다보고 있는 친구들이 아닌가? 수고들 하셨네."
"으하하하하!"
세 사람의 통쾌한 웃음소리가 대들보를 울릴 듯 시원하였다.
"이것은 먼 훗날 이야기니 맞고 안 맞고는 우리로선 알 수 없네. 하지만 후세들이 오늘의 일을 찾아낼 때는 역사의 한 장을 장식하리라 보네. 나는 이걸 자손 대대로 물려받게 할 것이네. 그리고 360년 후에 펼쳐볼 수 있게 하겠네.”

심의가 서지를 가슴에 품었다.

'碧初 再生 三百六十年'

그것은 놀랍게도 역사적 사실로 드러난다.

벽초(碧初) 홍명희(洪命憙) 선생이 임꺽정을 소설 『임꺽정』으로 다시 살려냈으니 정확하게 360년 후였던 것이다.

제 2 장

이지함을 받아들이다

그렇게 매일같이 이지함은 화담에게 독강을 받았다.

화담은 역사와 천문과 지리, 주역을 집중적으로 가르쳤다.

배우면 배울수록 배워야 할 것이 더 많았다.

이지함의 학문은 하루가 다르게 앞으로 나아갔다.

가르치는 화담도 즐거워하기는 마찬가지였다.

1

초당에서 사흘 밤을 보낸 손님들이 떠날 채비로 분주하였다.

오늘따라 산방 주변은 조용했다. 봄 햇살만 산방 주변에 화사하게 쏟아지고 있었다.

"신세 많이 지고 가네. 부디 건강 조심하시게, 화담."

피장과 심의는 아쉬움이 가득한 낯빛으로 화담과 작별 인사를 나누었다. 마음 같아서야 사나흘 더 묵고 싶었지만 산방학인들을 생각하면 더이상 지체할 계제가 아니었다.

"피장은 양주골 젊은이와 묘향산으로 가실 겐가?"

"그렇네. 가봐야 알겠지만 시간이 허락하면 돌아오는 길에 다시 산방을 들르도록 하겠네."

"안녕히 계셔유, 화담 선상님."

봇짐을 지고 옆에 서 있던 꺽정이도 작별 인사를 하였다.

"피장, 꼭 들르시게나. 양주골 젊은이도 피장 어른 모시고 잘 가시게."

화담은 꺽정이와 눈인사를 나눈 뒤 심의를 향해 물었다.

"심 교수는 이제 어디로 가실 참이신가?"

"유수부에 잠시 들렀다가 명월청풍(明月淸風) 읊조리며 금강산 구경이나 할 참이네. 이참에 가지 않으면 언제 다시 금강산을 또 보겠나."

명월청풍.

명월은 곧 황진이(黃眞伊)를 일컬음이니 심의는 송도에 들른 김에 오랜만에 황진이를 만나 시구(詩句)라도 나누어볼 요량이었다.

유수부의 관기(官妓)였던 황진이를 기적(妓籍)에서 빼내준 이가 바로 심의였다. 그것이 8년 전의 일이었으니 이제 황진이도 나이 서른 줄에 들어섰을 터였다.

심의가 황진이를 기적에서 빼낼 수 있었던 것은 유수부의 교관으로 있었기 때문이었다. 훈도는 성균관 유생을 가르치는 교수였으나 백성들의 교화를 담당하는 교도와 같은 부서 소속이었다. 하여 훈도와 교도는 서로 직분을 나누어 맡기도 했으니 이들을 두루 교관이라 했다. 교도들의 임무 가운데 하나가 관기를 교육하고 기적을 관리하는 것이었다.

화담이 명월청풍의 뜻을 알아듣고는 미소를 지으며 화답하였다.

"명월이 공산(空山)에 떠 있으니 청풍인들 있을쏜가, 허허허."

공산, 황진이는 지금 송도에 없었다. 선전관(宣傳官) 이사종과 한양에서 3년 동거를 마치고 송도로 돌아왔으되 들리는 소문으로는 그 후 또다시 누군가를 만나 집에 없다고 했다.

심의의 표정에는 실망한 기색이 역력하였다.

"명월이 공산이면 월랑(月廊, 행랑)에서라도 청풍을 읊을 터."

송도까지 왔는데 어찌 그냥 돌아갈쏘냐. 황진이가 없다면 명월루 근처 기방에 들러 술이라도 한잔하겠다는 심의의 대답이었다.

"심 교수, 내가 어젯밤에 시 한 수를 적어보았네. 시간 나면 읽어주시게. 그리고 혹시라도 금강산행에 차질이 있다면 다시 산방으로 들러주시게."

화담이 시지(詩紙)를 심 교수의 손에 쥐어주었다.

"잘 읽겠네, 화담."

화담 옆에서 어른들의 작별 인사를 듣고 있는 이지함도 섭섭하기는 마찬가지였다. 특히 송도에 와서 처음 맺은 인연인데 꺽정이와 헤어지는 것이 못내 아쉬웠다.

"동생 덕분에 즐거웠네. 꼭 다시 만나세."

이지함은 꺽정이의 손을 잡고 등을 두드려주었다. 꺽정이 마음도 다르지 않아 지함의 손을 맞잡은 채 고개를 주억거렸다. 천한 것을 누가 이렇게 살갑게 보듬어준단 말인가. 꺽정이는 이지함을 다시 한 번 꼭 만나겠다는 마음을 다지고 또 다졌다.

산방을 떠나는 세 사람이 바위를 지나 꽃골짜기로 내려가려 할 때였다. 화담이 꺽정이를 불러 세웠다.

"피장 어른의 말씀을 꼭 따라야 할 것이네. 명심하게."

"지가 꼭 머릿속에 새기겠구먼유, 선상님."

세 사람의 무거운 발걸음이 뽀오얀 먼지를 일으키며 멀어져 갔다.

꽃골짜기를 내려와 꽃내에 다다르자 심의가 피장에게 잠시 쉬었다 가자고 하였다. 꽃골짜기를 내려오는 동안 내내 화담이 건네준 시지를 읽고 싶어 안달이 나는 것을 꾹 참고 있었던 것이다.

심의는 꽃냇가의 작은 바위 위에 엉덩이를 걸치고 시지를 꺼냈다. 소리를 내며 흐르는 물소리가 시운을 맞춰주는 아악(雅樂)처럼 정겨웠다.

펼쳐보니 칠언절구 다섯 구(句)가 적혀 있었다.

세상 밖에 멋대로 사는 사람은 언제나 속 편해서

초가는 정말로 신선이 사는 곳 같네

성글고 느슨한 탓으로 어울리는 이 적지만 그래도 즐길 만하니

구름과 샘물 흐르는 자연을 스스로 여유 있게 만드네

象外散人常晏如　草廬眞箇類仙居

踈慵寡與還堪樂　弄得雲泉自有餘

공부한답시고 길게 탄식하며 쭈그리고 앉아 있었으니

내 몽매함 깨쳐줄 훌륭한 분 못 만났기 때문이었네

애쓰며 부지런히 공부하고 나니

오십 년이 되어서야 비로소 통하는 듯하네

爲學長嗟坐冗叢　未逢先正發餘蒙

辛勤做得工夫手　五十年來似始通

선각자이신 맹자께서는 생각을 정성되이 할 것을 말씀하셨지만

배움이 정성된 단계에 이르면 저절로 통달하게 되네

돌이켜보면 아직도 마음에 거리낌 없을 수 없으니

뛰어나고 밝은 머리 믿을 게 못 됨을 비로소 알게 되네

孟軻先覺語思誠　學到誠時自在行

反省未能無內疚　始知不足恃高明

군자는 모름지기 도리를 깊이 깨달아야 하니

그 결과를 거두게 되어야만 비로소 학구를 쉬어도 되네

요새 와서야 참된 내용을 간파하게 되었으니

옛날에 공연히 마음 썼다고 스스로를 웃게 되네

君子要須造道深　到收功處始休尋

年來覻破眞消息　自笑從前枉費心

산사람은 걸핏하면 물바가지와 밥소쿠리가 다 비는데

앞 냇가 소나무 아래 우물에서 물 긷기조차 게을리 하기 때문이네

대관 선생께서는 세상에 다시없는 분이시니

내게 쌀 한 말 보내시어 차 솥에 보태게 하셨네

山人屢見簞瓢罄　懶汲前溪松下井

大觀先生不世翁　遺余斗米資茶鼎

시를 다 읽고 난 심의의 두 눈에 눈물이 그렁그렁 고였다.

"피장, 이걸 읽어보게나. 그동안 화담이 많은 고생을 하였네. 이 못난 늙은이를 나잇살 먹은 손위라고 그간에 공부한 내력을 상세히 적고 있네."

산방을 떠나기에 앞서 심의는 저잣거리에 들러 쌀 한 말을 산방으로 올려 보냈었다. 화담은 그 고마움을 잊지 않고 시에 적어 넣은 것이다.

심의는 목이 메어 말을 잇지 못했다. 시지를 읽은 피장도 눈가가 붉어졌다.

"화담은 참으로 훌륭하네. 안자(顔子)가 살아 있었다면 오히려 화담에게 배워야 할 것일세."

공자의 제자 안연(顔淵)이 지독한 가난 속에서도 높은 학문을 이루었듯 화담 또한 그 못지않은 가난 속에서 높은 경지의 공부를 이루었으니 피장은 그런 화담이 진정 존경스러웠다.

"말이 좋아 안빈낙도(安貧樂道)지, 그게 어디 웬만한 사람들이 할 수 있는 일이던가."

"맞네. 배고픔을 가장 참지 못하는 게 사람이거늘 그걸 뛰어넘고 상통하달하였으니 그것이 해탈이고 성인이 아니겠는가."

두 사람은 여전히 미련이 남는데 껑정이가 좀이 쑤시는지 빨리 가자고 성화를 부렸다.

"알았다, 이놈아. 가자!"

피장과 심의는 꽃내에 얼굴을 씻어 정신을 맑게 한 다음 행장을 챙겨 길을 접어들었다.

배웅을 마치고 돌아온 화담은 거문고를 둘러메고 뒷동산으로 올랐다.

화담의 뒷모습 한쪽이 푹 꺼져 보였다. 벗과 헤어지는 것은 저리도 애틋한 일인 것이다.

이지함은 스승의 뒷모습을 한동안 바라보다가 다시 못가로 돌아와 바둑판 앞에 섰다. 이제 며칠 남지 않았다. 시위에 화살을 매기는 초병의 마음이 이러할까. 이지함은 비장한 마음으로 화두에 몰입하기 시작했다.

'음양도 모른다, 해는 말을 하지 못한다…….'

그러나 아무리 되뇌어도 화두의 문은 열리지 않았다. 며칠 밤낮을 같은 질문에 매달리고 있는 형국이었으나 무엇이 잘못 되었는지 어디서부터 실마리를 풀어야 할지 알 수가 없었다.

연일 화두에 매달리는 고통이 뼈를 녹이는 듯했다.

시간이 물 흐르듯 지나가고 있었으니 이제 열흘밖에 남지 않았다. 화담이 내려준 과제 가운데 겨우 추슬러놓은 것이라곤 민들레의 구덕 가운데 몇 가지뿐, 바둑판도 고앙을 길들이는 일도 그대로 남아 있었다.

이지함은 이제 식욕조차 잃었다. 수염자리만 무성할 뿐 볼도 홀쭉하게 패였다. 신경이 곤두서 이제는 초당에서 들려오는 논담(論談)조차 듣기 싫을 지경이었다.

이지함은 아예 바둑판을 들고 뒷동산으로 올라갔다.

문제의 진원은 바둑판, 이것을 풀지 않고는 나머지 것도 손을 대지 못할 것 같았다. 종일 바둑판에 매달리다 머리가 어지러우면 숲을 뒤져 음양곽을 뜯었다. 음양곽은 주로 가시덩굴 안에서 자라는 탓에 몇 이파리 뜯고 나면 손발이 상처투성이가 되었다.

"고앙, 이거 먹어라."

그러나 고앙은 주위만 맴돌 뿐 이지함 곁으로 오지 않았다. 어쩌다 가까이 오는 때도 있었으나 코만 벌름거렸지 입을 대지 않았다. 경계의 눈빛도 여전했다.

"이놈! 너마저 내 속을 끓일 참이더냐! 어서 먹어라!"

이지함이 버럭 역정을 내면 고앙은 뒤도 안 돌아보고 바람처럼 사라졌다.

생각해보니 바둑판보다 고양을 불러들이는 일이 더 급했다.

바둑판이야 화두가 풀리면 한나절이라도 만들 수 있겠지만 산짐승과 친해진다는 게 어디 하루 이틀에 될 일인가. 이지함은 꺽정이 생각이 간절했다.

꺽정이는 처음 만난 고양을 마치 제집 짐승 대하듯 친숙하게 다루었다. 무슨 차이일까.

생각해보매 차이가 있다면 그것은 고양을 대하는 근본적인 마음가짐의 차이일 것이었다. 평소 짐승과 어울려 사는 꺽정이로서는 짐승이 곧 식구나 친구일 것이었으니 그들을 대하는 태도 또한 식구를 대하는 마음과 크게 다르지 않을 터였다. 식구를 대하는 평상심은 무엇인가.

이지함은 이제 고양이 근처에 얼씬거려도 애써 친근한 척 부르거나 음양곽 이파리를 억지로 권하지 않았다. 눈이 마주치면 편하게 바라보고 마치 오랜 친구 대하듯 "거기 음양곽 있으니 먹으렴" 하고 턱짓으로 이파리 따둔 곳을 가리켰다. 마음을 비우니 구태여 눈에 힘이 실릴 일도 없고 표정도 유순해졌다.

그러자 어느 순간 고양이 경계를 풀고 지함에게 다가왔다. 손바닥에 풀을 얹어 내밀면 스스럼없이 다가와 받아먹기도 했다.

"천천히 먹어라, 고양이 참 예쁘구나."

이지함은 꺽정이가 했던 것처럼 고양의 등을 투덕투덕 다독여주기도 하고 쓸어주기도 했다. 그렇게 하루 이틀이 지나면서 어느덧 고양은 이지함의 목소리를 알아듣고 부르면 달려오게 되었다.

그렇게 뒷동산에서 고양과 친해지며 시간을 보내고 있을 때였다.

흰나비 한 마리가 춤추듯 머리 위를 스쳐 지나가는 것이 눈에 띄었다.

마치 바람에 날아가는 천 조각처럼 가볍고 보드라웠다. 순간 머릿속에 떠오르는 것이 있었다. 민들레의 포자였다. 솜털을 날개처럼 달고 바람이 부는 대로 공중을 나는 포자. 이지함은 무릎을 쳤다. 가깝게 혹은 멀리 날아간 포자들은 그곳이 어디든 뿌리를 내리고 살아남는다. 단 한 줌 흙일지라도 부둥켜안고 새 생명을 틔워내는 것이다.

'그래, 그것은 새로운 환경을 두려워하지 않고 도전하는 것이다.'

강인한 생명력과 도전성, 이지함은 그것을 민들레의 여섯 번째 덕으로 기억했다.

이지함은 날이 어두워진 뒤에 산방을 벗어났다.

고양과 친해졌다고는 하나 여전히 바둑판 문제는 진전이 없는 상태여서 마음이 무거웠다.

꽃내 징검다리에 이르러 얼굴이라도 씻고 갈 양으로 물가에 쪼그리고 앉았다. 어둠 속에서도 냇가에 지천으로 돋아 있는 민들레가 눈에 들어왔다. 민들레 군락을 일별하던 이지함의 눈이 크게 떠졌다. 꽃송이가 하나도 보이지 않는 것이었다. 분명 아침에 이곳을 지날 때는 각 포기마다 민들레가 노랗게 피어 있었다.

이지함은 민들레를 살펴보았다. 자세히 들여다보니 아침에 피었던 꽃송이들이 마치 입 다문 아이처럼 모두 꽃잎을 오므리고 있었다. 순간 '지보다 이놈이 먼저 꽃이파리를 열어젖혀유' 하던 꺽정이의 말이 떠올랐다. 그랬다. 민들레는 환할 때 피었다가 밤이 되면 오므라드는 것이었다.

이는 민들레가 어둠과 밝음을 분간할 줄 안다는 것이니 어둠은 음(陰)이요, 밝음은 양(陽)이다. 이지함은 덕이 될 수 있는 말 가운데 음과 양으로 짝을 이룬 말을 떠올려보았다.

'옳고 그름, 사랑과 미움, 진실과 거짓……. 이 모든 것이 선과 악으로 귀결되는 문제가 아니냐. 어둠과 밝음, 양과 음, 선과 악……. 그래, 선과 악이다.'

이지함은 '명암을 알아 꽃잎을 열고 닫는' 민들레의 일곱 번째 덕을 '선과 악을 헤아릴 줄 아는 지혜'라고 정했다.

민들레의 아홉 가지 덕 가운데 일곱 가지를 해독한 셈이었다. 그러나 이제 남은 기한은 겨우 사흘. 깊은 한숨 소리가 절로 터져 나왔다.

방으로 들어가는 이지함을 젊은 아낙이 불러 세웠다. 젊은 아낙의 눈에도 이지함은 눈에 띄게 핼쑥해져 있었다.

"어디 불편한 데라도 있으셔요?"

"아픈 데 없소이다."

"혹시 봄을 타시는 건가. 해마다 그러셨어요?"

"그런 거 없소이다."

"상을 내올 적마다 밥이 그대로 남아 있던데……. 입맛이 달아났습니까?"

"난 그만 들어가봐야겠소."

이지함이 방으로 들어오고 조금 있자 젊은 아낙이 저녁상을 차려 왔다.

"고등어 좀 조려보았어요. 워낙 귀한 것이라 구하기도 힘들었는데 입에 맞으셨으면 좋겠어요."

"툇마루에 놔두시오."

이지함은 밖에 대고 쌀쌀맞게 응대했다. 이제 젊은 아낙을 대할 날도 며칠 남지 않았다. 이지함은 당초 마음을 먹은 대로 산방학인이 되는 즉시 집을 옮길 작정이었다. 그러고 보니 다소 미안한 마음도 들었다. 속셈이야 어찌 되었든 서방 챙기듯 살갑게 거두는 것도 예사 정성이 아니고서는 못할 일인 것이다.

이지함은 귀를 기울여보았다. 상을 놓고 가는 젊은 아낙의 치맛자락 훑치는 소리만 들릴 뿐 다른 소리는 없었다. 여느 때 같으면 문 좀 열어보시오, 짠지 싱거운지 알아야 간을 맞출 게 아니오, 밥을 먹어야 공부가 머리에 들어갈 게 아니오, 기운 차리시오, 따위의 잔소리를 늘어놓았을 터인데 아무 기척이 없자 오히려 불안한 생각이 들었다.

맛나게 조린 고등어 덕분에 모처럼 밥 한 사발을 다 비웠다. 보령 앞바다에서 방금 잡아 올린 고등어를 조린 그런 맛이었다. 젊은 아낙이 어렵게 구해 왔다는 말이 귓속에 맴돌아 다른 것은 몰라도 고맙게 잘 먹었다는 말은 전해주고 싶었다.

이지함은 일부러 툇마루에 상 놓는 소리를 냈다. 그 바람에 수저가 떨어지며 요란한 소리를 냈지만 부엌 쪽에서는 아무 기척도 없었다. 두어 시각이 지나서야 아낙의 발소리가 났다. 이지함은 방문을 열고 고맙다는 인사를 했다.

"아주머니, 고등어 잘 먹었소이다."

그러나 젊은 아낙은 아무 대답도 없이 고개를 숙인 채 상을 들고 갔다. 얼핏 살피매 얼굴이 부은 듯싶었다.

이지함은 소세를 한 후 다시 화두에 매달리기 시작했다. 어떡해서든 오늘 밤 안으로 꼭 찾아내야만 했다.

'음양을 모른다, 해는 말을 할 줄 모르는 법…….'

우선 해와 말에 초점을 맞추었다. 음양은 너무 광범위하니 두 글자를 벼랑 끝에 던져진 밧줄이라 생각하고 혼신을 다하여 매달리기 시작했다.

'해는 날 일(日), 말은 가로 왈(曰).'

이지함은 붓을 들어 날 일과 가로 왈을 크게 써보았다.

분명히 날 일과 가로 왈이 해답을 쥐고 있는 열쇠라는 생각을 굳혔지만 그 다음은 진척시킬 수가 없었다. 두 시진이 지났을 때였다. 혹시 날 일과 가로 왈은 어떤 하나를 만들기 위한 것이 아닐까 하는 생각이 들었다.

그렇게 뜬눈으로 날 일과 가로 왈에 몰두하다 어둑새벽이 되었을 때 가로 왈이 아닐지도 모른다는 생각이 새롭게 파고들었다.

'말을 할 줄 모른다는 입을 다물고 있는 모습이고, 입을 다문 모습은 입 구(口) 자가 되는데……'

이지함은 가로 왈 대신 입 구 자를 써놓았다. 입이 두 개 있어 가로 왈이라 하였다. 하지만 입 구 자 위에 입 구 하나를 더 얹어 놓고 보니 가로 왈보다는 날 일에 가깝게 보였다.

이지함은 동이 트기 무섭게 산방으로 달려갔다. 뒷동산으로 가서 바둑판을 들여다보았다. 바둑판은 수많은 입 구 자로 되어 있었다. 입 구 자 두 개를 눈으로 잘라보니 분명히 날 일 자가 되어야 하는데 어딘가 불안정한 모습이었다.

'가로 왈과 날 일 자의 차이는 넓고 좁은 것에 있다. 넓고 좁다는 것은 혹시 음양을?'

이지함은 갈대를 꺾어 바둑판의 입 구 자를 재보았다. 사방의 길이가 똑같았다.

'그렇다면!'

바둑판도 재보았다. 줄을 띄워 입 구 자를 만들었던 것처럼 사방의 길이가 같았다.

'아, 이것이 문제였구나!'

음양도 모른다는 지적은 사방이 똑같은 바둑판과 칸 크기에 대한 지적일 터였다. 높고 낮음, 깊고 얕음, 길고 짧음의 차이에서 비롯되는 것이 음양 아니겠는가.

이지함은 못가로 갔다. 마지막 남은 나무토막을 가지런한 돌 위에 놓고 톱질을 시작했다. 바둑을 둘 때 두 사람이 마주앉는 쪽은 조금 짧게 자르고 옆쪽은 조금 길게 잘랐다. 대패질과 끌질을 마치고 가로세로 열아홉 줄을 띄울 때도 마주 앉는 곳은 조금 짧게 긋고 세로로는 조금 길게 줄을 띄웠다.

바둑판에 줄을 다 긋고 보니 길이가 다른 수많은 입 구 자가 바둑판 위에 생겨났다. 입 구 자를 두 개씩 모아보니 무수한 날 일 자가 만들어졌다.

피장 어른이 말씀하신 '해'는 바둑판이 날 일 자로 되어야 한다는 뜻이었다. 또 '말을 하지 못한다'는 것은 입 구 자에서 헤어나지 못했음을 지적한 것이었으나 이지함은 '말을 못한다'는 늪에 빠져 가로 왈만 붙들고 있었던 것이다.

'모든 것의 해답은 먼 곳에 있는 것이 아니라 아주 가까운 곳에 있다!'

이지함은 처음으로 눈꺼풀이 벗겨지는 개안(開眼)을 맛볼 수 있었다.

이제 민들레의 아홉 가지 덕 가운데 두 가지가 남았다. 남은 기한은 이틀.

이지함은 꽃내에서 밤을 지새우며 민들레가 꽃잎을 여는 장면을 지켜보기로 했다. 어쩌면 거기에 답이 있을지도 모른다는 생각이 들었기 때문이다.

고양이 꽃냇가에서 밤을 새는 이지함의 곁에서 벗이 되어주었다.

어둑새벽이 되자 꺽정이의 말대로 민들레가 꽃잎을 열기 시작했다. 이지함은 눈을 고정시켰다. 살펴보니 한 뿌리에 여러 꽃대궁이 있었으나 피는 차례가 달랐다. 마치 순서를 정해놓은 것처럼 꽃잎을 차례차례 열고 있었던 것이다.

'아, 그렇구나. 민들레는 꽃잎을 열 때도 질서를 지키는구나.'

이지함은 이것을 민들레의 아홉 가지 덕 가운데 여덟 번째로 꼽았다.

마침내 이지함은 화담과 약속한 세 가지를 모두 해낸 것이다. 단 하나, 민들레의 아홉 가지 덕 가운데 마지막 한 가지는 끝내 생각해낼 수가 없었다.

그러나 만약 그 한 가지 때문에 제자로 받아들이지 않는다면 그것은 처음부터 제자로 받아들일 마음이 없었기 때문일 거라는 생각을 하며 이지함은 모처럼 단잠에 빠져들었다.

2

산방으로 오르는 꽃골짜기에 진달래가 하나 둘씩 꽃망울을 터뜨리고 있었다. 이제 곧 진달래와 철쭉이 연이어 꽃골짜기를 뒤덮을 터였다.

이지함은 초당 앞으로 갔다. 강의 시간보다 한 시진이 빠른 진시 초였다. 초당 안에서는 화담이 글을 읽고 있었다.

"선생님, 이지함입니다. 문안 여쭙겠습니다."

"웬일인가, 이른 아침부터."

"오늘이 꼭 한 달 되는 날이옵니다."

"그런가? 들어오시게."

초당으로 들어간 이지함은 화담에게 절을 올렸다.

"그래, 세 가지 약조는 다 이행하였는가?"

"부족한 대로 궁리를 해보았습니다."

"그럼 학인들이 퇴방한 후에 다시 들르시게."

"그리하겠습니다."

초당을 나온 이지함은 가슴이 설레었다. 드디어 제자가 되는가.

이지함은 못가로 가서 바둑판을 깨끗하게 닦았다. 그리고 이틀 전에 따다가 바위 뒤에 거적을 씌우고 돌로 눌러놓았던 음양곽 이파리를 꺼내 왔다. 고양을 부르자 짧은 꼬리를 흔들어대며 곁으로 바싹 다가섰다. 이 파리를 주자 반갑게 받아먹었다.

아직 알아내지 못한 민들레의 덕 하나가 뒤꼭지에 묵직하게 얹혀 있 지만 그래도 할 수 있는 만큼은 했다. 이지함은 마음을 편안하게 먹기로 했다.

정미시(正未時. 오후 2시)가 되어 학인들이 모두 산방을 빠져나간 뒤 이 지함은 화담과 마주 앉았다. 이지함은 긴장으로 등이 뻣뻣해졌다.

"내가 세 가지 공부를 주었지. 그래, 공부를 다 했다고?"

화담은 공부라고 말하였다.

"예."

아침에는 분명 약속이라고 하였는데 지금은 공부라고 했다. 지함은 신경을 곤두세우고 하문을 기다렸다.

"첫 번째 공부가 고양의 주인이 되는 것이었지. 주인이 되었는가?"

"주인은 되지 못하였으나 고양의 경계를 풀고 가깝게 지내고 있습니 다."

"왜 주인이 되지 못하였는가?"

"고양은 산방의 식구입니다. 주종(主從)이 따로 없다고 봅니다."

준비하지도 않은 답이 불쑥 튀어나왔다.

"아주 좋은 생각이네. 고양은 산방의 한 식구지, 암."

화담은 매우 흡족한 표정을 지었다.

"세 번째 공부는 바둑판을 만드는 거였던가? 잘 만들었더군. 툇마루에 놓인 것을 보았네. 음양을 어떻게 알아냈는가?"

"피장 어른께서 '해는 말을 모른다'고 하신 말씀을 참고하였습니다."

"피장이 그런 얘기를 다 했군. 손을 빌리지 않고 귀를 빌렸으니 그것은 논하지 않겠네."

이지함은 솔직하게 말한 것이 다행이다 싶었다.

"두 번째 공부였던 민들레의 구덕은 준비하였는가?"

"팔덕(八德)밖에 준비 못 했습니다. 한 가지는 아무리 생각해도 찾아낼 수 없었습니다."

이지함은 얼굴이 화끈 달아올랐다. 금방이라도 화담 선생의 입에서 불호령이 떨어질 것만 같아 조마조마했다.

"여덟 가지나 공부했으면 많이 한 것일세. 내가 먼저 하나씩 꼽아볼 테니 자네가 공부한 것과 비교해보게."

뜻밖에 화담이 부드러운 어조로 말했다. 이지함은 저절로 안도의 한숨이 터지면서 식은땀이 등줄기를 타고 흘러내렸다.

화담이 민들레의 구덕을 하나씩 짚어나가기 시작하였다.

"민들레는 추운 겨울을 이겨내고 해동이 되면 싹을 틔우기 시작해서 3월말부터 4월에 걸쳐 노란 꽃을 피우지.

제1덕은 모든 환경을 이겨내고 피어나는 것이라네. 즉, 씨가 바람을 타고 날아가 앉으면 장소를 불문하고 어떤 환경에서도 싹을 내는 것이라네.

제2덕은 씨앗이 다른 힘을 빌리지 않고 스스로 제각기 멀리 날아가 자수성가하는 것으로 이는 모험심이 강한 것이라네.

제3덕은 새벽 먼동이 트면 어느 꽃보다 가장 먼저 꽃을 피우는 근면함이라네.

제4덕은 약재로 쓰인다는 것이지. 민들레의 흰 즙은 흰머리를 검게 하고 종기를 낫게 하며, 학질 등 열을 내리게 할 뿐 아니라 신경흥분제로도 쓰이고, 결핵에도 효과가 있다네. 또한 만성위장질환이 있는 사람은 민들레 생잎을 씹어 먹으면 효과가 있고, 종기가 났을 때도 짓찧어 붙이면 좋다네.

그뿐이 아니라네. 꽃이 피기 전의 민들레를 통째로 말려서 포공영(蒲公英)이라는 이름의 약재로 쓰지. 피를 맑게 하고, 열독을 풀고, 종기를 삭히며, 멍울을 헤쳐서 병을 낫게 하는 효과가 뛰어나 산모의 젖몸살과 여러 부위의 종기 치료에 사용할 수 있다네.

제5덕은 꿀이 많고 향이 진해 멀리서부터 벌들을 끌어들이는 정이 많은 것이라네.

제6덕은 한뿌리에서 여러 송이의 꽃이 피는데 동시에 피어나지 않고 장유유서의 차례를 지키는 것이라네.

제7덕은 한 뿌리에서 자라지만 근친상간을 하지 않는다는 것이라네.

제8덕은 어둠과 날씨가 흐려지는 명암의 천기를 알고 꽃잎을 여닫으니 선악(善惡)을 헤아릴 줄 아는 것이라네.

마지막으로 제9덕은 어린잎은 나물을 무쳐 먹고, 유즙은 차에 타서 쓴 맛을 더하게 해서 마실 수 있는 것이라네.

이렇듯 민들레는 줄기와 잎을 모두 먹을 수 있는 식물이지. 그리하여 옛날 선인들도 민들레를 구덕초(九德草)라 불렀던 것일세."

화담은 눈을 지그시 감고 몸을 조금씩 흔들며 시를 읊듯 민들레의 구덕을 설명하였다.

"그래, 자네가 공부한 것하고 다른 것이 있던가?"

"다행히 같습니다. 공부한 것을 여기에 써 왔습니다."

이지함은 민들레의 팔덕을 쓴 종이를 화담에게 내밀었다.

"열심히 공부했군. 헌데 알아내지 못한 게 무엇이던가?"

화담은 이지함이 내민 종이를 받기만 하고 보지도 않은 채 다시 물었다.

"근친상간이옵니다."

"그렇지, 근친상간은 알아내기가 쉽지 않았을 게야."

"예, 상상도 못 했습니다."

"자, 지금부터 새로운 공부를 시작해볼까."

"예? 그러시면 저를 제자로 허락해주시는 것이옵니까? 정말 고맙습니다."

이지함의 눈에 눈물이 어렸다. 이지함은 곧 일어나 삼배로써 제자의 예를 올렸다.

화담도 허리를 약간 굽혀 답례를 했다.

"꽃못을 한 바퀴 돌고 오게나."

눈물을 씻고 정신을 맑게 하라는 화담의 배려였다.

방문을 나가는 이지함의 뒷모습을 보며 화담은 빙그레 웃음을 지었다.

이제 또 하나의 제자를 거둔 것이다. 제자를 둔다는 것이 어디 단순히 사서의 글줄이나 깨우쳐주는 것에 머무는 일이겠는가. 먼저 깨우친 자로서 전부를 던져 더불어 용맹정진해야 함을 화담은 익히 알고 있다.

화담은 불현듯 스승을 구하지 못해 홀로 바람벽을 마주하고 격물치지에 매달리던 소년 시절이 떠올랐다. 『서경』의 「요전편」을 읽다가 '기(朞,

일 년)는 366일'이라는 대목에 막혀 그 의문을 푸느라 꼬박 보름 동안 침식까지 잊으며 궁리를 해야 했으니 그때 나이 열일곱이었다.

어디 『시경』뿐인가. 『역경』, 『예기』, 『춘추』를 거쳐 『대학』을 독학하는 동안에도 밤을 새우기 부지기수였고 밥을 먹지 못해 쓰러지기까지 했었다. 그때 진정 간절한 것이 스승이었다.

그런 자신이 이제 멀리 돌아와 스승이 되었다.

'나는 젊은 시절에 어진 스승을 만나지 못해 공부에 헛된 힘을 많이 썼다. 자득(自得)의 깊이는 깨달았으나 거기에 지나친 힘을 허비해 더 넓고 깊게 일구지는 못했다. 저들에게만은 그 전철을 밟지 않게 할 터, 깊이 정진하되 분별을 잃지 않고, 통찰을 얻되 실행에 옮기도록 궁구하여 가르치리라.'

화담은 옷깃을 여미며 허리를 곧추 폈다.

낯을 씻고 돌아온 이지함이 화담 앞에 단정하게 무릎을 꿇고 앉았다.

화담이 이지함에게 말하였다.

"연적에 물을 채우고 먹을 갈게."

먹을 갈면 마음이 절로 가다듬어지니 곧 공부하는 마음자세를 갖추라는 뜻이었다.

이지함은 반 시진가량 먹을 갈았다. 은은한 묵향이 방 안에 가득 찼다.

이지함은 먹을 알맞게 머금은 벼루 옆에 붓을 놓고 무릎을 꿇었다.

"내가 말 못하는 짐승을 길들이라고 한 것은 다른 뜻이 아니었네. 처음 보는 산짐승을 어찌 쉽게 길들일 수 있겠나. 허나 사람처럼 대하면 짐승도 그 마음을 알고 따른다는 것일세. 마음과 마음이 서로 통해야 한다는 것이라네. 그 마음이 바로 사랑이라는 말일세.

사랑이라는 것은 부모가 자식을 기르는 마음이라네. 어떤 표현도 이 이상은 없다고 보네. 사랑은 눈을 마주 보는 데서 시작하는 것이니『주역』의 이괘(離卦)가 곧 눈이 아니던가. 사서삼경을 독파하였다 했으니 삼경 중의 하나인『주역』의 이괘쯤은 능히 이해하리라 생각하네. 사랑이란, 이괘의 괘상(卦象)이 불을 나타내는 것처럼 태양의 빛과 같은 것이라네. 그러므로 사랑이 없다는 것, 사랑을 하지 않는다는 것은 암흑의 세계에 존재하는 것과 같네. 그러나 사랑을 얻고 유지하는 일에는 피를 마르게 하는 고통이 따르기 마련인즉, 그 고통을 이겨내야 진정한 사랑을 할 수 있다는 것이네.

고양에게 그런 사랑의 마음을 보여주고 자식을 대하는 것처럼 하면 어찌 길들일 수 없겠으며 주인이 되지 않을 수 있단 말인가. 그래서 첫 번째 공부로 고양을 길들이고 주인이 되라 하였던 것이라네."

말을 마친 화담은 물 한 모금을 마셨다.

이지함은 스승의 말을 한 자도 빼놓지 않고 적었다. 화담은 이지함이 붓을 놓을 때까지 기다리고 있다가 하문을 하였다.

"의문 나는 것이 있으면 말하게."

"남녀의 사랑 가운데 어느 한쪽은 진정한 마음으로 사랑을 하는데 어느 한쪽은 싫어한다면 그것은 어떻게 하여야 합니까?"

이지함은 갑재의 젊은 아낙을 염두에 두면서 화담 선생에게 여쭈었다.

"그런 사랑은 순수한 마음의 사랑이 아닐 것일세. 사랑을 하는 쪽이 흑심을 품고 있다든가, 아니면 자식을 기르는 마음 같은 사랑이 아니라는 것이지. 또한 사랑을 받는 쪽도 상대의 그런 마음을 읽고 있기 때문에 사랑을 받아들일 수 없는 것이 아닐까 싶네.

특히 불륜의 사랑일수록 겉과 속이 다른 법, 불륜의 사랑은 욕망에서 잉태되어 점차 탐욕으로 흐르는 법일세. 그걸 사랑이라 생각하면 큰 오산이지. 첫 단추를 잘못 꿴 것은 다시 처음부터 꿰면 되지만 인간의 일이란 처음부터 잘못된 것은 걷잡을 새 없이 파멸로 치닫는 것이라네. 불륜이라는 것이 이러한 것일세. 나중에 비로소 그것이 잘못이었다는 것을 깨닫게 될 때는 이미 늦은 것이라네.

그러나 아무리 불륜일지라도 두 사람 모두 목숨까지 내놓을 수 있는 것이라면 그것은 불륜이 아닌 그들만의 진정한 사랑일 걸세. 그것을 천생연분이라고 하네. 목숨을 내놓을 만큼의 사랑인데 어찌 불륜이란 말을 할 수 있단 말인가.

예를 들어 불륜의 관계였던 두 사람이 목숨을 끊었다고 치세. 그것은 이승에서 못 이룬 사랑을 저승에서라도 이루겠다는 뜻이 아니겠는가. 남녀 간의 사랑이라는 것은 오직 한 곳이지 두 곳이 아니라네. 그래서 불륜이란 말도 목숨을 내놓을 만큼의 사랑에는 통용될 수 없다고 생각하네.

이와 같이 사랑이란 사심과 사욕이 없는 마음이라네. 그런 마음의 표본이 바로 부모가 자식을 기르는 마음이지. 자식을 기르는 부모의 마음에는 사심과 사욕이 있을 수 없으니까. 그러한 부모의 사랑을 생각하면 이해가 쉬울 것이네."

화담은 이지함의 질문에 상세하게 답해주었다.

"우문(愚問)에 답을 주셨습니다. 꼭 명심하겠습니다."

이지함은 화담이 자신의 마음을 꿰뚫고 있는 것 같아서 얼굴이 후끈 달아올랐다.

"두 번째가 뭐였던가?"

화담이 이지함에게 물었다.

"민들레의 구덕입니다."

"내가 민들레의 아홉 가지 덕을 공부하라고 한 것은 이런 뜻이 있었다네. 풀은 산과 들, 흙이 있는 곳이라면 어디에서든 볼 수 있지. 풀이라는 것은 자연과 호흡하는 가장 기초적인 생물이라네. 아름드리나무도 처음엔 풀로 시작하지. 불이 나서 민둥산이 된 곳도 처음에는 푸르게 돋아나는 풀로 새로운 옷을 입기 시작한다네. 세월이 지나면 풀은 풀로 남고, 나무 풀은 나무로 자라나게 되는 것이라네.

풀은 그 어떤 생물보다도 먼저 땅을 딛고 하늘을 본 생물이지. 그렇기 때문에 자연을 그대로 간직하고 있는 것이라네. 그 풀을 먹어야 사람이 살 수 있고, 동물도 살 수 있고, 버러지도 살 수 있는 것이라네. 그러니까 풀은 만물에게 유익한 것이라는 이야기지. 그런 풀의 생리를 모르고서야 어찌 학문을 논하고, 생명을 논하며, 자연을 논할 수 있단 말인가.

우리가 공부한 민들레만 해도 아홉 가지의 덕을 지니고 있었네. 사람이 보지 못해 모를 뿐이지 패랭이꽃부터 천 년된 노송에 이르기까지 덕이 없는 것은 없다네. 사람이나 동물이나 몸이 아프면 풀에서 약을 찾는 이치가 거기에서 비롯되는 것이지.

풀을 안다는 것은 생물을 아는 것이요, 생물을 안다는 것은 사람을 아는 것이요, 사람을 안다는 것은 자연을 아는 것이요, 자연을 안다는 것은 천지를 아는 것이요, 천지를 안다는 것은 다시 풀을 아는 순환의 법칙을 아는 것이라네.

학문이라는 것도 알고 보면 자연의 순환 법칙을 공부하는 것이라네.

그러니 풀에서 시작하여야 옳지. 그래서 자네에게 민들레의 구덕을 공부하라 하였던 것이네.

민들레의 구덕을 알게 되면 오상(五常)인 어짊[仁]과 예절[禮]과 믿음[信]과 의로움[義]과 지혜[智]를 알게 되고, 오상이 바로 큰 덕(德)자 하나로 집약될 수 있음을 알게 되기 때문에 힘든 숙제를 주었다네.

선비들은 하나같이 학문의 자구(字句)에만 매달려 이러한 자연을 꿰뚫어보는 눈이 없으니 헛공부를 하고 있는 셈이지. 천한 백성일수록 자연과 친밀하건만 글줄깨나 읽었다는 양반들은 자연을 멀리하고 뜬구름 같은 삶을 살고 있으니 한심한 일일세."

말을 마친 화담이 다시 물 한 모금을 마셨다.

"저는 생각이 거기까지 미치지 못하고 오직 구덕 찾기에만 허덕였습니다. 말씀을 듣고 깨달은 것이 많습니다."

이지함은 진심으로 화담에게 감사의 말을 했다. 사서를 읽으며 막연히 알고 있었던 것을 이렇게 구체적인 사실로 깨닫게 해주니 스승의 높은 경지에 절로 고개가 숙여졌다.

"깨달았다니 다행이네. 아직도 이런 말을 하면 깨닫지 못하는 부류가 너무 많아. 자연과 친하게 지내야 하는 것조차 모르는 부류들이 말일세."

화담은 먼 곳에 눈을 두고 있었다. 그 모습이 마치 초당의 벽을 건너 하늘을 투시하는 것처럼 보였다.

"그 다음이 뭐였던가?"

"바둑판이옵니다."

"그래, 세 번째로 바둑판을 공부하라고 했지. 톱과 대패질은 언제 배

왔는가?"

"이번에 처음 배웠습니다."

"그러리라 짐작하여 내가 세 등치를 준비했지. 바둑판을 만든 나무는 피자나무였다네. 수령이 칠십 년은 족히 되었을 것이고……. 그걸 준비한 지가 칠 년 되었네. 황원손이란 산방학인이 갖다주었지. 자네도 초당에 온 첫날에 인사를 하지 않았던가?"

"예, 기억이 납니다. 선생님."

"그 학인은 상민이라네. 그건 중요하지 않지. 하여튼 바닷물 속에서 삼 년, 민물에서 삼 년을 재운 나물세. 말리는 데만 꼬박 일 년이 걸렸고. 그렇게 해야 최상의 바둑판이 된다고 하네. 아마 목재를 다루는 장인이었더라면 훌륭한 바둑판으로 태어났을 그런 재목이었네."

"그런 좋은 재목을 다 망치고 말았으니 참으로 면목이 없습니다."

"바둑판보다야 사람이 중요하지. 내가 어려운 바둑판을 만들라고 한 것은 그것에 무궁한 비밀이 있기에 그리하였네."

이지함은 잠시 말을 끊은 선생의 입을 주시했다.

"바둑판에는 세상천지가 다 숨어 있네."

"세상천지가 말씀입니까?"

이지함은 지번 형과 몇 차례 바둑을 두었지만 세상천지가 다 들어 있다는 이야기는 들어본 적이 없었다. 그저 재미 삼아 두던 바둑이었다.

"그렇다네. 그 이야기를 하려 했더니만 오늘은 너무 밤이 늦었네. 자네 배고프겠구먼. 자, 어서 집으로 가보게나. 나는 젊었을 때 하도 배를 많이 곯아 젊은 사람들이 배곯는 걸 가장 싫어하지. 어서 일어나시게."

화담이 일어나 초당 문을 활짝 열어젖혔다.

호박(琥珀) 빛으로 물든 보름달 빛이 훙건하게 쏟아져 들어왔다.

통행금지를 알리는 유수부의 인경 소리가 뒤웅, 뒤웅 울려 퍼지고 있었다.

3

    공부하러 가는 첫날, 이지함의 마음은 더없이 가볍고 상쾌했다.

    산기슭에서 부는 바람에는 봄기운이 완연했다.

    이지함은 꽃내로 접어드는 입구에서 학인 한 사람을 만났다. 그리 크지 않은 체구였으나 다부지고 단단해 보였다.

    이지함과 눈이 마주지차 그가 먼저 머리를 숙이며 인사를 청했다.

    "산방에서 뵈었습니다. 황원손입니다."

    나이는 꽤 들어 보였으나 말투가 나직했다. 황원손(黃元孫)이라면 바둑판 재목을 마련해주었다는 그 사람 아닌가. 이지함도 공손하게 맞인사를 건넸다.

    "먼발치로 몇 번 뵈었습니다. 이지함입니다."

    "공대하지 않으셔도 됩니다. 보시다시피 상민입니다."

    황원손이 다소 민망스런 표정을 지으며 말했다.

"가문의 구분이 그래서 그렇지 사람이야 어디 반상이 따로 있겠습니까. 게다가 한 스승 밑에서 공부하는 학인 사이이니 서로 사형사제하는 것이 당연하지요."

"말씀은 고맙습니다만……."

"산방학인이 되신 지는 얼마나 되셨는지요?"

"꽤 오래됐습니다. 헤아려보진 않았습니다만 십수 년은 된 것 같습니다."

"십수 년이라 하였습니까?"

"예, 십 년은 훨씬 넘었습니다. 미천한 놈이 머리도 나쁜 데다 처자식 먹여 살리는 게 급하다 보니 그리되었답니다. 다 말씀드리자면 사연이 길지요. 어쨌거나 산방을 짓기 전 화담 선생님의 초가에서부터 시작했습니다. 팔팔하게 젊었을 때였지요. 그때 선생님께서 가르쳐주시지 않았다면 여태껏 까막눈이었을 겝니다."

"그렇게 오랫동안 선생님한테 배우셨다니 제가 사형(師兄)으로 모시는 게 도리일 듯합니다."

사형(詞兄)으로 부르기엔 나이 차이가 너무 많아 형님 삼아 어울리면 여러모로 도움이 될 듯하였다.

"별말씀을……. 다른 사람들은 황가라고 부르니 그냥 황가라고 해주십시오, 허허허."

황원손은 과분하다는 듯 손사래를 쳤다. 그러나 이지함은 사형이란 호칭을 고집했다.

"실례지만 사형께선 어디서 우거하시는지요?"

집을 옮길 생각 중인 이지함이 겸사겸사해서 물었다.

"송악동에 살고 있습니다."

그러고 보니 초당에서 인사를 나눌 때 송도 사람이라는 말을 들은 것도 같았다. 그때는 워낙 경황이 없었다.

"산방에는 송도 출신이 둘입니다. 한 사람은 이균이라 하는 제 친군데 얼마 전에 보름 장터로 장사를 나갔지요."

"송악동은 어디에 있는 마을입니까?"

"송악산 바로 밑에 있는 마을이죠. 여기까지 오자면 한두 각은 걸립니다. 유수부의 뒤쪽 마을이니까요. 우거는 어디서……?"

"화곡동 갑재입니다."

"갑재라면 정 서방네군요."

황원손은 화곡동 사정을 훤히 들여다보는 듯했다.

"꽤 여러 학인이 다녀간 집이지요. 제 친구 이균이를 잘 따르는 사람인데 워낙 바지런해서 끼니 걱정은 면하고 삽니다. 다만 자식이 없는 게 걱정이라면 걱정이지요."

이지함은 황원손의 말을 듣고서야 그 집에서 아이들을 보지 못했다는 사실을 깨달았다. 우거를 하면서도 거기까지는 생각이 미치지 못했던 것이다. 하긴 그동안 그런 생각을 할 경황도 없었다.

문득 이지함은 바둑판 생각이 났다.

"그나저나 제가 사형께서 가져다놓으신 귀한 재목으로 바둑판을 만들다가 일이 서툴러 그만 두 둥치는 망가뜨리고 말았습니다. 죄송합니다."

"어이구, 죄송하긴요. 그렇잖아도 바둑판을 만도는 걸 보면서 선생님께서 이제야 임자를 찾으신 모양이구나 하고 생각했습니다."

이야기를 나누다 보니 어느새 산방 입구가 나타났다. 두 사람이 산방에 도착하고 조금 있다가 한 사람이 산방으로 들어왔다. 허태휘였다.

"일찍부터 오신 모양이요. 나이가 들면 잠도 없나 봅니다. 안 그렇습니까, 사숙? 껄껄껄."

허태휘가 황원손을 사숙이라 부르며 농을 하고 있었다.

"예끼, 이 사람아. 자꾸 놀려먹으면 볼길 걷어찰 걸세, 허허허."

황원손은 발을 들어 허태휘의 엉덩이를 걷어차는 시늉을 했다.

"오, 이지함 사형도 계셨구먼. 그동안 고생 많으셨소. 같이 공부하게 되어 반갑소."

허태휘는 이지함에게 말을 놓고 대했다. 보아하니 허태휘의 나이가 한둘 정도 많아 보였다. 성격이 무척 활달한 것 같았다.

"다시 만나게 되어 반갑소이다. 허태휘 사형."

이지함도 허태휘가 하는 말투 그대로 대했다. 설사 두 살이 많다 하여도 친하지도 않은 사이에 말을 놓는 것이 조금 언짢았다.

허태휘는 이지함을 알고 있었다. 그러나 이지함은 허태휘가 지번 형이 말하던 허엽(許曄)임을 모르고 있었던 것이다. 태휘는 허엽의 자(字)였다.

"시간이 거반 되었나 보오. 자, 들어가십시다."

세 사람은 초당 안으로 들어가 화담 선생께 인사를 하고 좌정(坐定)하였다.

"이지함은 바둑판을 가지고 들어오너라."

이지함이 바둑판을 가져와 화담 앞에 놓았다. 바둑판을 사이에 두고 스승과 제자들이 마주 앉았다.

"지금부터 바둑에 관한 공부를 시작한다. 이것은 매우 중요한 것이니 정신을 바로 모아야 한다."

화담은 지금까지 제자들에게 하게로 대하던 말투를 거두었다. 표정도 매우 근엄해졌다.

"바둑은 단순히 즐기기 위해 만든 것이 아니다. 이 바둑판은 우주를 비롯한 삼라만상을 축소해놓은 것이다."

바둑판 하나에 우주와 삼라만상이라니 제자들은 눈을 크게 뜨고 화담의 얼굴을 쳐다보았다.

"바둑판은 주역을 축소해놓은 것으로 천체가 들어 있고, 홍범구주가 실려 있는 도(道)의 장이며, 기(氣)의 마당이다. 그러므로 지금까지 설명한 태허가 있고, 사람의 생과 사가 있으며, 삶의 덕을 함축해놓은 터전이기도 하다."

화담은 세 사람을 똑바로 쳐다보았다.

"지금부터 정신을 바짝 당겨서 들어야 한다!"

"예, 선생님!"

화담의 일갈에 학인들은 긴장한 표정이 되어 대답했다.

"태휘는 홍범구주에 대해 설명하라."

스승의 명에 허엽은 정신을 가다듬고 홍범구주에 대해 설명하기 시작했다.

"기자(箕子)가 주나라 무왕에게 일러준 홍범구주(洪範九疇)는 군주로서 나라를 다스리는 아홉 가지의 큰 규범을 말합니다. 우선 구주는 하늘의 뜻을 실현하는 기본 원리로서 하늘이 백성들의 화목한 삶을 위해 만들었으니 치국안민의 규범 내지 법규를 말하는 것입니다.

또 이것은 천자는 하늘로부터 명을 받아 천자의 자리에 올랐으니 하늘의 뜻에 따라 천하를 경영하고 백성들을 다스린다는 유가의 정치사상에 부합하는 것은 물론 신권정치(神權政治)를 지향하는 봉건군주들의 입맛에 맞게 한 것이었습니다. 그 때문에 역대의 제왕 및 유가 학자들은 모두 이 홍범을 제왕의 법전으로 여기고 존숭하였습니다. 구주를 간략히 설명하면 첫째……."

"그만! 그만해도 된다. 잘하였다. 이번에는 황원손이 구주의 첫째를 설명해라. 기자가 무왕에게 하였던 것보다 상세하게."

허엽의 설명을 자른 화담이 황원손에게 구주의 첫 번째를 설명하도록 명하였다.

황원손은 허리를 곧게 편 다음 눈을 감고 말하기 시작하였다.

"기자가 홍범구주를 설명할 때 첫 번째로 오행(五行)을 들었습니다. 오행이란 우주 내지 삼라만상을 구성하는 기본 원소 다섯 가지를 말하는 것으로 자연 물질의 세목(細目)을 열거하고 그 성질과 맛을 상세히 설명하였습니다.

오행이란 수화목금토(水火木金土)를 말합니다. 일왈 수(水), 즉 첫 번째는 물인데 수는 윤하(潤下)라 하여 적시며 내려가고, 이왈 화(火), 즉 두 번째는 불인데 화는 염상(炎上)이라 하여 타며 올라가는 것이고, 삼왈 목(木), 즉 세 번째는 초목인데 목은 곡직(曲直)이라 하여 굽거나 곧은 것이고, 사왈 금(金), 즉 네 번째는 쇠붙이인데 금은 종혁(從革)이라 하여 사람의 뜻에 따라 형태가 바뀐다고 하였으며, 오왈 토(土), 즉 다섯 번째는 흙인데 토는 가색(稼穡)이라 하여 심고 거둘 수 있다고 하였습니다.

또한 윤하 작함(作鹹)이라 하여 물과 같이 적시며 내려가는 것의 맛은 짜고, 염상 작고(作苦)라 하여 불과 같이 올라가는 것의 맛은 쓰고, 곡직

작산(作酸)이라 하여 나무와 같이 곧거나 굽은 것의 맛은 시고, 종혁 작신(作辛)이라 하여 쇠붙이처럼 사람의 뜻에 따라 형태가 바뀌는 것의 맛은 맵고, 가색 작감(作甘)이라 하여 땅에 심고 거두는 것은 달다고 함으로써 다섯 가지의 맛, 즉 오미(五味)를 설명하였습니다.

이와 같이 다섯 가지의 자연 물질이 인간 생활에 필수 불가결한 요소라는 전제로 사람은 각각의 고유한 성질과 맛을 특성에 맞게 잘 이용해야 이로움을 얻을 수 있다고 하였습니다."

황원손 역시 막힘없이 설명을 마쳤다.

산방은 화담이 천기(天氣)를 밝히고 있음을 아는 듯 산새의 지저귐도, 고양의 울음소리도, 석천의 물소리도 멈춘, 그야말로 정적의 상태였다.

"아주 잘 설명하였다. 황원손의 설명처럼 기자는 홍범구주의 첫 번째로 오행을 들었다. 그만큼 오행이라는 것이 중요하기 때문이었고, 그 오행으로 모든 것을 설명하기에 용이하여 그렇게 한 것이다. 그 다음, 이지함이 홍범구주의 마지막인 아홉 번째를 설명해보거라."

이지함은 심호흡을 하고 마음을 가다듬었다. 산방학인으로 자신에게 주어진 첫 질문이었다. 다행히 익히 알고 있던 바였다. 두 학인이 자신의 학문을 가늠하고 있는 만큼 신중하게 차근차근 설명하기 시작하였다.

"홍범구주의 아홉 번째로 다섯 가지 복[五福]과 여섯 가지 곤액[六極]을 말하였습니다.

오복은 일왈 수(壽)라고 하여 오래 사는 것이고, 이왈 부(富)라고 하여 부유하게 사는 것이고, 삼왈 강녕(康寧)이라 하여 건강하고 안녕하게 사는 것이고, 사왈 유호덕(攸好德)이라 하여 훌륭한 덕을 닦으며 사는 것이고, 오왈 고종명(考終命)이라 하여 천명을 다하고 죽는 것입니다.

육극(六極)을 말씀드리자면 육극은 일왈 흉단절(凶短折)이라 하여 횡사하는 것과 요절하는 것이고, 이왈 질(疾)이라 하여 질병이 있는 것이고, 삼왈 우(憂)라 하여 근심이 있는 것이고, 사왈 빈(貧)이라 하여 가난한 것이고, 오왈 악(惡)이라 하여 사악한 것이며, 육왈 약(弱)이라 하여 나약한 것을 말합니다.

이와 같이 홍범구주는 군왕이 백성들을 위해 정치하는 대법(大法)을 일컫는 것입니다."

화담은 이지함이 설명을 시작할 때부터 눈을 지그시 감고 어깨를 좌우로 흔들며 경청하고 있었다. 그러나 설명이 끝나고 나서도 한참 동안 그렇게 있었다.

그 시간 동안 세 사람은 숨을 죽이고 스승의 하문을 기다렸다.

이윽고 화담이 흔들던 몸을 곧게 세우고 감았던 눈을 뜨며 말했다.

"지금까지 자네들이 설명한 것은 화국(華國)의 『서경』에 실린 내용을 앵무새처럼 그대로 읊은 것에 불과하네. 그러나 『서경』에 쓰여 있는 기자의 홍범구주는 화국의 문화가 아니라 바로 우리 겨레의 문화요, 정신 세계라네. 우리의 것을 기자가 화국으로 가져간 것이지."

세 사람의 학인들은 어리둥절하여 서로의 얼굴을 보았다.

"기자는 기자조선을 일으킨 우리나라 사람이 아닙니까?"

허엽이 물었다.

"기자는 고조선 사람이 아니라네."

화담이 단호하게 말했다.

"그럼 어느 나라 사람입니까?"

"우리나라로 도망쳐 온 화국 사람이지."

화담의 눈은 여느 때보다 더욱 광채를 발하고 있었다.

고조선에 대한 역사 고증을 참고하면 다음과 같다.

단군왕검(檀君王儉)이 세운 나라 고조선은 이천 년 동안 즉, 기원전 2333년부터 기원전 280년까지 이어진 나라다. 이천 년 동안 국가를 형성하면서 88대의 제왕을 두었다. 88대의 긴 통치 기간은 다시 전기와 후기로 나눌 수 있으니 강성했던 전기 47대와 힘이 미약했던 후기 41대가 그것이다.

후기 고조선은 신조선(진조선, 진한)과 불조선(번조선, 변한)과 막조선(마한)으로 형성되어 있었다. 이 세 개의 후기 고조선은 조선 반도는 물론 중국의 방대한 지역을 차지하고 있었다.

그 가운데 불조선은 발조선과 맥국, 낙랑, 만국(위만조선), 기자조선 등을 통치하는 후기 고조선이었다.

기자와 그 후손들은 중국에 살면서 상(商), 즉 은나라의 왕과 왕래하다가 중국이 주(周)로 통일되어 전처럼 살기가 어렵게 되자 후기 고조선으로 도망 와서 살게 되었다. 그 한참 후 기자의 후손인 기비(箕丕)가 불조선의 왕에게 간청하여 변방의 지방관이 되었다. 그 자리를 기비의 아들 기준(箕準)이 물려받았다. 그러나 기준은 그들처럼 중국을 탈출하여 도망쳐 온 위만(衛滿)을 신임하여 변방을 수비하는 박사(博士)라는 관직을 주었다가 위만의 속임수에 빠져서 지방관의 자리마저 빼앗기고 자손도 없이 죽었다. 이러한 사실이 근래 역사 자료에 의해 밝혀졌다.

그리고 위만조선이라 일컫는 후기 고조선의 변방 제후국도 한나라 무제[漢武帝]의 군대에 패하여 3대 80년 만에 멸망하였던 것이다.

이렇듯 고조선의 활약과 영토 등은 중국의 문헌 속에서 쉽게 찾아볼 수 있는 역사적 근거가 있다.

중국 『사기(史記)』의 「조선열전」, 『전한서(前漢書)』의 「지리지(地理志)」, 중국의 가장 오래된 지리책인 『산해경(山海經)』, 『후한서』의 「군국지(群國志)」, 『위서(魏書)』, 『진서(晋書)』, 『송서(宋書)』, 『양서(梁書)』, 『주서(周書)』, 『수서(隋書)』, 『구당서(舊唐書)』 등 이루 헤아릴 수 없을 만큼의 역사적 고증이 현존하고 있는 것이다.

기자는 왕이 된 적이 없었다. 따라서 고조선을 계승하는 기자조선과 위만조선도 없었다. 엄연히 고조선이 존재하는데도 기자와 위만의 후손들이 고조선 말기를 통치했던 것처럼 식민사학자들이 왜곡한 것이다.

'후기 고조선의 변방 지방관이 통치했던 곳이 어찌 고조선을 대표할 수 있겠는가!'

근래 역사학자들이 고증을 검토하며 하는 말이다.

"하오면 『서경』에 쓰여 있는 기자가 주나라 무왕에게 홍범구주를 설명했다고 하는 말은 무엇입니까?"

이번에는 황원손이 화담에게 물었다.

"고조선의 문화를 가져왔다고 할 수는 없기에 기자를 등장시킨 것이지. 또한 기자를 고조선의 통치자인 것처럼 하여 고조선을 화국의 제후국으로 강등시키려는 사의(邪意)가 내포되어 있는 것이라네."

"하오나 지금 조선에선 사서삼경의 하나인 『서경』을 가르치고 과거에 비중을 두는 것이 사실 아닙니까?"

이지함이 이어서 물었다.

"그것이 잘못되었다는 게지. 그래서 난 지금까지 『서경』을 가르치지 않았다네."

그랬다. 화담에게서 십수 년을 배운 황원손도, 또 허엽도 『서경』을 배운 적이 없었다.

화담은 서책에 비중을 두는 강의를 하지 않았다. 제자들이 이해하지 못하는 부분만 삼라만상의 예를 들어 가르쳤다. 그리고 스스로 깨우친 기철학과 주역, 천문과 지리 등을 비유하여 공부시켰다.

"중국의 기록은 『서경』에서 비롯되었다고 합니다. 그러면 우리나라의 역사 기록은 무엇입니까?"

이지함이 화담에게 되물었다.

"자네 말대로 『서경』은 화국에서 가장 오래된 역사 문헌으로 화국 역사의 효시라 할 수 있지. 그러나 우리나라에는 그들의 『서경』보다 더 세밀한 고대 역사 기록들이 많다네. 『서경』은 제왕들의 통치학으로서의 역사이지만 우리나라의 역사서는 제왕은 물론 만백성이 함께하는 경전들이지. 『천부경(天符經)』을 비롯하여 『삼일신고(三一神誥)』, 『참전계경(參佺戒經)』, 『삼성기(三聖記)』, 『단기고사(檀奇古史)』, 『태백일사(太白逸史)』, 『삼신오제본기(三神五帝本紀)』 등 수십 가지가 있다네. 어찌 『서경』에 비하겠나. 허나……."

화담이 잠시 말을 끊었다. 제자들은 다음 말이 궁금하여 붓을 세우고 스승의 얼굴만 바라보았다. 한참 후 화담이 무겁게 입을 떼었다.

"허나 그 모든 경전은 나라에서 정한 금서(禁書)이네. 자네들도 잘 알다시피 금서는 소장하는 자는 물론 보는 자에게도 중벌이 내려지고 있으니 어느 누가 내보이겠는가? 안타까운 일이 아닐 수 없네."

또다시 무거운 정적이 흘렀다. 그렇게 한참의 시간이 흐른 다음 화담이 말을 이었다.

"백성들이야 조정에서 금하고 있는 법을 지킬 수밖에 없는 것 아니겠나. 그러나 백성들을 현혹시키고 역성(易姓)을 꾀하는 도참서(圖讖書)가 아닌 다음에야 언젠가는 떳떳하게 빛을 볼 수 있겠지."

"역성이 아닌 역사를 사장(死藏)한다는 것은 잘못된 일이라 봅니다."

이지함이 말했다.

"지금이야 어쩔 수 없지. 오늘은 역사를 논하는 시간이 아닌 만큼 더 이상 논하지 않기로 하세. 바둑에 홍범구주가 들어 있다는 걸 논하다 보니 말길이 그리 흘렀구먼. 지금부터 바둑을 설하겠네."

제자들은 스승의 말을 놓치지 않으려고 붓을 들었다.

"바둑판은 역학(易學)의 도구였네. 역학은 복희씨(伏羲氏) 때 황하에서 용마(龍馬)가 등에 지고 나왔다는 55개의 점인 하도(河圖)와 하(夏)나라 우임금이 낙서(洛書)에서 거북의 등에 있었다는 45개의 점을 가지고 선천역(先天易)과 후천역(後天易)을 만들었다고 하네. 그리고 하도와 낙서의 원리를 이용한 것이 홍범구주라고 전해지네.

홍범구주는 홍범과 구주가 합쳐진 말로 홍범은 거북의 등에 있었다는 아홉 장(章)의 문장(文章)을 이르는 것이고, 구주는 천하를 다스리는 아홉 가지 대법이지. 구주는 오행(五行)과 오사(五事), 팔정(八政), 황극(皇極), 오기(五紀), 삼덕(三德), 계의(稽疑), 서징(庶徵), 오복(五福)과 육극(六極)으로서, 구주를 아홉 가지의 궁(宮)을 만들어 바둑판에 배치하게 되었다네."

화담은 손으로 바둑판에 금을 그어 아홉 가지의 궁을 만들어 보였다.

이렇듯 구궁이 발전하여 아홉 개의 기문(奇門)이 되고, 바둑의 포국(布

局)으로 아홉 개의 점이 되고, 손자의 생문(生門)과 사문(死門) 등의 병법 포진이 된 것이다. 또한 역학의 팔괘(八卦)를 구궁에서 가운데 궁을 제외한 팔궁에 배치하였던 것이다.

"하오면 바둑을 만든 사람은 누구입니까?"

허엽이 물었다.

"우리나라의 삼신(三神)께서 만들었을 게야. 그래서 신선놀이라는 말도 있지 않은가. 하도와 낙서도 알고 보면 삼신께서 백성들을 다 가르친 다음에 버린 찌꺼기에 불과한 것이라고 할 수 있지."

"삼신이라면 환인, 환웅, 단군을 말씀하시는지요?"

"그렇지."

세상에 떠도는 바둑의 기원에는 두 가지의 설이 있었다. 첫째는 요임금이 바둑을 만들어 아들 단주(丹朱)에게 교육시켰다는 것이고, 둘째는 순임금이 아들 상균(商均)의 우둔한 머리를 깨우치기 위해 만들었다는 설이다. 그러나 이것은 전국시대의 재담가인 종횡가들이 만들어낸 말일 뿐이다.

화담은 계속해서 말을 이었다.

"바둑판의 사방 19줄은 하도의 10수와 낙서의 9수를 합한 수이고, 사방 19줄의 수를 모두 합하면 72수인 것이니 이는 72후(候)를 상징한다네.

뿐만 아니라 바둑판의 가운데 점인 천원(天元)에서 상하와 좌우로 나누면 열십자가 생겨 음양의 양의(兩儀) 사상이 이루어진다네. 이것은 바둑판을 사이에 두고 주인과 손님이 마주 앉아 주객관계를 성립하는 것, 바둑돌이 음을 뜻하는 흑돌과 양을 뜻하는 백돌로 나누어지는 것과 같지.

그리고 다시 주인과 객과 바둑판으로 천지인(天地人)의 삼재(三才)를 갖추고, 네모진 모형에서 사상(四象)을, 구궁에서 팔괘와 팔문을 세워 삼라만상이 상생하고 상극하는 무궁한 변화를 궁구하는 것이라네.

또한 가로세로 19줄의 361점은 인체의 360혈(穴)을 나타내며, 천지의 운행도수(運行度數)를 참고하여 만든 일 년 360일에 윤도수(閏度數) 하나를 합한 361점으로 구성되고, 원형의 360도를 나타내며, 북극성을 중심으로 천체가 원형을 그리며 돌 듯 가운데 천원을 두는 등 무한한 대자연의 법칙과 우주의 원리를 함축하고 있다네."

"바둑에 이토록 심오한 뜻이 있는지 미처 몰랐습니다."

이지함이 심심풀이로 두었던 바둑을 떠올리며 말했다.

"그래서 마음자세가 중요하지. 고요한 가운데 움직이는, 바로 정중동(靜中動)의 자세가 되어야 한다네. 돌 한 점을 놓을 때마다 국면 전체의 형세를 머릿속에 그려가며 버리기도 하고 취하기도 하고, 물러서기도 하고 나아가기도 하면서 마치 기가 자연스레 흐르듯이 천변만화(千變萬化)할 수 있어야 한다네. 그러므로 바둑은 마음을 다스리게 하는 도이며, 부단한 자기수행을 이루는 데 필요한 미덕인 게야. 해서 바둑을 조화의 예술이라 하지 않는가."

이지함은 고양을 길들이게 하여 만물을 사랑하는 마음을 깨닫게 하고, 민들레의 구덕을 통하여 자연을 관하게 하고, 바둑으로 우주의 원리를 깨닫게 하는 스승의 깊은 뜻에 절로 머리가 숙여졌다.

"과제를 주겠네. 바둑에 위기십결(圍棋十訣)이라는 것이 있는데 이것은 바둑의 도, 즉 기도(棋道)라고 할 수도 있고, 바둑을 두는 사람이 지켜야 할 열 가지의 명심(銘心)이라고도 할 수 있다네. 내가 지금부터 위기십결을 알려줄 것이니 이것을 바둑에 국한하지 말고 세상사에 비유하여 설명할 수 있도록 하는 것이 과제라네. 기일은 닷새를 주겠네."

닷새의 기일을 준 것은 오늘 공부한 내용을 충분히 검토하라는 배려일 터였다.

화담은 위기십결 즉, 부득탐승(不得貪勝), 입계의완(入界宜緩), 공피고아(攻彼顧我), 기자쟁선(棄子爭先), 사소취대(捨小取大), 봉위수기(逢危須棄), 신물경속(愼勿輕速), 동수상응(動須相應), 피강자보(彼强自保), 세고취화(勢孤取和)를 하나하나 상세하게 설명해주었다.

모두들 집으로 돌아가려고 초당을 나와 화담 선생께 인사를 할 때였다.

"자네는 나와 한판 두세. 바둑판을 만드느라 힘이 들었을 터이니."

화담이 이지함을 따로 불러 말했다.

"바둑판을 들고 꽃못으로 오게."

화담이 초당을 나와 못가로 먼저 가고 황원손과 허엽은 산방을 나갔다.

스승과 제자 두 사람은 못가에 앉아 바둑을 두기 시작했다. 이지함이 흑돌을, 화담이 백돌을 쥐었다. 이지함도 잘 두는 편에 속하는 바둑이었다. 하지만 화담의 적수가 되지는 못했다. 화점(花點) 아홉 곳에 먼저 놓고 두는 아홉 점 접바둑이 되어도 이기리라는 자신이 없었다. 그만큼 화담의 바둑은 절륜의 경지였다.

"졌습니다."

"앞으로는 강의가 있든 없든 매일 초당으로 오게. 아무 때나 찾아와도 되네. 또 학인들과 같이 공부하는 날은 퇴방 후 한 시진이 지난 다음 초당으로 다시 오게."

"그리하겠습니다, 선생님."

화담의 특별한 배려였다. 지금까지 어느 누구에게도 이와 같은 배려는 없었다.

　이지함은 호미를 들고 뒷동산으로 가는 스승의 뒷모습을 한참 동안 바라보았다.

4

    이지함이 삽짝을 밀고 들어서니 정 서방이 툇마루에서 발을 씻고 있었다. 모처럼 대하는 정 서방의 얼굴은 봄볕에 그을려 검게 빛나고 있었다.

"퇴방하셨구먼요."

정 서방이 먼저 이지함에게 인사를 건넸다.

"많이 파셨습니까?"

"예, 지고 간 거 다 팔았습죠."

"노고가 많았겠습니다."

"이런 고생 안 하고 사는 사람 있겠습니까?"

그때 젊은 아낙이 부엌에서 나오면서 말했다.

"아, 글쎄, 우리 서방이 화적을 만나 큰 변을 당할 뻔했답니다."

"화적을요?"

젊은 아낙의 말에 이지함이 놀라며 다시 물었다.

"예, 송도를 코앞에 둔 청석골에서 그랬습니다."

"화적 패거리가 많았습니까?"

"바로 앞질러 가던 장사치 두 사람이 한 놈한테 당하는 걸 봤다는데 그놈이 큰 칼을 가지고 있더랍니다. 죽일 놈들! 일해서 먹고 살아야지, 화적질은……. 유수부에서는 그런 놈들을 왜 못 잡아들이는지 몰라요."

젊은 아낙은 대답을 가로채며 정 서방이 당하기라도 한 것처럼 흥분했다.

"큰일 날 뻔했습니다. 유수부에 알렸으면 머지않아 잡히겠지요."

이지함은 방으로 들어왔다. 이지함은 청석골〔靑石洞〕이 송도 어름에 있다는 것만 짐작할 뿐, 자세한 지리는 모른다. 양민을 해치는 화적패를 묵과할 수는 없으나 일개 유생에 불과한 이지함으로서는 어찌할 방도가 없었다.

이때 갑자기 밖에서 부르는 소리가 들렸다.

"사형! 이지함 사형! 안에 계시오?"

허태휘였다. 이지함이 방문을 열고 들어오라 하자 허태휘는 밖으로 나오라며 손짓을 했다.

"아직 식전이오?"

허태휘가 물었다.

"그렇소이다."

"잘됐소. 식전에 맞춰 오느라 좀 서둘렀소. 남문 주막거리로 가서 국밥하고 탁배기나 한잔하십시다."

두 사람은 땅거미가 넘실거리기 시작하는 화곡동을 빠져나왔다. 사방에서 저녁밥 짓는 연기가 굴뚝을 타고 올라왔다.

"사형은 자가 어떻게 되오."

허태휘가 물었다.

"형백(馨伯)과 형중(馨仲) 둘이 있소. 부르고 싶은 대로 하시오."

"아무리 사형이지만 이름을 함부로 부를 수 없어 물어본 것이오. 앞으로는 형백으로 부르리다."

"태휘 사형은 자가 뭐요?"

"태휘요."

"태휘가 자였더란 말이오?"

"그렇소."

"뭐가 재미있어 그리 웃는 게요?"

"아직 내 이름을 모르는 형백이 우스워서 그렇소."

"이름이 어떻게 되오?"

"해꽃이요."

"뭐요? 해꽃이란 이름도 있소?"

"날일(日) 변에 꽃 화(華)를 쓰오. 그러니 해꽃이오, 껄껄껄."

"그럼 빛날 엽(曄)이 아니오? 콩 심는 외다리 이름이구먼, 허허허."

"허씨는 모두 외자 이름이오."

"쓰기가 간편해서 좋겠소, 허허허."

두 사람은 같이 웃었다. 한번 웃고 나니 멀게만 느껴지던 사이가 가깝게 다가왔다.

"난 정축생(丁丑生) 소띠요, 형백은 어찌 되오?"

"갑장(甲長)이오."

"오, 동갑네였구먼. 정말 반갑소. 얼마 전까지 산방에서 같이 공부하던 차식(車軾)이란 학인도 동갑네였소. 그 친구도 몇 달 안에 다시 올 거요. 갑장끼리니 서로 말을 놓읍시다. 이게 어디 보통 인연이오?"

"좋소. 그리하지, 허엽. 허허허……, 그런데 잠깐."

허엽이라고 붙여 부르니 어딘지 이름이 낯익었다. 지번 형님이 일러 주던 이름 아닌가.

"혹시 자네, 우리 형님을 알지 않는가?"

"아네."

"왜 진작 아는 척을 하지 않았나?"

"지함 자네가 너무 바쁜 듯하여 그랬네. 그래서 내가 오늘 자네한테 오지 않았나, 하하하."

"예끼, 짓궂은 친굴세. 허허허."

화곡동에서 남문 밖까지 오며 친구가 된 두 사람은 등롱이 걸린 주막으로 들어갔다.

"주무실 방을 찾으시오?"

"아니오, 식전이니 국밥하고 탁배기나 먹고 가려 하오."

"저 뒤로 돌아가면 빈방이 하나 있으니 그 방으로 들어가 계시죠."

잠시 후 주모가 상을 들고 왔는데 옻칠이 깨끗한 상에 시키지도 않은 고기가 올라 있었다.

"저육(豬肉)이 좀 남았기에 들여왔습죠. 셈은 안 하셔도 됩니다. 맛나게 드십죠."

주모는 둘을 유수부에 새로 부임한 관리로 본 모양이었다. 하긴 화적패가 여기저기 출몰한다는 소문이 자자한 터에 둘의 복색을 보고 그리 짐작할 만도 했다.

두 사람은 탁배기부터 한 잔씩 주고받았다.

저육 한 점을 입에 넣은 이지함이 허엽에게 물었다.

"이보게, 허엽. 차식이란 학인 말고 또 한 사람은 누구인가? 그때 인사는 했는데 잘 기억이 안 나는군."

"박민헌이란 학인인데 우리보단 한 살이 위지. 그러나 서로 친구처럼 지내고 있네. 철이 바뀌면 올 걸세. 아까 이야기했던 차식이란 학인하고 한양으로 갔네."

"그랬구먼. 헌데 자네는 학인이 된 지 얼마나 됐나."

"일 년 됐네."

"매일 강의가 있는 게 아닌 모양이던데……."

"그렇다네. 스승님께선 독강(獨講)은 잘 안 하시지. 될 수 있으면 둘이건 셋이건 몰아서 강의를 하신다네. 강의 주제에 따라 이틀이나 사흘, 때로는 닷새의 공부 시간을 주시기도 하고. 간혹 휴강 때도 찾아뵙고 자문을 구하는 학인들도 있긴 하네만 자주 있는 건 아니지. 요즈음은 관직에 있는 분들도 자주 찾아온다네."

이지함은 허엽과 얘기를 나누며 그동안 궁금했던 일들을 많이 알게 되었다.

"청석골은 어디쯤 있는가? 오늘 화적패가 나타났다고 들었네."

"나도 얘기를 들었네. 청석골은 여기서 한 삼십 리 떨어진 외진 마을이지. 유수부 관할이지만 도둑놈 하나 잡으려고 밤낮 지키고 있을 수도 없는 산속 마을이라네. 송악산에서 서쪽으로 뻗은 산줄기가 마을을 감싸고 있는 곳이지. 금천(金川)에서 송도로 들어오는 길목에 고개가 하나 있는데 그 고개를 넘으면 청석골이고 청석골을 지나야 송도로 들어올 수 있지. 고갯길은 사오 리 정도 되고. 그 고갯길에서 도적질을 한다네. 청석골에서 가깝게 있는 탈미골도 도적의 소굴이라는 얘길 들었네."

화적패를 논하다 보니 이야기가 자연스럽게 조정 쪽으로 흘러갔다. 도적이 창궐하는 것의 연원은 결국 조정에 있기 때문이었다. 이미 조정은 대윤이니 소윤이니 하는 파쟁에 빠져 정사를 손에서 놓은 지 오래되었고, 그 짐이 고스란히 백성들의 몫으로 떠넘겨진 상태였다. 오죽하면 살던 곳을 버리고 도적패가 되었겠는가.

이야기가 깊어지면 밑도 끝도 없었다. 이지함은 새로 기거할 거소도 물색할 겸 말머리를 돌렸다.

"화곡동에 학인들이 우거하는 집이 많은가?"

"대여섯은 되네."

"그런데 지금은 자네와 나밖에 없잖은가. 나머지 집은 손을 놓은 겐가?"

"말이 우거지 실은 화담 선생님을 위한 마을 사람들의 선처라고 보면 되네. 공부가 다 끝날 때까지 한번 정한 곳을 벗어나는 경우는 없네. 방귀 한 번 뀌면 온 마을 사람들이 다 아는, 바닥이 좁은 동넬세. 행여 바꿀 요량은 아예 하지도 말게. 그게 화곡동의 불문율이네."

얘기도 꺼내기 전에 못을 박는 허엽의 말에 이지함은 입맛이 썼다. 그렇다고 허엽에게 갑재의 젊은 아낙에 대한 얘기를 할 수도 없었다. 기거할 곳을 옮기려던 생각은 접어야 했다.

두 사람은 밤이 이슥해서야 주막을 나왔다.

강의가 없던 닷새 동안 이지함은 매일같이 화담 산방을 찾았다. 화담과 단둘이 하는 시간이었다.

"호미를 들고 따라오게."

이지함은 호미를 들고 화담을 따라 뒷동산으로 갔다. 뒷동산 양지바른 곳에 자그마한 텃밭이 있었다. 스승과 제자는 이틀 동안 호미로 텃밭에 고랑을 내고 여러 가지 채소 씨앗을 파종했다.

처음하는 농사일이라 서툴고 힘들었으나 마음은 편하고 즐거웠다.

"농부의 마음을 알아야 하네. 씨앗이 곧 자식인 게야. 땅과 씨앗과 사람이 하나가 되어야 수확을 할 수 있는 것이지."

나흘째 되던 날은 낚싯대를 들고 못으로 갔다. 이지함의 눈엔 크기만 달라 보일 뿐 다 똑같은 물고기들이었다. 그러나 화담은 물고기의 이름을 모두 알고 있었다.

그중에서 특이한 물고기가 있었다. 몸은 은빛으로 옆구리와 등지느러미 쪽에 얼룩얼룩한 점 같은 무늬가 골고루 퍼져 있는 물고기였다. 얼핏 보면 산천어 같기도 했다.

"저 녀석은 눈에 열이 많아 눈이 뻘얼건데, 그 열을 식히기 위해 얼음장같이 찬물만 찾지. 그 때문에 맑고 깨끗한 상류의 물줄기에서만 일생을 사는 녀석일세. 먹이도 함부로 먹지 않아 낚시로 저 녀석을 꼬여내기란 하늘의 별 따기라네. 하지만 크게 자라지. 서너 자까지는 무난하게 크네. 열목어(熱目魚)라고 불리는 녀석일세."

화담은 가는 곳마다 이지함에게 많은 것을 가르쳐주었다.

이지함은 못가에서, 뒷동산에서, 꽃골짜기에서, 꽃내에서, 영통사에서, 오관산 구석구석에서 스승과 시간을 함께 보내며 초목을 배우고 지기를 익혔다. 스승은 풀이름 하나에서 천기까지 두루 막히는 것이 없었다. 이지함은 그런 스승 곁에서 며칠이나마 선계(仙界)의 경지를 맛볼 수 있었다.

닷새를 집에서 공부한 산방학인들이 다시 초당에 모여 앉았다.

"위기십결의 과제는 다들 생각해 왔는가?"

"예, 선생님."

"허태휘가 네 가지, 황원손과 이지함은 각자 세 가지를 설명하라."

허엽이 그동안 공부한 네 가지를 설명하기 시작했다.

"첫째, 부득탐승(不得貪勝)은 너무 이기려는 욕심을 부려서는 안 되는 것이니 바둑의 원리대로 둘 것을 강조하는 말로, 지나친 욕심을 경계한 것입니다. 탐욕은 곧 인생을 그르치게 만드는 근원이니 마음을 비우고 세상의 이치를 따르라는 뜻으로 해석할 수 있습니다.

둘째, 입계의완(入界宜緩)은 상대의 세력권으로 들어갈 때는 자신의 기세를 눌러야 한다는 것으로, 세상을 살아갈 때 고집과 아집 등의 강함만을 내세울 것이 아니라 세태에 맞춰 강함과 부드러움의 조화를 잘 활용하라는 의미로 볼 수 있습니다.

셋째, 공피고아(攻彼顧我)는 상대를 공격할 때는 자신의 단점을 먼저 보아야 한다는 것으로, 실력을 배양하여 자신을 확고하게 한 다음 잘못된 자를 가르치고, 불의를 징계하는 일에 앞장서라는 뜻으로 해석할 수 있습니다.

넷째, 기자쟁선(棄子爭先)은 쓸모없는 돌은 버리고 선수를 취하라는 것으로, 자신의 단점을 과감하게 도려낼 줄 아는 동시에 새로운 마음가짐으로 진취적이고 세상에 유익한 길을 택할 줄 아는 사람이 되어야 한다는 의미로 해석할 수 있습니다."

"참으로 훌륭한 해석이다. 이렇게 기자(棋者)가 갖추어야 할 마음가짐에서도 인도(人道)를 꿰뚫을 수 있어야 하는 것이다. 공부하는 데 어려운

점은 없었는가?"

"큰 어려움은 없었습니다."

허엽의 답변에 화담은 고개를 끄떡였다.

"다음은 황원손의 공부를 듣기로 함세."

"예, 선생님."

황원손은 큰 소리로 대답하고 무릎을 단정하게 꿇었다.

"다섯째, 사소취대(捨小取大)는 작은 것은 버리고 큰 것을 취하라는 것으로, 소의보다 대의를 따르라는 말 즉, 무슨 일을 하든 눈앞의 작은 이익에 급급하지 말아야 할 것이며, 편견을 버리고 세상을 넓게 보는 안목과 대세의 흐름에 따를 줄 아는 사람이 되어야 한다는 뜻으로 비유할 수 있습니다.

여섯째, 봉위수기(逢危須棄)는 위급한 상황에 직면했을 때는 과감히 버릴 줄 알아야 한다는 것으로, 세상을 살아가는 데 쓸데없는 미련을 떨쳐내야 한다는 뜻으로 받아들일 수 있습니다.

일곱째, 신물경속(愼勿輕速)은 돌을 움직일 때 경솔함을 삼가야 한다는 말로, 살아가는 데 깊은 생각 없이 함부로 판단하여 그르치는 것을 경계하고, 언행을 조심하고, 행동보다 말이 앞서는 것 또한 주의하여야 한다는 뜻이 담겨 있습니다."

황원손이 설명을 시작해서 마칠 때까지 화담은 눈을 지그시 감은 채 몸을 좌우로 흔들고 있었다. 그 모습은 화담의 한결같은 경청 자세였다.

"아주 훌륭한 해석을 준비해 왔네. 참으로 잘했네. 자네는 어땠나?"

"저도 큰 어려움은 없었습니다."

"수고했네. 다음은 이지함의 공부를 듣기로 하지."

이지함도 설명에 앞서 황원손처럼 무릎을 꿇었다. 그러자 화담이 손을 내저었다.

"자네는 그냥 편히 앉아서 하게. 귀로 들어야 하는데 정수리로 들어야 할 판일세."

"하하하하."

화담의 말에 모두들 웃고 말았다. 이지함도 같이 따라 웃으며 책상다리를 하고는 하나하나 설명하기 시작했다.

"여덟째, 동수상응(動須相應)은 상대의 형세를 살펴 대응하라는 것으로, 일의 완급(緩急)을 꿰뚫어 쓸데없는 헛수고를 하지 말아야 한다는 뜻입니다."

"잠깐!"

화담이 이지함의 말을 자르며 물었다.

"완급은 무엇이고 헛수고는 또 무슨 뜻인가? 학인들이 알아듣기 쉽게 다시 설명하게나."

"늦추어도 될 것과 서둘러 처리해야 할 것을 정확하게 판단하여 일의 우선순위를 적절히 매김으로써 시의(時宜)를 놓치지 않아야 한다는 뜻입니다. 이것은 바둑을 둘 때 헛수를 두지 말라는 것과 같습니다."

"설명 잘했네. 다들 무슨 얘긴지 잘 알아들었는가?"

"예."

"계속해보게."

"아홉째, 피강자보(彼强自保)는 상대가 강한 곳에서는 싸우지 말고 자신을 돌보라는 것으로, 매사에 균형 감각을 잃지 말라는 뜻입니다."

"그건 또 무슨 뜻인가?"

화담이 또다시 이지함의 말을 잘랐다.

"그것은 자신의 입장과 위치를 잘 파악하여 세상을 살아가면서 중용을 늘 염두에 두어야 한다는 뜻입니다."

"잘했네. 바로 그 말일세. 계속하게."

"마지막의 세고취화(勢孤取和)는 고립된 형세에서는 화평을 취하라는 것으로, 독불장군이 되지 말아야 한다는……."

"독불장군이라……, 그건 또 무슨 뜻인가?"

이번에도 화담은 이지함의 말을 자르고 되물었다.

"고립된 상황에선 항상 세가 불리할 수밖에 없으니 자신의 안전이 긴박한 문제가 되는 것입니다. 하여 우선은 주위 세력과 화평을 취함으로써 안전을 확보한 연후에 후일을 도모하는 현명한 자세가 필요하다는 말입니다."

이지함은 그동안 화담과 단둘이 보낸 시간 속에서 스스로 깨우친 것이 있어 담담히 설명하였다.

"자, 모두들 공부하느라 수고했네. 이렇듯 바둑판 하나에 이루 헤아릴 수 없을 만큼 많은 것들이 담겨 있네. 천지자연과 인생을 바둑판 하나에 축소해놓은 우리 선현의 지혜로움에 감사해야 할 것이네. 무릇 사람으로 태어나서 격물치지(格物致知)하면 모든 것을 다 이해할 수 있다네. 어느 하나도 헛되이 보지 말 것이며 깨달았다면 실천하여야 할 것이네."

"예, 꼭 명심하겠습니다."

세 학인들은 머리를 깊게 조아렸다.

퇴방하여 갑재에 잠깐 들렀다가 다시 산방으로 간 이지함은 화담과 한 차례 바둑을 두며 천지에 관한 이야기를 나누었다.

그렇게 매일같이 이지함은 화담에게 독강을 받았다. 화담은 역사와 천문과 지리, 주역을 집중적으로 가르쳤다. 배우면 배울수록 배워야 할 것이 더 많았다. 이지함의 학문은 하루가 다르게 앞으로 나아갔다. 가르치는 화담도 즐거워하기는 마찬가지였다.

그러던 어느 날이었다.

"잘 댕겨와요. 화적패 조심하구."

이른 새벽, 젊은 아낙의 배웅을 받으며 정 서방이 지게를 지고 집을 나섰다.

젊은 아낙은 바지런을 떨기 시작했다. 마당을 쓸고 방을 치우고 툇마루를 닦는가 하면 이지함의 툇마루까지 깨끗하게 닦았다.

집 안을 다 치운 뒤 젊은 아낙은 조반상을 차렸다.

"조반상 들여가요."

젊은 아낙이 이지함의 방문을 열고 상을 들여왔다. 여느 때 같으면 조반상을 툇마루에 놓고 조반상 왔다는 걸 알려주었는데 직접 들고 왔던 것이다. 이지함이 의관을 갖추었기에 망정이지 그렇지 않으면 속옷 차림에 맞닥뜨릴 뻔했다.

"툇마루에 두시지 않고……."

이지함이 언짢은 표정을 지으며 말했다.

"이녁의 성의요. 아침 해도 좋고, 선비님 웃는 낯도 보고 싶고……."

"됐소이다. 물러가시오."

"쐐기처럼 쏘는 말은 여전하십니다. 맛나게 자시오."

젊은 아낙이 교태 어린 웃음을 남기고 나가자 이지함은 속으로 예사 아낙네가 아니라는 생각을 하며 산방 갈 채비를 서둘렀다. 퇴방을 하면 허엽과 저잣거리를 둘러보기로 선약이 되어 있었다. 모처럼 저잣거리를 구경한다는 생각에 이르자 마음이 들떴다.

송도의 저잣거리는 백성들의 삶을 축약해놓은 바둑판이었다. 이지함은 허엽과 저잣거리를 구석구석 돌며 느끼는 것이 많았다. 지방에서 올라온 특산물은 비싼 값에 거래되고 있었다. 물량도 많지 않아 일찍 동이 나서 헛걸음하는 사람도 눈에 띄었다.

저잣거리에서 돌아올 때 이지함은 물 좋은 고등어 한 손을 사들고 왔다. 지난번에 젊은 아낙이 맛나게 조려 밥상에 올린 고등어가 언뜻 떠올랐기 때문이다.

"고등어요."

이지함은 삽짝을 들어서며 젊은 아낙에게 불쑥 고등어를 내밀었다.

"아니, 이 귀한 고등어를…… 꼭 살아 있는 놈같이 싱싱하네. 잠시만 기다리시오. 이녁이 금세 해 올리리다. 에구구, 이놈."

젊은 아낙은 무슨 큰 선물을 받기라도 한 듯이 수선을 떨었다.

이지함은 저잣거리를 떠올렸다. 어떻게 하면 수요와 공급을 원활하게 할 수 있고 적절한 값으로 거래될 수 있겠는가 하는 것을 생각하기 시작했다.

'유통(流通)!'

이지함이 생각하기론 생산품이 원활하게 유통되어야만 백성들의 삶이 풍요로워질 수 있었다.

훗날 이지함이 마포나루에 흙담 움막집[土亭]을 짓고 특산물의 유통에 손을 댄 것도 송도의 저잣거리에서 깨친 바를 실행한 것이다.

"저녁상이어요."

잠시 후 젊은 아낙이 상을 들고 방으로 들어왔다. 이지함은 어이가 없었다. 속으로 혼자 껄껄껄 웃을 수밖에.

젊은 아낙은 젓가락으로 고등어 살 한 점을 뚝 떼어 이지함에게 건네주었다.

"둘이 먹다가 혼자 죽어도 모르는 맛이어요. 어서 한 입 받으시어요."

아낙은 이미 콧속에 바람이 잔뜩 들어 있었다. 이지함은 밥상 앞이라 화를 낼 수도 없었다. 애당초 고등어를 사다 내민 것이 잘못이다 싶었다. 이지함은 아낙을 빨리 물리려는 생각으로 고등어를 한 입 받았다.

"자, 이젠 가서 일 보시오."

"나갈 겁니다요. 한 점만 더 드시어요."

젊은 아낙이 또 한 점을 건네었다. 이지함은 어이가 없었지만 입을 벌릴 수밖에 없었다.

밖은 밤이 깊어가는 데다가 짙은 먹구름이 내려앉아 한 치 앞도 분간하기 어려웠다. 고요한 밤이었다. 오관산 자락에서 들려오는 올빼미의 울음소리만 마을로 스며 내리고 있었다.

저녁상을 들고 물러났던 젊은 아낙이 어느새 주안상을 마련해 다시 방으로 들어왔다.

"또 무슨 일이오?"

"출출하실 텐데 약주 한잔하시라고⋯⋯."

"술 생각 없소."

"이녁 성의를 생각해서라도 한 잔 받으시지요."

"공부하는 중이오이다."

"한솥밥 먹는 것도 인연치곤 꽤 큰 인연이랍니다. 그리고 선비님께 여쭙고 싶은 것도 있습니다. 자, 얼른 한 잔 받으시어요."

젊은 아낙은 쉽게 물러설 기세가 아니었다. 묻고 싶은 것이 있다니 용건만 듣고 얼른 술상을 물리는 것이 상수일 듯싶었다. 이지함은 잔을 받아 단숨에 들이켰다.

"묻고 싶은 게 뭡니까?"

"일단 이녁도 한 잔 먹겠습니다."

젊은 아낙은 제 손으로 손수 따라 마셨다.

"그동안 불편한 건 없으셨나요?"

"없었소이다. 잘해줘서 고맙소이다."

수작을 건네는 젊은 아낙의 얼굴이 홍조(紅潮)를 띠기 시작했다. 곱상한 얼굴에 연지를 바른 것처럼 붉은 빛이 돌았다. 이지함이 보기에도 미인이었다. 자목련(紫木蓮) 한 송이가 피어 있는 듯했다.

이지함은 애써 아낙의 눈길을 외면했다. 그러나 젊은 아낙이 교태를 지을 때마다 가슴이 배를 탄 듯 흔들렸다. 한잔 술이 미약(媚藥)처럼 야릇한 기분을 만들고 있었다. 젊은 아낙이 광릉에 두고 온 산두 어미처럼 보이기도 했다. 자신도 모르게 아랫도리가 불끈 솟으며 정신이 아릿해졌다. 집을 떠나온 지 벌써 여러 달이니 한창 젊은 나이에 그러지 않는다면 되레 이상할 터였다.

"한 잔 더 주시오."

이지함이 술잔을 내밀었다. 젊은 아낙이 기다렸다는 듯 잔이 넘치게 술을 따랐다. 단숨에 들이부었다.

"이녁도 한 잔 주시와요."

그러나 이지함이 술을 따르지 않자 젊은 아낙은 제 손으로 술잔을 채워 마셨다.

"이젠 그만 물러가시오. 밤이 깊었소."

"옛부터 술은 삼배(三盃)라 했으니 한 잔만 더……."

이지함은 젊은 아낙을 돌려보낼 요량으로 단숨에 마셨다.

"이녁도……."

젊은 아낙이 잔을 내밀었다. 젊은 아낙은 이지함을 거듭 졸라 술잔을 채워 마신 뒤에야 술상을 들고 나갔다.

이지함은 잠시 밖으로 나가 바깥바람을 쐬고 들어왔다. 술기운이 다소 가시는 듯했다. 그러나 겉옷을 벗어 개켜놓고 자리에 눕자 다시 술기운이 오르며 산두 어미가 떠올랐다. 또다시 아랫도리가 불끈 솟았다. 산두 어미와 젊은 아낙이 뒤섞이며 눈앞에 어른거렸다. 그동안 잊고 살았던 여자 생각이 불에 기름 부은 듯 활활 타올랐다. '내가 왜 이러나, 이제야 스승을 만나 공부에 전념할 때에.' 자책을 해보지만 몸과 마음이 따로 놀았다. 이지함은 생각을 끊으려 안간힘을 썼다.

간신히 생각을 끊고 잠을 청하고 있을 때였다. 방문이 소리 없이 열렸다. 얇은 속옷 차림의 젊은 아낙이 미끄러지듯 들어왔다. 어둠 속에서도 젖가슴의 윤곽이 봉긋이 드러났다.

이지함은 벌떡 일어났다. 아차 싶어 서둘러 의관을 갖추었다. 애당초 술대작을 받아준 것이 잘못이었다.

이지함은 이불을 걷어치우고 방 한가운데 좌정하였다. 불은 켜지 않았다. 동네 사람들 눈도 눈이지만 밝은 불 아래서 대면하기가 차마 민망스러웠다.

"이보시오. 아주머니. 거기 좀 앉읍시다."

"……."

젊은 아낙이 이지함 앞에 마주 앉았다. 옅은 술 냄새와 함께 여인의 체취가 물씬 풍겨왔다.

"같이 대작한 것만으로도 우리는 남녀 법도를 어긴 셈이거늘 이게 무슨 짓이오. 사람에겐 꼭 지켜야 할 도리가 있는 법이오이다."

"남녀 앞에 까짓 무슨 법도요. 이미 제 가슴은 엎질러진 물이오."

"무슨 말씀이오? 할 짓과 안 할 짓이 있소이다. 더군다나 아주머니와 나는 임자가 있는 사람들이오. 어서 건너가시오."

이지함의 목소리는 준엄했다. 그러나 젊은 아낙은 꿈쩍도 하지 않았다. 오히려 쌔근쌔근 숨소리가 높아졌다.

"대동강 물에 배 지나간다고 표 나겠소? 체면이 뭔 소용이오."

젊은 아낙이 무릎걸음으로 한 걸음 앞으로 다가왔다. 당장 저고리 고름이라도 풀 태세였다. 이지함이 손을 내저었다.

"이러지 마시오. 어느 남자가 여자를 싫어하겠소이까. 허나 불륜이란 불행을 낳는 법이오이다. 자칫하다가는 두 집안이 패가망신할 수 있소. 물러가시오!"

"선비님과 저만 아는 일이오."

"아무도 없는 밤이라고 해서 눈이 없고 귀가 없을 것 같소이까. 법도도 법도지만 하늘이 보고 땅이 알고 있는 일이오이다. 이건 아주머니나 나나 천지에 죄를 짓는 일이오. 이제 그만 일어나시오. 그래야 내일 아침이 떳떳하외다."

준엄한 말도 통하지 않자 이지함은 젊은 아낙을 달래고 구슬리기 시작했다.

"없는 서방이나 마찬가지요. 바람벽만 보고 산 게 몇 년째인지. 그러지 마시고……."

젊은 아낙이 고개를 들어 이지함을 올려다보았다. 어둠 속에서도 열에 들뜬 아낙의 눈길이 뜨거웠다. 이지함은 눈을 질끈 감았다.

"이러다가는 서로 낭패를 당합니다. 오늘 밤 일은 없었던 것으로 할 터이니 제발 이제 그만 하시오. 나는 돌도 채 안 지난 어린 자식이 있는 몸이오."

이경(二更)부터 시작한 설득이 삼경(三更)으로 들어서고 있었다.

그 시간.

두 사람의 대화를 엿듣는 사람이 있었다. 울타리 밖에서 집주인 정 서방이 듣고 있었던 것이다.

'이런 연놈들을!'

그의 손엔 날카롭게 날을 벼린 환도가 들려 있었다. 여차하면 살인이 날 판이었다.

그러나 이지함의 눈물겨운 설득을 들으면서 정 서방의 마음이 움직이고 있었다. 정 서방은 환도를 도로 허리춤에 꽂고 꽃골짜기를 달려갔다.

"화담 선생님, 주무십니까? 선생님!"

"누구신가, 야심한 밤에?"

"화곡동 정 서방입니다."

"무슨 일인가? 무슨 화급한 일이라도……."

옷을 주섬주섬 챙겨 입으며 화담이 문을 열었다.

"……하도 기이한 일이라 저 혼자만 듣고 말기엔 너무 안타까웠습니다. 그래서 야밤인데도 이렇게 달려와 선생님께 말씀드리는 것이옵니다. 죄송하지만 제발 저와 같이 내려가서 봐주시길 부탁드립니다."

화담은 정 서방의 말이 뚱딴지 같아 믿기 어려웠으나 이지함의 일이라 하니 그를 따라나섰다.

두 사람은 발소리를 죽여 갑재의 울 밖에서 귀를 기울였다. 아니나 다를까 그 시간까지 이지함은 젊은 아낙을 설득하고 있었다.

"흐흐흑, 흐흐흑……."

마침내 젊은 아낙이 흐느껴 울기 시작하였다. 잠시 후 방문이 열리더니 아낙이 버선발로 마당을 건너 자신의 방으로 뛰어 들어갔다. 이지함의 커다란 몸이 덜퍽 자리에 눕는 소리가 울 밖까지 들려왔다.

화담과 정 서방은 어둠을 뚫고 꽃골짜기를 되짚어 올랐다.

"자넨 장사를 안 나갔는가?"

"나갔습죠. 그런데 아무래도 안사람 하는 짓이 수상쩍어 다시 되짚어 왔습죠."

"이젠 두 사람 모두 믿게나. 믿어야 하네. 아시겠는가."

"예, 그리하겠습니다, 선생님."

"절대 모른 척하세. 꼭 지켜야 하네. 알겠는가!"

"예, 꼭 지키겠습니다."

화담은 정 서방에게 다짐을 받아두었다. 초당에 누운 정 서방은 밤새 잠을 이루지 못했다.

다음 날 이지함이 조금 이르게 꽃못으로 올라왔을 때 산방에는 화담뿐이었다.

화담이 이지함을 불러 말했다.

"자네의 학업은 이제 내가 가르칠 수 있는 바가 아닐세. 훌륭하이."

"무슨 말씀이시온지……."

"참으로 훌륭하이, 훌륭해."

"이제 공부가 시작인데 제가 어찌 돌아갈 수 있겠습니까."

스승과 제자는 선문답을 하고 있었다.

꽃골짜기엔 활짝 핀 철쭉이 꽃동산을 이루고 있었다.

이지함을 바라보고 있노라니 벅찬 감회와 함께 자신이 화담 산방에 자리 잡기까지의 세월이 새삼 떠올랐다.

제 3 장

이상한 아이

그 다음 날부터는 시키지 않아도 나물바구니를 끼고 들판으로 갔다.

다음 날은 종종새 새끼들이 어제보다 한 치 정도 더 높이 날아올랐다.

그 다음 날은 세 치를 날아올랐다.

그리고 그 다음 날 마침내 종종새 새끼들은

아지랑이를 타고 하늘로 날아오르는 것이었다.

'종종새는 어떻게 저렇게 날 수 있는 걸까?

'울음소리는 대체 무엇을 뜻하는 걸까?

생각하면 할수록 참으로 신기했다.

1

서경덕(徐敬德).

성종 20년(1489년) 2월 17일, 서경덕은 송도의 화정리(禾井里)에서 태어났다. 아버지 호번(好蕃)은 당성(唐城) 서씨였으며, 어머니는 보안(保安) 한(韓)씨였다.

원래 당성 서씨는 남양(南陽) 서씨의 13세손인 서득부(徐得富)가 분적하여 시조가 된 성씨로 서경덕은 그의 증손이었다. 남양 서씨 문중은 대대로 내려온 지체 있는 문중, 고려의 신하로 송도를 떠나본 적이 없었다.

그러나 이성계가 조선을 개국할 때 문중 사람들이 새 왕조에 조력하자 서득부는 분개했다.

"어찌 신하된 자로 두 왕조를 섬길 수 있소이까. 나는 그런 가문에 적을 두기 싫으니 분적을 하겠소!"

서득부는 남양에서 분적하여 당성으로 관향을 고쳤다. 당성은 남양의 옛 이름이었다. 일부 송도 사람들은 새 왕조에 등을 돌려 장사의 길로 들어서기도 하였다. 물론 본인이 직접 나설 수는 없는 입장이라 노비들을 앞세웠다. 그러나 서득부는 그 길도 택하지 않았다. 양반이 할 일은 따로 있는 법, 굶어 죽는 한이 있어도 장사꾼은 될 수 없었다. 결국 그는 아무런 관직을 가지지 않은 '학생(學生)'으로 생을 마쳤다.

'현조고학생부군 신위(顯祖考學生府君 神位).'

경덕은 제사를 지낼 때마다 아버지 서호번이 정성 들여 지방(紙榜)을 쓰는 모습을 보고 자랐다. 지방에는 벼슬을 하지 못했다는 뜻인 '학생'이 늘 따라다녔다.

증조부 서득부와 조부 서순경(徐順卿)은 송도에서 그리 멀지 않은 풍덕(豊德, 지금의 개풍군)에 살았다. 번잡한 송경(松京, 송도의 옛 이름)을 벗어나 호젓한 곳에 거처를 정한 것이다.

조부 서순경은 서득부와 달리 말직이나마 벼슬을 가지고 있었다. 그의 직책은 종9품의 무관 벼슬인 진용교위(進勇校尉) 부사용(副司勇), 최말단의 관직이었다.

증조부 때부터 관직도 없고 모아둔 재산도 없던 가문인지라 부사용의 직책으로는 가사를 꾸려나가기 힘들었다. 그래서 서순경은 스스로 농부의 길로 나섰다. 땅이 없기에 남의 토지를 빌려 소작농을 겸하였다.

서순경은 도지(賭地)를 한 번도 속인 적이 없었다. 또한 도지를 지체한 일도 없었다. 그래서 땅임자도 그가 내는 도지는 확인조차 하지 않을 정도였다.

부전자전, 경덕의 아버지 서호번도 정직하고 착한 성품을 지녔다.

서호번은 대대로 살아오던 풍덕에서 송도로 이사를 하였다. 그것은 경덕의 어머니 한씨의 집이 송도였기 때문이었다. 서호번도 아버지처럼 무인의 길로 들어섰다. 종8품인 수의부위(修義副尉). 아버지보다는 한 품계 위였으나 그 역시 말단직이었다.

어머니 한씨는 진서(眞書. 한문)는 배우지 못했으나 정음(正音)을 배웠으며 언행이 엄격하고 교양이 있었다. 그 당시 여인들에게는 글을 가르치지 않았다. 여인이 글을 알게 되면 장차 화를 일으키는 불씨가 된다고 생각하던 시절이었다. 그나마 까막눈을 면한 것만도 다행이었다. 그러나 송도는 고려 5백여 년 도읍지로 문화의 유서가 깊은 곳이었다. 그 영향으로 송도 출신의 여인들은 예악(禮樂)에 조예가 있어 거문고 정도는 쉽게 다루었으니 한씨 역시 거문고 솜씨가 뛰어났다. 또한 곳곳에 명승고적이 즐비하고 성균관과 구재학당(九齋學堂) 등의 교육기관이 아직 살아 있는 곳에서 자란 터라 한씨는 자식 교육에 대한 관심이 남달리 컸다.

한씨는 경덕을 뱃속에 가진 직후 꿈을 꾸었다. 공자묘를 알현하고 책 한 권을 얻어 나오는 꿈이었다. 묘 앞에서 큰절을 올리고 나니 웬 두꺼운 책 한 권이 옆에 놓여 있었다. 꿈이 어찌나 생생하던지 깨고 난 후에도 방금 그곳을 다녀온 것처럼 눈에 선하였다.

꿈 이야기를 들은 서호번이 껄껄 웃었다.

"큰 학문을 할 아이가 태어날 듯싶소. 예사 꿈이 아닌 듯하니 아무에게도 얘기하지 않는 게 좋겠소."

"사내아이였으면 좋겠는데……."

그러나 기대를 한 몸에 받고 태어난 경덕은 별달리 눈에 뜨이는 것 없이 평범하게 자랐다. 연이어 두 동생이 태어났다. 각각 두 살, 다섯 살 터울의 형덕(馨德)과 숭덕(崇德)이었다.

가난한 살림살이는 삼대째 이어 내려오는 집안 내력이 되었다. 얼마나 궁핍했던지 끼니 거르기를 밥 먹듯 했으며 때로는 솔잎을 따서 죽을 쑤어 먹기도 했다.

서호번네 살림만 그런 것이 아니었다. 궁핍한 백성들은 구황 식품으로 솔잎이라든가 소나무 껍질, 느릅나무 껍질, 도토리, 칡뿌리, 쑥 등을 가리지 않고 먹었다. 그 가운데 송도에는 소나무가 많아 솔잎을 주로 많이 먹었다.

솔잎을 먹는 방법은 여러 가지인데 보통 쪄서 말린 다음 가루로 만들어 콩가루 등에 섞어서 죽을 쑤어 먹었다. 콩가루를 섞는 것은 솔잎이 몸에 들어가면 물기를 말리는 성질이 있어 변비를 막기 위해서였다. 하지만 콩도 귀한 곡물이었다. 콩가루 없이 먹는 솔잎은 자연히 변비를 불렀으니 똥을 누다 똥구멍이 찢어지는 일이 다반사였다. 그때부터 생겨난 말이 '똥구멍이 찢어지게 가난하다'는 말이었다.

그런 가난 속에서도 경덕은 배고프다는 말을 하지 않았다. 먹지 못해 힘없는 아이였지만 눈빛만은 샛별처럼 빛났다.

경덕의 나이 일곱 살, 을묘년(연산 원년, 1495년). 아지랑이가 눈을 어지럽히는 따사로운 봄날이었다. 어머니 한씨가 경덕을 불렀다.

"들에 가서 나물 좀 뜯어 오려무나."

가난한 살림인지라 어린 아들의 조그마한 손이라도 필요했다. 웬만한 양반집에서는 상상조차 하지 못할 일이었다.

"예, 어머니."

그 나이라면 서당에 다니며 천자문을 배울 때였다. 양반가에서는 나이 예닐곱이 되면 서당에 보냈다. 서당은 3월 3일 삼짇날에 개접(開接)을 하고 9월 9일 중양절에 책씻이를 하는 게 관례였다. 책씻이란 책세식(冊洗式)이라 하여 천자문을 다 떼었음을 축하하는 것으로 부모가 떡과 술을 마련하여 훈장의 노고에 감사하고 더불어 배운 동문들과 즐기는 잔치였다. 하지만 경덕에게는 엄두도 못 낼 일이었다.

타고난 성격이 양순하고 부모 말을 잘 따르는 경덕은 천자문 대신 나물바구니를 옆구리에 끼고 들로 나갔다.

들에는 아지랑이가 춤을 추고 여러 봄나물들이 키 재기를 하며 해를 향해 머리를 치켜들고 있었다. 냉이와 달래, 쑥, 원추리, 고사리, 곤드레, 질경이, 씀바귀, 고들빼기 등 봄나물이 지천이었다.

"어머머, 쟤 좀 봐."

마침 들판에서 나물을 뜯던 계집아이들이 손가락질을 하며 소곤거렸다. 그러나 경덕은 나물바구니를 들고 들판에 나온 것을 창피하게 생각하지 않았다. 손에 쥐기도 힘든 호미를 들고 냉이와 달래, 쑥, 씀바귀를 캐서 바구니에 담기 시작했다.

그렇게 여남은 개의 나물을 바구니에 담고 있을 때였다. 종종새(종달새)가 풀숲에서 파르르 날갯짓을 하며 공중으로 날아올랐다. 경덕은 종종새가 날아오른 자리로 가보았다. 깃털까지 다 자란 새끼 세 마리가 둥지 속에 웅크리고 있었다.

종종새는 논밭이나 들판, 구릉 등에 모여 사는 새였다. 봄과 여름에는 암수가 함께 생활하며, 겨울이 되어 이동할 때에는 한 떼로 무리를 지어 날며 공동생활을 했다.

경덕은 종종새 새끼를 관찰하느라 해가 지는 줄도 모르고 있다가 부랴부랴 집으로 돌아갔다.

"왜 이렇게 늦었느냐? 나물을 많이 뜯어 온 모양이로구나. 어디 좀 보자."

그러나 바구니는 거의 비다시피 했다. 겨우 몇 가닥만 바닥을 가리고 있었을 뿐이다.

"들에 나물이 없더냐?"

어머니가 다정스레 물었다.

"아니요. 많았어요."

"그런데?"

"종종새를 보았어요."

"새를? 종종새가 어떻게 했는데?"

"풀숲 둥지에 새끼 세 마리가 있었어요. 새끼 새는 어미처럼 깃털이 다 있었어요. 그걸 보느라……."

어머니는 더 이상 묻지 않았다.

다음 날도 경덕은 나물바구니를 옆에 끼고 들판으로 나갔다. 어제 본 종종새 새끼들이 궁금해서 나물을 뜯을 수가 없었다. 경덕이 둥지 가까이로 오는 것을 본 어미새가 삐릭삐릭 소리를 지르며 공중으로 날아올랐다. 새끼 새는 째잭째잭하며 두려워하는 눈빛으로 바들바들 떨었다.

"종종아, 걱정하지 마. 난 보기만 할 거야."

경덕은 둥지에서 조금 떨어진 곳에 앉아서 관찰하기 시작했다. 경덕이 둥지에서 멀어지자 새끼 새가 날갯짓을 하기 시작했다. 새끼 새는 안간힘을 다해 날갯짓을 했다. 땅에서 한 치 정도 떠오르다 내려앉았다. 다른 새끼 새들 역시 날갯짓 연습으로 잠시도 가만히 있지 않았다. 또다시 날이 저물자 빈 바구니를 들고 집으로 갔다.

"오늘은 아예 빈 바구니로구나."

어머니는 비어 있는 바구니를 뒤집어보며 말했다.

"오늘은 새끼 새가 공중으로 한 치만큼 날았어요. 세 마리가 다요. 종종새가 나는 이치를 생각하느라 늦었어요."

"어서 씻고 밥 먹어라."

서당을 다니며 공부할 어린 아들에게 어머니는 할 얘기가 없었다. 가난이 죄지. 어머니 한씨는 가슴이 아팠다.

그 다음 날부터는 시키지 않아도 나물바구니를 끼고 들판으로 갔다. 다음 날은 종종새 새끼들이 어제보다 한 치 정도 더 높이 날아올랐다. 그 다음 날은 세 치를 날아올랐다. 그리고 그 다음 날 마침내 종종새 새끼들은 아지랑이를 타고 하늘로 날아오르는 것이었다.

어느 날은 종종새가 걷는 것을 볼 수 있었다. 종종새는 크기가 비슷한 참새나 굴뚝새 등과는 달리 큰 새처럼 양쪽 다리를 교대로 움직여 걷다가 쉬기도 하였다. 때론 수직으로 하늘을 올랐다. 공중에 떠 있는 상태로 기분 좋게 한참 동안 지저귀다 내릴 곳을 발견하면 날개를 접은 채 내리꽂히다시피 미끄러져 내려앉았다.

'종종새는 어떻게 저렇게 날 수 있는 걸까?'

'울음소리는 대체 무엇을 뜻하는 걸까?'

생각하면 할수록 참으로 신기했다.

그런 경덕을 보다 못한 한씨는 마음을 굳게 먹고 남편에게 말했다.

"경덕 아버지, 애를 가르칩시다."

"서당에 갖다줄 양곡이라도 있어야 할 게 아니오."

"서당에 못 보내면 직접 가르쳐주시지요. 오늘도 종일 종종새만 관찰하다 왔답디다. 새가 나는 이치를 궁리했다고 그럽디다. 생각이 깊어 조금만 가르쳐도 문리(文理)가 들 아이오. 힘들지만 그리 해주시지요."

한씨의 청에 따라 아버지 서호번은 틈틈이 경덕에게 천자문부터 가르치기 시작했다. 천자문을 마치자 경덕은 홀로 『유합(類合. 한문교육 입문서)』, 『계몽편(啓蒙篇)』, 『명심보감(明心寶鑑)』, 『십팔사략(十八史略)』, 『자치통감(資治通鑑)』, 『소학(小學)』 등을 공부했다. 소학을 마쳤을 때 그의 나이 열셋이었다.

서경덕이 한창 공부에 재미를 붙이고 있던 열 살 때였다.

조정에서는 피바람이 몰아치고 있었다. 연산 임금이 사림(士林)을 무더기로 처형한 무오사화(戊午士禍. 연산 4년 7월, 1498년)가 일어난 것이다.

문제의 발단은 성종실록 편찬작업을 검토하는 과정에서 생겼다.

실록청의 당상관이 된 이극돈이 '조의제문(弔義帝文)'과 함께 이극돈 자신을 비판한 상소문을 발견한 것이다.

김종직이 죽기 직전에 김일손에게 말했다.

"실록을 편찬하게 되면 반드시 조의제문을 삽입하라."

김종직의 문하생으로 실록을 편찬하는 춘추관의 사관(史官)이었던 김일손은 스승의 말을 따라 실록편찬 기초작업을 하면서 김종직의 조의제문을 사초(史草)에 실었다.

조의제문은 항우에게 죽은 초회왕(楚懷王. 의제)을 조문하는 글이었다. 김종직은 이 글에서 항우가 의제를 폐위한 처사를 맹렬히 비판했다. 이는 세조가 조카 단종을 폐위시킨 것을 풍자한 것으로, 왕위를 찬탈하였다는 비판으로 해석되었던 것이다. 사실 그런 의도였다.

또 하나, 이극돈에 대한 상소문이었다. 이극돈이 전라감사로 있을 때 세조 비 정희왕후의 상중(喪中)이었는데, 상중에 근신하지 않고 장흥의 기생과 어울렸다는 사실을 적어 올린 것이었다.

평소 김종직과 그의 문하를 적대시하던 이극돈이 조의제문을 빌미로 유자광을 꼬드겨 상소를 올림으로써 사건이 시작되었다.

그렇잖아도 연산 임금은 조석으로 있는 경연(經筵) 시간만 되면 임금을 가르치려고 덤벼드는 사람들을 어떻게 해보려던 참이었다. 사람이라면 손사래를 치던 연산 임금은 마침내 서슬 푸른 칼을 빼어 들었다.

"죽은 김종직은 무덤을 파고 관을 꺼내 부관참시하라!"

"김일손, 이목, 권경유, 권오복, 허반 등은 간악한 파당을 지었고 선왕(先王, 세조)을 능멸한 죄를 용서할 수 없으니 능지처참하라!"

연산 임금의 가혹한 형벌은 계속 이어졌다.

"강겸은 간악한 파당을 짓고 선왕을 능멸한 죄는 용서할 수 없으나 그동안 나라에 이바지한 공로를 참작하여 곤장 백 대에 가산을 몰수하고, 변경의 관노로 삼아라!"

"정승조, 정희량, 표연말, 홍한, 정여창, 이수공, 강경서 등은 불고지죄에 해당하니 곤장 백 대에 삼천 리 밖으로 유배시켜라!"

"김굉필, 임희재, 이종준, 이원, 이주, 최부, 강혼, 강백진, 박한주 등은 붕당을 이루어 국정을 비방하였고 조의제문 삽입을 묵과, 방조한 죄에 해당하니 곤장 칠십 대에 이천 리 밖으로 유배시킨 다음 봉수대를 짓게 하라!"

이들은 모두 김종직의 문하생들이었다.

"이극돈, 김전, 유순, 윤효순, 이세겸 등은 수사관(修史官, 사초를 관장하는 관직)으로서 사초를 보고도 보고하지 않은 죄로 지금 당장 파면하라!"

애초에 문제를 일으킨 이극돈마저도 처벌되었다. 그 밖에 조익정, 안침, 허침, 홍귀달 등도 같은 죄목으로 좌천되었다.

이처럼 사림에 피바람을 불러일으킨 무오사화는 조선조의 사대사화(四大士禍) 가운데 첫 번째로 기록된다.

무오사화는 선비들이 화를 입었다는 사화(士禍)로만 기록하지 않고, 사초에 의한 화(禍)였다 하여 사화(史禍)로도 기록된다.

무오사화 직후, 길에는 선비 차림의 행인이 끊겼고 서당에서는 글 읽는 소리를 듣기 어려웠다.

그런 소용돌이 정국에서 서경덕 나이 열네 살, 임술년(연산 8년, 1502년)이 되었다.

이제부터는 교육과정이 달라져야 했다. 초급과 중급의 단계를 넘어선 상급과정은 매우 어렵고 난해하였다. 이른바 사서오경으로 들어가게 되는 것이다. 『논어』, 『맹자』, 『중용』까지는 가까스로 읽고 그 뜻을 어림짐작으로나마 헤아릴 수 있었다. 그러나 그 외의 것은 혼자 힘으로는 공부하기가 힘들었다.

경덕의 공부는 더 이상 나가지 않았다. 스승을 따로 두지 못한 탓이니 공연히 지난 공부를 되풀이하고 있을 따름이었다. 경덕은 차츰 공부에 흥미를 잃어가기 시작했다. 어머니가 그런 경덕의 속내를 모를 리 없었다.

"경덕 아버지, 어디 선생 좀 알아볼 데가 없을는지요?"

"선생은 왜?"

"큰애가 공부를 안 하는 것 같습디다. 본 책을 보고, 또 보고 하니 그 앤들 재미가 있겠습니까. 한번 알아보시지요."

"글은 자꾸 배워서 뭐 하나. 맞아 죽지 않으려면 그쯤에서 접는 것도 괜찮지."

"무슨 말씀을 그렇게 하십니까? 맞아 죽다니요?"

"부인은 무오년 사화를 잊었더란 말이오! 글줄깨나 한 사람들이 모두 맞아죽거나 능지처참을 당했소. 그런 조정을 어떻게 믿고 공부를 시킨단 말이오!"

"매양 그렇기만 하겠습니까. 언젠가는 화평한 날이 올 것이니 준비를 해야지요. 더욱이 장남 아닙니까?"

"지금은 그저 엎드려 제 입에 풀칠하는 게 상수요."

"자식을 그냥 청맹과니로 묵힐 셈이시오?"

"천자문 뗐으면 되었지, 더 나갔다간 괜한 사단만 맞소."

"배우는 것도 다 때가 있는 것 아닙니까. 자꾸 그리하시면 나는 내일부터 밥도 아니 먹겠소."

한씨는 눈을 흘기며 돌아앉았다.

다음 날부터 서호번은 암암리에 선생을 찾아보기 시작했다. 그러나 빈한한 처지에 상급과정의 선생을 찾기란 쉬운 일이 아니었다.

석 달이 지난 후에야 어렵사리 선생을 찾아냈다. 이름도 나지 않은, 황씨 성을 가진 한낱 서생에 불과한 중늙은이로 황 첨지라 불렀다.

바람에 날리는 보기 좋은 수염을 가진 황 첨지는 사서삼경을 독파하였다고는 하나 공부가 그리 대단치 않은 데다가 뒷줄도 없어 생원이나 진사조차도 못 된 처지였다. 그러나 가르치는 걸 좋아해 자식을 부탁하는 서호번의 청을 기꺼이 들어주었다.

2

황 첨지의 집은 송악산 아랫마을에 있었다. 경덕의 집에서 두 시각은
좋이 가야 하는 산마을로 초가집 열댓 채가 성근 이빨처럼 뜨문뜨문 떨
어져 있었다.

추수가 끝난 산마을은 한가했다. 가을걷이를 해봤자 도지를 주고 나
면 일 년을 버티기 힘든 가난한 마을이었다.

"첨지 어른 계세요? 경덕이 왔습니다."

울타리도 없이 다 쓰러져가는 초가집 방문 앞에서 서경덕이 기척을
냈다.

"안으로 들어오너라."

툇마루도 없는 방문은 한쪽으로 쓰러질 듯 기울어지고 허리를 굽혀야
들어갈 수 있을 만큼 작았다. 윗방과 아랫방 사이에 벽을 만들어 한쪽 모
서리만 터놓은 방 두 개가 있었다. 황 첨지는 아랫방에 앉았고, 황 첨지

의 안사람은 윗방에서 바느질을 하고 있었다.

"어디까지 공부를 했느냐?"

"『논어』,『맹자』,『중용』까지입니다."

"혼자 공부했느냐?"

"예."

"사서에서 『대학』이 남았군. 이왕 혼자서 공부한 거 『대학』도 네가 마저 해라. 『대학』은 천천히 해도 된다. 그러면 삼경이 남았는데……,『시경』은 학문을 다 마쳐야 맛을 느낄 수 있을 테고,『역경』은 삼경 중에 마지막 공부니 『서경』부터 시작해야겠군."

황 첨지는 『서경』부터 가르치기 시작하였다.

『서경』은 중국 고대사의 기록으로 요순시대부터 하와 은, 주나라 때까지 학문이 뛰어난 신하들과 왕이 나눈 대화 내용을 엮은 것과 왕들이 행한 말과 행위를 적어 엮은 것이다. 형식은 역사서였지만 결국은 왕들의 언행과 백성들을 어떻게 통치하는가에 대한 질의문답서라고 할 수 있었다. '서(書)'라고 통용되다가 송나라 때 주자(朱子)에 이르러 『서경』이라 불리게 되었다.

『서경』은 주자조차도 '모르는 부분은 그냥 놔두는 것이 좋다'고 할 정도로 난해하였으나 유학을 중시하여 왕도정치를 이상으로 삼았던 조선조에 들어 중요한 것으로 치부되었다.

경덕의 『서경』 공부는 그렇게 시작되었다. 그러나 가르치는 황 첨지의 실력이 변변치 못하니 한줄 한줄이 명쾌하지 않고 이해가 가지 않는 부분이 많았다.

하지만 경덕은 비가 오나 눈이 오나 한 번도 빠지지 않고 황 첨지의 쓰러져 가는 초가집을 찾았다. 의문이 생길 때마다 집에 와서 이치를 궁리하느라 밤잠을 설치기 일쑤였다. 그렇게 어언 일 년을 공부했다.

그러던 어느 날, 황 첨지는『서경』의「재재편(梓材篇)」을 구렁이 담 넘어가듯 은근슬쩍 뛰어넘었다. 지난번에는「우공편(禹貢篇)」을 그렇게 얼버무려 넘어간 적이 있었다.

"「재재편」은 안 하는지요?"

"그건 다음에 하자."

경덕은 더 이상 묻지 않았다. 스스로 터득하리라 생각했다.

태종 때 일이다.

태조 이성계의 다섯째 아들로 조선조 제3대 임금인 태종은 독서를 좋아하고 성리학에도 관심이 깊었다. 어느 날『서경』의「재재편」을 읽다가 막히자 호조전서(戶曹典書) 김첨(金瞻)을 불러들였다.

김첨이 황급히 어전으로 들어갔다.

"『서경』의「재재편」을 읽고 설명해주게!"

그러나 김첨은「재재편」을 제대로 읽지도 못하고 쩔쩔맸다.

"왜 그리 더듬거리느냐?"

김첨은 어쩔 줄 몰라 하다가 간신히 입을 열어 말했다.

"오늘날의 유생들은「우공편」과「재재편」은 배움이 절실하지 않다고 생각하여 모두가 읽지를 않습니다."

이러할 정도였으니『서경』은 배우는 사람이나 가르치는 사람 모두 어려울 수밖에 없었다.

그러다가 황첨지는「요전편(堯典篇)」의 한 대목에서 또 막혔다.

'기(朞, 일 년)는 삼백육십육 일이니 윤월로써 사시를 정하여 해를 이룬다.'

요임금이 신하에게 말하는 대목이었다.

경덕은 그 부분이 이해되지 않았다. 꼭 알고 싶은 부분이어서 되물었으나 황 첨지의 대답이 영 신통치 않았다.

"세상에 이 대목의 뜻을 아는 사람은 극히 적으니라."

경덕은 더욱 의문이 들기 시작했다.

'대체 어떤 뜻이기에 그토록 알기가 어렵다는 말인가?'

다음 날부터 경덕은 황 첨지의 집에 가지 않았다. 방에 틀어박혀 밤잠을 줄여가며 이치를 궁리하기 시작했다. 그렇게 꼬박 보름을 궁리한 끝에 마침내 의문이 풀렸다.

그 대목은 태음력과 태양력이 일치하지 않으므로 윤달을 넣어 음양의 역일(曆日)을 같게 한다는 내용이었다.

일 년은 366일(정확히 계산하면 365.2422일)인 반면 음력은 355일이니 열흘가량의 차이가 있다. 그래서 윤달과 24절후를 적절히 배치하여 계절이 돌아가는 추이를 알 수 있게 한다는 뜻이었다.

경덕이 궁리한 결과는 이러했다.

태양력의 1년은 365.24일이고, 한 달이 29.5306일인 음력은 1년이 354.37일이다. 그러므로 태양력과 음력이 같이 되기 위해서는 윤달을 19년 동안에 7번 더해야 했다. 그리하면 태양력은 19년이면 6939.60일이 되는데, 음력은 6939.68일로 태양력과 거의 비슷한 역일을 이루게 되는 것이다.

홀로 이치를 터득한 경덕은 넘치는 기쁨에 무릎을 쳤다. 귀한 교훈을 얻은 것이다.

'무릇 글이란 깊이 생각함으로써 알 수가 있다!'

경덕은 황 첨지 집으로 갔다. 그동안 가르쳐주어서 고맙다는 마지막 인사를 하고 돌아와 스스로 공부하기 시작했다.

공부를 하면서 의문점이 생길 때에는 궁리에 궁리를 거듭하며 스스로 이치를 풀어나갔다. 『서경』과 『시경』, 『역경』, 『예기』, 『춘추』를 마쳤을 때 경덕의 나이 열여덟으로 접어들고 있었다.

서경덕이 삼경에 빠져 공부하고 있는 동안 조정에서는 커다란 사건이 일어났다. 그의 나이 열여섯, 갑자년(연산 10년, 1504년) 3월이었다.

이른바 갑자사화(甲子士禍)가 터진 것이었다. 지난 무오년에 조정의 사람들을 다 죽이다시피 한 지 겨우 6년밖에 지나지 않은 때였다.

연산 임금은 배다른 동생 진성대군(중종)의 모(자순대비, 정현왕후)를 친어머니로 알고 자랐다. 보위에 올라 10년이 되도록 생모가 따로 있었다는 것을 까마득히 모르고 있었다. 그만큼 생모에 관한 문제는 화를 불러일으킬 수 있는 중대한 사안인 터라 쉬쉬하며 덮어둔 일이었다. 그러다가 신수근(愼守勤)과 임사홍(任士洪)으로부터 일이 불거졌다.

신수근은 연산 임금의 처남, 즉 왕비 거창군부인 신씨의 오라버니였고, 임사홍은 연산 임금의 사돈이었다. 임사홍의 맏아들 광재(光載)와 둘째 아들 숭재(崇載)는 각각 예종과 성종의 부마(駙馬)였던 것이다.

임사홍은 간악한 사람이었다.

어느 날, 연산 임금이 임사홍의 집에 들렀다가 병풍에 써 있는 글을 보게 되었다. 그 글귀가 연산 임금의 눈에는 무오사화 때 김종직이 조의제문을 지어 세조를 비방한 것과 비슷하였는데 단지 진나라 시황제의 이름을 빌린 것이 달랐다.

"누가 쓴 글이오?"

연산 임금이 몹시 화를 내며 물었다.

"신의 셋째 아들놈이 쓴 것이옵니다."

"경의 아들이 꽤 불충하오. 과인이 그대로 둘 수 없어 죽이려 하는데 그대는 어떻게 생각하오?"

"그렇지 않아도 신의 자식 놈이 불충하여 일찍이 전하께 여쭈어 벌을 받도록 하려 하였사오나, 남의 눈이……. 이런 날이 오길 학수고대하고 있었사옵니다. 처분을 내리시옵소서."

셋째 아들 희재(熙載)는 즉시 의금부에 갇혔다가 며칠 후 참형을 당했다. 임사홍은 연산 임금의 신임을 얻기 위해 자식을 바쳤던 것이다.

임희재가 참형을 당하던 날, 임사홍은 집에서 연회를 베풀며 흥겹게 놀았다. 이 소식을 들은 연산 임금은 임사홍을 더욱 신임하게 되었다.

"폐비께서는 선왕의 후궁인 엄 귀인(貴人. 종1품)과 정 귀인에 대한 강한 투기심으로 인해 폐출되었다가 사사(賜死)되었사옵니다."

임사홍은 연산의 신임을 굳히기 위해 금기로 묻어둔 폐비 윤씨의 이야기를 고해 올렸다. 사안의 전말을 들은 연산 임금의 눈에 불이 일었다.

"에이, 이년들을!"

연산 임금은 즉시 대궐 안뜰에서 두 후궁을 패 죽였다. 그리고 시체를 갈기갈기 찢은 다음 소금에 절여 산에 내다버려 짐승들의 밥이 되게 하였다. 이어 정 귀인의 두 아들 안양군(安陽君)과 봉안군(鳳安君)에게 큰칼을 씌워 전옥(典獄)에 집어넣었고, 그것으로 성이 차지 않자 안양군은 충청도 제천으로, 봉안군은 이천으로 귀양 보냈다가 끝내 사사하였다.

뿐만 아니었다. 두 후궁의 부모형제까지 형장을 가하고 북쪽 변경으로 귀양 보냈는데, 당시 정 귀인의 아버지 인석(仁石)은 81세, 엄 귀인의 아버지 산수(山壽)는 82세였다.

후궁들을 패 죽였다는 소식을 들은 인수대비(성종 모. 소혜왕후)가 연산 임금에게 달려가서 큰 소리로 꾸짖었다.

"아무리 두 사람에게 잘못이 있다 하더라도 선왕의 은덕을 입은 사람들이오. 이런 법이 어디 있소!"

연산 임금의 눈에 이미 아무도 들어오지 않았다. 그렇잖아도 벼르고 있던 할머니 인수대비였다. 생모 윤씨가 폐위되고 사사된 것이 모두 인수대비의 뒷심에 따른 것이라 듣고 있던 터였다. 연산 임금은 벼락같이 뛰어들면서 인수대비를 머리로 들이받았다.

"이놈이 미쳤구나! 세상에 이런 법은 없노라! 하늘 무서운 줄 알라, 이놈!"

인수대비는 단발마의 비명을 지르며 쓰러졌다. 갑자년 3월 20일이었다. 이 일로 인수대비는 자리에 눕게 되고, 끝내 창경궁 경춘전에서 운명하였다. 사건 후 한 달 이레가 되던 4월 27일, 향년 68세였다.

인수대비는 세조(제7대)의 맏아들 덕종(德宗)의 비로, 월산대군과 성종의 어머니였다. 덕종은 세자 시절 스무 살 나이에 요절하여 세조가 승하한 후 동생인 예종(제8대)이 보위에 올랐다. 그러나 그 또한 14개월의 짧은 보위로 후사 없이 형과 같은 스무 살에 죽었다. 보위는 성종(제9대)으로 이어졌다. 그래서 성종의 아버지는 왕위에 오르지 않았지만 덕종으로 추존되었던 것이다.

인수대비는 불경을 언해하고 부녀자들이 지켜야 할 도리인 『여훈(女訓)』을 간행하기도 할 만큼, 학식과 기개를 겸비한 여인이었다.

그러나 할머니를 죽음으로 내몬 연산 임금의 광기는 시작에 불과했다.

"폐비사약시말단자(廢妃賜藥始末單子)를 조사하라!"

연산 임금은 춘추관에 명하여 그에 관련된 모든 사람들을 추죄하기 시작하였다.

이미 죽은 사람들도 많았다. 한명회, 한치형, 심회, 정여창, 남효온, 정창손, 어세겸, 이파 등은 다시 한 번 죽음을 맞는 부관참시를 당했다. 그러나 이번에는 더 참혹했다. 송장의 허리를 베고 그 뼈를 갈아서 가루를 만들어 바람에 날리는 쇄골표풍(碎骨飄風)을 하였던 것이다.

그리고 폐비 윤씨의 폐위와 사사에 적극 가담했던 이극균, 권주, 김굉필, 이주, 성준, 윤필상, 김승경 등은 능지처참을 당했다.

윤씨 폐비사건에 관련된 사람들을 이른바 '26간(奸)'이라 하여 모두 극형에 처한 것이다.

"누가 약사발을 가지고 갔느냐?"

폐비에게 사약을 내릴 당시 승지로 있던 이세좌는 어명으로 약사발을 가지고 간 것뿐이었으나 연산 임금은 그것조차 용서치 않았다.

"어명은 무슨 어명이냐. 거제도로 귀양 보내라!"

이세좌는 배소(配所)로 가던 중 곤양군 양포역에서 스스로 목을 매어 자살했다.

또한 연산 임금을 가르쳤던 조지서를 비롯하여 심원, 변형량, 주계군, 성중엄, 홍귀달, 심문순, 김천령, 성경온, 강형, 홍식, 박한주, 이수공, 이유녕, 강백진, 조의, 강겸 등은 사사되거나 참혹한 형벌을 당하였다.

연산 임금은 그들의 친인척까지 그냥 버려두지 않았다. 심지어 친구며 하다못해 설날에 신년 인사를 가서 이름을 적어놓았던 사람들까지 형벌을 가했으니 조선 팔도에 피바람이 스치지 않은 곳이 없을 정도였다.

7월 19일엔 또 다른 사안 하나가 불거졌다.

연산 임금의 처남인 신수영(愼守英)이 이른 아침 어전을 찾았다.

"제용감정(濟用監正) 이규(李逵)의 심부름꾼이 익명서를 주고 갔사옵니다. 모두 석 장이었사온데, 약방기생들이 모여 앉아 임금이 난폭하고 호색하다고 비방하는 내용이었사옵니다. 익명서 내용의 글은 정음으로 썼으나 약방기생들의 이름은 한자로 썼사옵니다."

"약방기생의 이름을 대라!"

"고은지, 개금, 덕금, 조방 등이옵니다."

신수영의 무고(誣告)였다. 그러나 연산 임금은 그 말을 곧이듣고 격노했다.

"사대문과 사소문을 모두 닫아라!"

익명서를 쓴 장본인을 찾겠다고 여덟 개의 성문을 모두 걸어 잠갔다. 그러나 끝내 범인을 잡지 못하고 8월 6일에야 다시 열게 되었다. 18일 동안이나 성문을 굳게 잠가놓은 채 백성들만 깨 볶듯이 들들 볶아댔던 것이다.

그 서슬에 사람이 아닌 정음까지 형벌을 받게 되었다.

"이 시각부터 언문을 쓰는 자는 기훼제서율(棄毀制書律)로 다스려라!"

한글을 사용하면 그것은 곧 임금의 명을 무시하는 죄에 해당한다는 것이었다.

이와 같이 정음은 배우지도 못하게 하였을 뿐 아니라 정음으로 쓴 책도 모두 거두어 불에 태워버렸다. 아까워서 감추었다가 발각되면 벌을 받으니 자진해서 불사르는 경우도 많았다.

사정이 이에 이르자 환관들이 나서서 목숨을 걸고 연산 임금을 말렸다. 그러자 연산 임금은 정신이 돌아온 사람처럼 점잖게 말했다.

"구시화지문(口是禍之門)이요, 설시참신도(舌是斬身刀)라. 폐구심장설(閉口深藏舌)이면 안심처처뇌(安心處處牢)다. 이 글을 나무패에 새겨 목에 걸고 다녀라! 그리하면 아무 탈이 없을 것이다!"

말의 뜻인즉슨 이러한 것이었다.

'입은 화의 문이요. 혀는 몸을 베는 칼이다. 입을 닫고 혓바닥을 깊이 감추면 안심하고 가는 곳마다 편한 것이다.'

입에 족쇄를 채우라는 말이었다.

이 모든 사건들은 무오사화 이후 6년 동안 언관들의 입이 봉해진 틈새에 연산 임금의 향락과 사치로 국고 재정이 바닥나게 된 것이 근원이었다. 연산 임금은 바닥난 재정을 채울 방도를 찾기 시작했다. 그것은 바로 공신들의 사전과 노비를 몰수하는 것이었다. 그런 낌새를 알아차린 임사홍과 신수근이 힘을 합쳐 자신들은 피해를 입지 않으려고 잔꾀를 부린 데서부터 일이 시작되었다.

갑자사화의 후과는 무오사화에 비길 바가 아니었다. 선비들은 깊은 산중으로 들어가서 칩거를 하거나 아예 방문 밖을 나다니지 않았다.

그런 와중에서도 슬기롭게 살아남은 사람이 있었다.

허종(許琮)은 세조 2년에 과거에 급제하여 병조판서, 좌참찬에 이어 영의정이 되었다. 기골이 장대하고 임금 앞에서도 직언을 잘 하기로 유명한 선비였다.

성종 임금이 왕비 윤씨를 폐하려고 할 때였다.

당시 영의정으로 있던 허종은 이 회의에 참석하기 위해서 입궐하던 길에 누님 집에 잠시 들렀다. 그의 누님은 학식과 행실이 뛰어나서 사람들에게 존경을 받고 있는 사람이었다.

"조정에서 왕비 윤씨를 폐위하려 하는데 어떻게 생각하시오?"

허종이 누님의 의견을 청했다.

"만약 어느 집 노비가 주인의 명을 어기지 못해 주인의 부인을 내쫓는다면, 훗날 그 노비가 주인의 아들을 섬길 때 후환이 없겠느냐?"

허종은 누님의 말을 곰곰이 생각했다. 그리고 입궐하기 위해 지금의 내자동에 있는 다리를 건널 때 말에서 떨어졌다. 허종은 낙상을 핑계로 그의 동생 허침(許琛)과 같이 입궐을 하지 않았다.

바로 그날 윤씨의 폐위가 결정되었다. 허종은 그 회의에 불참한 덕분에 갑자사화 때 화를 모면할 수 있었다.

그 다리의 이름을 종침교(琮琛橋)라 하는데, 목숨을 구한 허종의 종(琮) 자와 그 아우 허침의 침(琛) 자를 따서 지었다는 이야기가 전해진다.

피바람이 몰아치던 시기에 묵묵히 삼경 공부를 마친 서경덕은 열여덟 살, 병인년(연산 12년, 1506년)을 맞이했다.

성장기에 잘 먹지 못하고 굶기를 자주 하여 몸은 야위었지만 눈빛만큼은 형형하게 빛나고 있었다. 어느덧 거뭇하게 콧수염과 턱수염도 자리를 잡아가고 있었다. 두 번에 걸친 사화를 목격한 아버지 서호번은 점점 공부에 빠져드는 경덕 때문에 근심이 많았다. 공부를 그만 해라 일러도

경덕은 말을 듣지 않았다.

"멸문지화를 자초하지 말라는 말이다. 애비 말 꼭 명심하거라."

"공부는 계속하겠습니다. 그러나 화를 자초하지 않겠다는 약조는 할 수 있습니다, 아버님."

그러나 어머니 한씨는 달랐다. 자식에 대한 욕심도 있었거니와 가문에 대한 집착도 컸다.

"큰애야, 세상이 언제까지나 이러하겠느냐. 공부를 손에서 놓으면 안 된다. 넌 꼭 대과에 합격을 해서 가문을 일으켜야 한다."

서경덕은 사서 가운데 못 다한 『대학』을 공부하기 시작했다.

『대학』은 원래 49편으로 구성된 『예기(禮記)』의 42편인데, 송대에 『예기』에서 분리하여 『논어』, 『맹자』, 『중용』과 함께 사서라고 칭하였다. 『대학』은 사서 중 가장 짧으나 강령(綱領)과 조목(條目)이 뚜렷이 서 있고 체계가 엄밀한 책으로 성인이 된 한 인간이 지켜야 할 도리, 마음가짐, 지식론과 나아가야 할 길을 간략하면서도 구체적으로 가르치고 있다. 『중용』이 천도(天道)를 논했다면, 『대학』은 인사(人事)를 논한 것이니 둘은 서로 표리 관계였다.

경덕은 『대학』을 공부하다가 '치지재격물(致知在格物)' 조에 이르자 갑자기 눈이 글자에 붙어버렸다.

'격물치지!'

사물의 이치를 두루 연구하여 지식을 이룬다는 뜻이었다.

경덕은 그 네 글자에서 눈을 떼지 못했다. 그것은 열네 살 때 '기삼백(朞三百)'의 이치를 스스로 터득한 '궁리'와 통했다.

궁리하는 즐거움이야 이미 깨달은 바 있으나 어찌 격물치지에 비기겠는가. 경덕은 『대학』을 일찍 접하지 못한 것이 후회스러울 지경이었다.

경덕은 탄식을 하며 마음속으로 다짐했다.

'학문을 한다면서 먼저 사물의 이치를 연구하지 않는다면 대체 글을 읽어서 무엇에 쓰겠는가!'

그때부터 경덕에게 버릇이 하나 생겼다. 벽에 이치를 알고 싶은 사물의 이름을 써 붙이고 그 앞에 단정하게 무릎을 꿇고 궁리를 거듭하는 것이었다.

만약 이치를 탐구하는 동안 의문이 조금이라도 남아 있을 때는 결코 그 글씨를 벽에서 떼어내지 않았다.

일단 궁리를 시작하면 경덕은 놀라운 집중력을 보였다. 이치를 알 때까지 음식을 먹어도 맛을 몰랐고, 길 가다가도 가는 곳을 잊어버렸으며, 뒷간에 갔다가도 볼일을 잊어버린 채 그냥 나왔고, 때로는 며칠씩 밤을 새우기도 하였다.

3

    후덥지근한 날씨에 먹구름마저 지붕 위로 내려앉아 더위를 부추기는 초여름이었다. 맥을 놓고 가만히 앉아 있어도 땀방울이 등줄기를 타고 흘러내렸다.

    서경덕은 온몸이 땀에 젖은 채 격물치지에 몰입해 있었다. 어머니가 손에 쥐어준 부채는 방바닥에 내던져진 지 오래였다. 그 자세로 아침부터 시작한 격물치지는 밤이 되어도 끝나지 않았다.

    격물치지에 몰입하는 버릇이 생긴 다음부터는 경덕의 몸이 하루가 다르게 쇠약해져갔다.

    한씨는 걱정이 태산 같았다. 툭하면 침식을 놓기 일쑤이니 공부도 좋지만 저러다간 몸져눕지나 않을까 경덕의 방문 앞을 떠나지 못했다.

    어느 날 한씨가 저녁상을 물린 남편에게 이야기를 꺼냈다.

    "경덕 아버지, 큰애를 장가들입시다."

"장가갈 나이가 되긴 했지. 허나 색싯감도 그렇고 살림을 내줄 형편이 안 되니 걱정이오."

"색싯감이고 살림이 문제가 아니에요. 그거야 매파를 놓고 변통을 해서라도 치르면 되지요."

"보내긴 보내야지. 큰애는 지금 뭘 하오?"

"바람벽에 종이쪽을 붙여놓고 목숨을 거는 걸 두고만 볼 수 없어서 하는 말이에요. 저렇게 허구한 날 골방에 틀어박혀 무슨 생각을 하는지 모르겠어요. 그냥 두었다가는 아무래도 일을 치르지 싶어요."

한씨의 한숨 소리에 방이 꺼질 듯하였다.

"임자가 알아서 하시오."

서호번은 남의 일처럼 무뚝뚝하게 한마디 뱉어냈다. 다음 날 한씨는 건넛마을에 사는 매파에게 청을 넣었다.

그날, 6월 20일. 미색으로 이름 높았던 월산대군(月山大君)의 부인 박씨가 자결을 하였다. 하문(下門)을 칼로 도려낸 다음 독약을 마시고 눈을 감은 것이다.

박씨 부인의 머리맡에 동생 박원종(朴元宗) 앞으로 된 유서가 한 장 있었다.

'누이는 인륜에 어긋나는 일을 당하여 얼굴을 들고 다닐 수 없어 죽음의 길을 택했다. 아, 너무도 억울하고 원통하다. 이 누이의 원한을 꼭 갚아다오.'

박원종은 누이의 유서를 붙들고 통곡하였다.

"짐승만도 못한 놈을 기필코 내 손으로 죽여 없애겠소! 기다리시오."

박씨 부인이 자결한 것은 연산 임금에게 겁간을 당했기 때문이었다. 월산대군은 성종의 형님, 그러니까 연산 임금에겐 백부가 되는 분이니 박씨는 연산 임금의 백모였다. 조카가 큰어머니를 겁탈한 것이다.

연산 임금이 인척을 겁간한 것은 비단 이번만이 아니었다. 얼마 전에도 임사홍의 아들 숭재의 처 휘숙옹주를 겁탈하였다. 휘숙옹주는 성종의 딸이었으니 배다른 누이동생이었다.

연산 임금은 두 차례 사화를 통해 신하의 입에 재갈을 물리고, 하고 싶은 것은 무엇이든 해치우고야 마는 폭군이 되어 있었다. 성균관을 폐하여 임금의 주색장으로 만들고, 경연과 사간원, 홍문관 등을 없앴으며, 원각사의 승려들을 다 쫓아내고 기생들의 모임방인 연방원으로 만들어버렸다. 선종(禪宗)의 본산지인 흥천사를 마구간으로 만들고, 사대부의 부녀자를 내연(內宴)으로 불러들여 농락하는 등 황음(荒淫)을 자행하고 있었다.

뿐만 아니었다. 채청사(採靑使)와 채홍사(採紅使)라고 하는 관원을 급조하여 조선 각지에서 곱상하고 반반하게 생긴 여자들을 모으고, 그중 3백 명을 선발하여 궁으로 끌어들였다. 이른바 흥청(興淸)이라고 하는 궁중 기생들을 만들었던 것이다. 그들의 처소를 함방원이라 이름 짓고, 매일 밤 눈 뜨고는 볼 수 없는 음탕과 광란으로 날을 지새웠다. 흥청으로 국고를 바닥내니 '흥청망청'이라는 새로운 말까지 생겨났다.

임금으로서 돌보아야 할 정사는 내시 김자원(金子遠)에게 맡긴 지 오래였다. 그는 임금이 아니라 주색에 굶주린 짐승이었고, 명을 재촉하는 미친 사람 같았다. 그러던 차에 끝내 인간으로서 도저히 행할 수 없는 패륜까지 저지르고 말았던 것이다.

박원종은 연산 임금을 제거할 계획을 세우기 시작했다. 뜻을 함께할 사람이 필요했다.

어느 날 성희안(成希顔)이 박원종을 찾아왔다.

"나를 알아보겠소?"

"성 참판 영감이 아니시오. 이거 얼마만이오."

"한 이태 됐소이다. 요즈음 맘이 많이 상하셨겠습니다."

성희안은 박씨 부인을 빗대어 박원종의 기색을 떠보는 듯했다.

"무슨 말씀이신지?"

박원종 또한 조심스럽게 성희안의 눈치를 살폈다.

"누님이 돌아가셨다는 말을 들었습지요. 참으로 억울한 일이라고 생각합니다."

"하지만 낸들 어쩌겠습니까."

"신윤무(辛允武)라는 사람이 친구 아니시오?"

"허면……, 그 친구가 말한 분이 바로 성 참판 영감이셨구려."

"그렇소이다."

성희안은 얼마 전에 신윤무를 박원종에게 보내 마음을 떠보았던 것이다. 신윤무가 전하는 말로는 박원종이 누이의 원수를 갚겠다고 벼르고 있는데 뜻을 같이할 사람이 없다고 했다.

성희안은 성종이 아끼던 사람이었다. 학식도 깊고 영민했으며 성격도 대담하였다. 그러나 연산 임금의 미움을 받아 하루아침에 종2품의 이조 참판에서 종9품인 부사용으로 좌천되자 관직을 떠나 초야에 묻혀 지내던 참이었다.

파직된 원인은 월산대군과 무관하지 않았다. 이 년 전 양화나루에 있는 월산대군의 별장에서 연회를 열 때였다. 연산 임금을 빗댄 시를 지은 것이 화근이었다.

평소 연산 임금의 행동에 불만을 갖고 있던 성희안이 연산 임금 앞에서 '우리 임금께서는 원래 청류를 좋아하지 않으셨다〔聖心元不愛淸流〕'라는 시를 지은 까닭에 좌천되었던 것이다. 차라리 파직시켰더라면 체면은 유지할 수 있었을 텐데 미관말직인 부사용으로 좌천되었으니 파직보다 더 큰 욕을 보인 셈이었다.

"박 영감께서도 삭직되셨잖습니까?"

"그렇습지요."

박원종도 경기도 관찰사(종2품)로 있다가 박씨 부인의 자결로 삭직되어 칩거하고 있던 중이었다.

"나라가 망하는 꼴을 보고만 계실 게요, 박 영감?"

"그럼 성 참판도 의사가 있다는 말이오?"

"물론이오. 힘을 합칩시다!"

"좋습니다, 성 참판!"

성희안은 머리는 있었으나 군사를 동원할 힘이 없었다. 반면 박원종은 무신 출신으로 군사를 동원할 연줄은 있었으나 뜻을 같이할 사람이 없었던 것이다. 두 사람은 굳게 결의를 다졌다.

"인물을 물색해보십시다. 나는 이조판서 유순정(柳順汀) 대감, 영의정 유순(柳洵) 대감, 우의정 김수동(金壽童) 대감을 맡겠소."

"나는 신윤무와 전 수원부사(종3품) 장정(張珽), 군기사 첨정(정4품) 박영문(朴永文)과 사복시 첨정 홍경주(洪景舟)를 맡겠소이다."

성희안이 이판과 삼정승 가운데 두 사람을 설득하기로 하고, 박원종은 무신들을 끌어들이기로 하였다.

"후사는 누구를 염두에 두고 계시오?"

"자순대비(성종의 세 번째 비 정현왕후) 윤씨의 소생, 진성대군이 적격이라 생각하오."

"내 생각도 같소."

의기투합한 두 사람은 치밀한 거사계획을 세우고 동지들을 물색하기 시작했다.

그렇지 않아도 임금의 폭정에 시달려온 터라 거사의 뜻을 전하면 거절하는 사람이 없었다. 그러나 신중을 기했다. 마침내 반정거사의 동조자들이 확정되었다. 성희안과 박원종이 다시 머리를 맞대었다.

"준비가 다 됐소이다. 거사 기일을 언제로 잡으면 좋겠소?"

박원종이 성희안에게 물었다.

"혹시 임금이 장단의 석벽으로 놀이를 간다는 이야기를 들으셨소?"

"나도 들었소이다. 9월 초하룻날이라 합디다. 새로 지은 정자로 흥청들을 데리고 간답디다."

"그날 저녁, 장단에서 돌아오는 길목에 군사를 숨겨두었다가 잡아들이는 걸로 하면 어떻겠소이까?"

군사를 동원하는 일이 가능하겠느냐는 물음이었다.

"이틀밖에 안 남았군요. 빠르면 빠를수록 좋으니 그날로 정하십시다."

"그런데 좌의정 대감은 어떻게 하실 작정이오?"

"내가 만나서 심중을 헤아려보겠소이다. 거사에 참여할 의사가 없으면 참하겠소!"

박원종이 만나보겠다는 좌의정은 연산 임금의 비 거창군 신씨의 오라

비인 신수근이었다. 신수근은 연산 임금의 처남이기도 했지만 거사 후 왕통을 이어갈 진성대군의 부인 신씨가 또한 그 딸이었기 때문에 반드시 그의 심중을 확인할 필요가 있었다.

병인년 9월 초하루, 거사를 결행키로 한 날이었다. 신윤무가 박원종에게 급히 달려왔다. 신윤무는 연산 임금의 신임을 받고 있던 터라 대궐 출입이 자유로웠다.

"큰일일세. 임금이 장단행을 취소했다는군. 이를 어찌하면 좋겠나?"

대궐에 들렀다가 어전 내관에게서 직접 들었다고 했다.

"뭐라? 이거 큰일 났군! 자네는 얼른 성 참판에게 알려주시게. 나는 유자광 대감을 만나보도록 하겠네. 서두르시게!"

박원종은 급히 유자광을 찾았다. 꾀가 많고 큰일을 많이 겪어본 유자광을 거사에 동참시킨 것은 지금 같은 상황에 대비해서였다.

"유 대감! 임금이 장단행을 취소했답니다. 좋은 방안이 없겠소이까?"

"지금에 와서 무슨 묘책이 있겠소. 그냥 밀고나가는 것이 상책이오. 시간을 늦추면 오히려 우리 쪽이 당합니다. 단종 임금 때도 거사를 늦추는 바람에 일을 그르치지 않았소?"

단종 임금을 복위시키려고 사육신 등이 거사일을 잡았다가 날짜를 바꾸자 김질이 변절하여 밀고한 사건을 이르는 말이었다.

"그럼 대궐 안에서?"

"안팎을 따질 겨를이 어디 있소. 이미 수족이 떨어진 앉은뱅이가 아니오? 미친 임금 곁엔 단 한 사람도 없소이다. 무혈입궐이 될 거요. 군사만 몰고 대궐로 들어오시오."

유자광의 추측이 정확한지 어떤지 따져볼 겨를도 없었다. 박원종은 유자광의 말을 따르기로 했다. 성희안도 유자광과 같은 생각이었다.

임금이 장단행을 취소한 것은 전라도로 귀양 간 이과와 유빈 등이 거사를 일으켰다는 격문이 도착한 때문이었다.

성희안과 유자광도 이 사실을 알고 있었다. 그들이 과연 도성까지 올 수 있는지는 모를 일이었으나 그들에게 선수를 빼앗길 수는 없었다.

박원종은 군기사 첨정 박영문에게 명을 내렸다.

"날이 어두워지는 즉시 군사를 훈련원에 집합시키도록 하라. 그리고 내 명이 있을 때까지 기다려라. 늦어도 자정까지는 연락을 취할 것이니 절대로 우왕좌왕하지 말고 군사들의 입을 철저히 단속하라!"

해가 떨어지자 박원종은 좌의정 신수근을 찾아갔다. 박원종은 갑옷에 장검까지 갖추어 완전무장을 하고 있었다. 신수근은 박원종을 보자 눈을 크게 부릅뜨더니 이내 눈을 감았다. 드디어 올 것이 왔다는 듯 체념하는 모습이었다.

박원종이 물었다.

"좌의정 대감! 딸과 누이 중에 누가 더 중요하다고 생각하시오?"

"임금이 포악한 것은 나도 알고 있소. 그러나 세자가 총명하니 염려할 것이 못 되오!"

신수근은 조용히 고개를 가로저었다. 신수근도 진즉 반정거사를 눈치 채고 있었으나 함부로 거취를 정할 처지가 못 되었다. 어쨌든 한쪽은 누이요, 또 한쪽은 딸 아닌가. 처분만 기다릴 따름이었다.

"대감의 뜻을 잘 알고 가오이다."

밖으로 나온 박원종은 신윤무에게 손을 세워 내리치는 시늉을 했다. 신윤무는 고개를 끄떡이고 군사 몇 명을 데리고 신수근의 집 안으로 들어갔다. 이내 신수근의 목이 잘려나갔다. 그 다음은 임사홍과 신수영의 차례였다. 반정군은 임금을 잘못 보필하였다는 죄목을 들어 그들의 목을 차례로 거두었다.

신수근의 또 다른 동생 신수겸(愼守謙)은 개성 유수로 있었다. 사람을 보내 그마저 죽였다.

한편, 성희안은 윤형로(尹衡老)에게 명을 내렸다.

"무사 수십 명을 대동하고 진성대군의 집으로 가라! 대군께 거사를 통보하고 호위하라!"

진성대군의 집에 도착한 윤형로가 대군에게 고했다.

"대군, 포악무도한 임금을 폐하려고 조정대신들과 장안의 모든 백성들이 봉기하였사옵니다. 소인을 비롯한 무사들이 대군의 안전을 책임지겠사오니 놀라지 마시옵소서!"

그러나 진성대군과 부인 신씨는 입을 봉하고 있었다. 진정 봉기를 했는지 아니면 연산 임금의 괴상한 수작인지 분간할 수 없었기 때문이니 그저 운명에 맡길 따름이었다.

박원종은 훈련원에 모인 군사들을 다른 군영의 군사들과 합쳐 창덕궁으로 집결시켰다.

칠흑같이 어둡고 깊은 밤이었다.

기치창검의 끝에 매달린 살기가 궐내 곳곳으로 뻗치고 있었다. 이윽고 인경을 알리는 종소리가 울리기 시작했다. 데에엥, 데에엥, 데에엥. 스물여덟 번 종소리가 울리는 가운데 변수(邊修)와 최한홍(崔漢洪)은 궐의 동쪽을, 장정과 심형(沈亨)은 궐의 서쪽을 치고 들어갔다. 아무도 대

항하는 사람이 없었다. 이미 입직 도총관 민효증(閔孝曾), 참지 유경(柳
涇)이 투항한 것이다. 유자광의 말대로 무혈입궐이었다.

종소리가 끝났을 때에는 간신배들의 목이 차례대로 잘려나가고 있었
다. 연산 임금에게 아첨을 일삼았던 심금종(沈今種), 김효손(金孝孫), 전
동(田同), 강응(姜凝) 등의 목을 쳐서 군문에 매달았다.

"폭군 연산을 죽여라!"

횃불을 손에 든 반정군들은 대궐이 떠나가도록 함성을 지르며 내달았
다. 군사들의 횃불로 궐내는 대낮같이 밝았다.

신윤무와 이한(李漢), 이심(李深)은 무사들을 이끌고 전옥서의 옥문을
부수어 죄인들을 풀어주었다. 옥에서 풀려나온 죄인들도 반정군에 합세
했다.

그 시간, 침전에서 술에 취해 곯아떨어진 연산 임금은 장녹수와 전비
(田非) 그리고 김 귀비와 함께 깊은 잠에 빠져 있었다.

입직승지 이우(李堣)는 임금에게 반정군이 궐내로 쳐들어왔음을 알리
고는 즉시 승지 윤장(尹璋), 조계형(曺繼衡) 등과 대궐을 빠져나갔다. 연
산 임금이 아랫사람들을 불렀으나 아무도 없었다.

어느덧 횃불이 꺼지고 동이 트고 있었다.

날이 밝자 돈화문 앞에서 기다리던 성희안을 비롯한 대신들이 궐내로
들어왔다. 임금이 없는 왕실에서는 진성대군의 모친인 자순대비가 종친
가운데 최고 웃어른이었다.

성희안이 내전으로 들어가 자순대비에게 새로운 왕을 추대하는 명을
내려주기를 간청하였다. 자순대비도 성종이 아끼던 성희안인 것을 잘 알
고 있었다. 자순대비는 성희안의 청을 여러 번 물리치다 마침내 교지를

내렸다.

백 년의 덕을 닦아온 사직이 임금의 실덕으로 백성들을 도탄에 빠져들게
하였으니, 대소신료들과 만백성이 종사를 바로잡기 위해 목숨을 바쳐 새로
운 기틀을 만들었다. 그들이 진성대군을 새로운 왕으로 추대하니 나도 그
뜻에 따라 진성대군으로 보위를 승계하게 하고, 실덕한 전왕을 폐하여 연
산군으로 강등하노라. 만백성들이여, 나의 뜻을 충분히 살피어 새로운 왕
에게 충성을 다할지어다.

교지를 받든 성희안이 내전을 나오자 거사에 동참했던 모든 대소신료
들이 비로소 반정이 성공했음을 실감하고 기뻐하였다. 다음은 진성대군
을 모셔오는 절차였다. 유순정과 정미수(鄭眉壽), 강혼(姜渾) 등이 이문
동에 있는 진성대군의 집으로 가서 봉련(鳳輦, 임금이 타는 가마)에 오르
기를 간청하였다. 진성대군은 여러 번 사양하다 더 이상 물러설 수 없게
되자 마침내 봉련에 올랐다. 궁궐로 오는 길목에 백성들이 모두 나와 엎
드려 절을 하고 만세를 외쳤다.
"진성대군 만세! 만세! 만세!"
"새 임금님 만세! 만세! 만세!"
영의정 유순이 승지 한순(韓洵)을 시켜 연산 임금이 가지고 있던 국새
(國璽)를 받아오게 하였다.
때맞추어 진성대군이 도착하여 근정전에서 새로운 왕으로 등극하니
바로 조선 제11대 중종 임금이었다. 때는 1506년 9월 2일 미시(未時)였
다. 진성대군의 나이 19세, 왕비 신씨는 20세였다.

폐위된 연산 임금은 연산군이 되어 적소(謫所)인 강화도 교동으로 쫓겨났다. 폐비 신씨는 정청궁(貞淸宮)에 유폐되고 폐비와 후궁의 몸에서 태어난 4남 2녀는 모두 귀양을 갔다.

연산군이 유배지로 떠나기 직전, 반정군은 요부(妖婦) 장녹수와 전비, 김 귀비 등을 궐 밖으로 끌어내어 참수하였다. 참수 후 그들의 재산을 몰수하였는데, 장녹수가 가진 재산이 국고의 절반을 넘을 정도였다.

연산군은 교동으로 유배된 지 두 달 만인 1506년 11월 6일, 역질에 걸려 물도 마시지 못하고 눈도 뜨지 못하다가 죽었다. 나이 서른한 살이었다.

임금이 바뀌던 날도 서경덕은 밤을 새워 격물치지에 매달리고 있었다.

유수가 죽임을 당한 송도는 세상이 뒤집혔다는 낌새를 여느 곳보다 일찍 접할 수 있었다. 저잣거리는 온통 폐위된 연산 임금과 새로이 보위에 오른 진성대군의 이야기로 넘쳐났다.

"새 임금이 보위에 올랐으니 이제는 세상이 달라지겠지요?"

경덕의 어머니 한씨는 기대감을 감추지 않았다. 한씨는 아들의 공부를 그냥 묻어두고 싶지 않았다.

"달라져야지요. 그간은 나라 꼴이 말이 아니었잖소."

마음 한켠이 뚫린 것 같기는 서호번도 매한가지였다.

"왜 아니랍니까. 글줄깨나 한다는 선비를 죄다 쓸어냈으니 이제는 새로운 인재를 찾아 쓰겠지요. 큰애에게도 일러줘야 하지 않겠습니까?"

한씨가 서호번의 기색을 살피며 말했다. 그동안 서호번은 경덕의 공부를 극구 말려왔었다.

"좀 더 지켜봅시다. 그나저나 큰애는 세상이 바뀐 것을 알기나 하는 거요?"

"귀를 막고 사는 아이지요. 이참에 과시도 치르고 혼례도 치렀으면 좋 겠어요. 저렇게 방 안에만 있다가는 아예 세상을 멀리할까 걱정이 됩니 다."

"참, 매파에게 청을 넣었다 하더니 소식은 있소?"

한씨는 진작부터 매파에게 청을 넣어두고 있었다. 두 번째 청이었다. 첫 중신은 살림이 넉넉한 송도 상인과 맺어졌으나 가문의 격이 맞지 않 는다 하여 한씨가 완곡하게 퇴짜를 놓았다.

임금이 바뀐 소요가 어느 정도 가라앉았을 즈음 매파가 서경덕의 집 을 찾아왔다. 마흔 줄에 들어선 입담이 좋은 매파였다. 좋은 혼처가 나섰 다고 했다.

"종6품 선교랑(宣敎郞) 댁이라오. 먼 종친이란 소문도 있구요."

"종친이라면 이씨 가문이랍디까?"

"색시 아버님 함자가 이(李), 계(繼) 자, 종(從) 자를 쓴다오."

"색싯감은 올해 몇이오?"

"열아홉이라오."

"해가 바뀌면 스물인데, 좀 과년하지 않소?"

"신랑과 겨우 한 살 터울이오. 내가 볼 땐 두 집안의 지체나 뭐나 잘 맞는 듯합니다. 선교랑 댁에서도 공부에 매진하는 신랑을 좋게 보는 것 같습디다. 이런 연분 찾기 쉽지 않소."

그만하면 조건으로는 무난하다 싶었으나 신부 사정이 궁금한 한씨는 조건을 하나 달았다.

"며느릿감을 먼저 봐야겠소. 멀리 사는 것도 아니고."

"그야 간단하지요. 색시 집에서도 신랑감을 보고 싶은 건 마찬가지일 터이니 서로 심부름을 시키면 되지 않겠수?"

한씨의 제안에 매파가 묘안을 내놓았다.

매파의 청에 따라 두 집은 바쁘게 움직이기 시작했다. 경덕을 선교랑 댁으로 보내서 얼굴을 보게 하고, 선교랑 댁에서는 신붓감을 경덕의 집으로 심부름 보내 얼굴을 볼 수 있게 하였다.

심부름 온 신붓감을 일별하매 몸가짐이 단정하고 표정이 차분했다. 이름은 이랑이라고 했다.

말을 시켜보니 대답하는 품새도 조신하고 한 마디도 허투루지 않았다. 키도 그만하면 됐고, 살결이 희고 눈빛도 경솔하지 않았다. 다만 몸이 약해 보여 자식텃밭이 후하지 못할 게 흠이라면 흠이었다.

그래도 한씨는 흡족한 마음이 들어, 더 물을 것도 없이 이내 마음을 정했다.

"집에 가거들랑 어머니께 고맙다는 말 꼭 전해주오."

"예, 그리하겠습니다."

한씨의 눈에는 인사를 마치고 가는 이랑의 뒷맵시도 곱게 보였다.

혼사 이야기가 마무리되자 두 집안은 바쁘게 움직였다. 연산 임금에서 중종 임금으로 바뀐 병인년이 후딱 넘어갔다.

새해가 되면서 바로 경덕의 집에서 신랑의 사주단자를 신부 측으로 보냈다. 사주단자는 신랑의 생년, 월, 일, 시를 적은 서지를 홍색 보자기에 싸서 전하는 것이다.

택일은 신부 측에서 했다. 사주단자를 받은 이랑의 어머니는 신랑의 사주를 챙겨 용하다는 사주쟁이에게 물어 날을 잡았다.

사주쟁이 말인즉슨 이러했다.

"작년 병인년(丙寅年) 호랑이해는 신랑하고 신부, 둘 다 좋지 않았지요. 그러나 올해 정묘년(丁卯年) 토끼해는 신랑 생일의 일진(日辰) 임술(壬戌)과 아주 잘 어울립니다. 하늘 기운을 천간(天干)이라 하고 땅 기운을 지지(地支)라고 하는데, 금년의 하늘 기운 정(丁)과 신랑 생일의 하늘 기운 임(壬)은 서로 합[丁壬合]이 됩니다. 그리고 금년의 땅 기운 묘(卯)와 신랑 생일의 땅 기운 술(戌) 역시 합[卯戌合]이 됩니다. 이렇게 천간과 지지가 모두 합이 되는 해이니 어찌 좋지 않을 수 있겠습니까? 택일은 시월 초이렛날이 좋습니다. 아주 대길한 날입니다."

사주쟁이는 알아듣기 쉽게 자세히 설명해주었다.

혼인날을 받자 이랑의 어머니는 딸에게 출산을 용이하게 하는 음기흡입(陰氣吸入)법을 가르쳐주었다. 이른바 '흡월정(吸月精)'이었다.

흡월정은 달 기운을 흡입하여 단전에 그 기운을 모아두는 복기(腹氣)의 고된 훈련이다. 상현달이 지나 열흘쯤부터 보름까지 이랑은 어머니 손에 끌려 나가 복기를 해야 했다. 떠오르는 달을 마주 보고 허리를 곧추세워 숨이 끊기도록 심호흡을 하길 아홉 번씩 아홉 차례를 하는 호흡법이었다.

"달 기운을 많이 들이마셔야 하느니라. 하나도 놓치지 말고."

그러나 얼마나 힘든 일인지 이랑은 까무러칠 때가 많았다.

"여자들은 다 하는 게야. 힘들더라도 이를 악물고 해야 한다. 그래야 아들 딸 힘들이지 않고 쑥쑥 낳느니라."

이랑 어머니는 쓰러진 딸을 일으켜 세우며 또다시 달 기운을 빨아들이도록 하였다.

아홉 차례.

그것은 우리나라의 전통 풍속이었으니, 예컨대 정월 대보름 전날엔 무엇을 하든 '아홉 차례'를 해야 했다. 서당을 다니는 아이는 천자문을 아홉 차례 읽어야 하고, 새끼를 꼬면 아홉 발을 꼬아야 했다. 또한 나무도 아홉 짐, 빨래도 아홉 가지, 물을 길을 때도 아홉 동이, 매를 맞을 때도 아홉 대를 맞아야 하는 것이었다.

뿐만 아니었다. 선비들은 머리맡에 대나무로 만든 의기(義器)를 놓아두고 인생살이를 경계하면서 살았다. 의기는 물을 담아 아홉 푼쯤 차면 저절로 밑이 빠져 물이 쏟아지게 되어 있었다. 인생살이에서 욕심이나 돈과 권력, 명예 등을 적당한 선에서 자제해야지 가득 채우려 하면 무로 돌아간다는 '아홉 푼의 철학'이었다.

이랑이 배워야 할 것은 흡월정만이 아니었다. 신랑과 합방하는 방법도 배워야 했다. 어머니는 감춰두었던 춘화첩을 보여주며 이랑을 가르쳤다. 남자의 몸은 이렇게 생겼고, 어떻게 받아들여야 하며, 절정에 도달하더라도 소리를 질러서는 안 된다는 것과 뒷물하는 방법까지 낱낱이 가르쳐주었다.

그러나 이렇게 양가가 분주한 동안에도 정작 당사자인 서경덕은 혼사에 전혀 관심을 두지 않았다. 혼인날이 코앞에 닥쳤는데도 오로지 격물치지에만 몰입해 있었다.

마침내 혼례 하루 전날, 신부 집으로 채단과 혼서지가 들어 있는 함(函)을 보내는 날이었다.

하지만 경덕에게는 함을 지고 갈 동무가 없었다. 밖을 모르는 그였으니 동무가 있을 턱이 없었다. 경덕에겐 바람벽이 동무였고 격물치지가 동무였다. 그래서 경덕의 동생 형덕과 그 동무들이 대신 함을 맡았다. 형덕은 형과 달라 말썽도 많이 피우고 왈짜 동무들도 많았다.

한씨는 함을 들려 보내면서 형덕과 그 동무들에게 신신당부했다.

"사돈댁에 가거든 절대 소란 피우지 말고 예를 갖춰야 하느니라. 함진아비하고 왈짜짓거리를 해서는 안 되느니라."

그때 함진아비는 형덕의 괴짜 친구 전우치로, 한바탕 어울려 왈짜를 놓을 작정이었다. 그러나 어머니 한씨의 당부가 얼마나 자심한지 조용하게 술이나 한잔 얻어 마시고 돌아설 수밖에 없었다.

서경덕은 조촐하게 혼례를 치렀다. 기다랗게 땋았던 머리를 말아 날렵하게 상투를 틀어 올렸으니 이제 어른이 된 것이다. 신랑신부의 첫날밤은 그 사흘 후에 치를 수 있었다. 당시의 혼인 풍습이었다.

당시 서경덕의 나이 열아홉 살, 각시 이랑은 스무 살이었다.

4

혼인을 한 다음부터 서경덕은 눈에 띄게 달라졌다.

서경덕은 궁리를 일체 멀리하였다. 이제는 어엿한 가장이었다. 격물치지는 차후로 미룰 수밖에 없었다. 서경덕은 격물치지의 열정을 달콤한 신방생활에 쏟아 부었다.

서경덕은 십대 성장기를 동무도 없이 공부와 격물치지에 빠져 지냈다. 이성에 눈뜰 여유조차 없었다.

그러던 서경덕이 장가를 들면서 합궁(合宮)의 묘미에 빠져든 것이다. 책을 보아도 건성이고, 책 속의 까만 글자들은 새 각시 이랑의 얼굴로 바뀌었다. 이랑이 잠시라도 자리를 비우면 허전하고 쓸쓸했다. 특히 매일 밤 이랑과 같이하는 잠자리는 황홀경이었다. 이랑의 숨소리와 은밀한 여성은 연분홍빛 복사꽃보다 더 현란했다. 이랑의 은밀한 곳에 숨어 있는 복사꽃길은 바로 별천지, 무릉도원이었다.

서경덕은 꿈같은 도원에 파묻혀 낙엽이 지고 눈보라 치는 겨울마저 잊고 지냈다. 어느덧 해가 바뀌었다.

봄이 되자 시어머니는 새 며느리에게 불씨 화로를 넘겨주었다.

불씨는 소중한 것이었다. 제사에 쓰는 향불이나 촛불을 켤 때도 조상 대대로 전해 내려오는 불씨로 불을 붙이지 않으면 조상의 혼과 교감이 되지 않는다고 했다. 또한 불씨는 집안 식구들의 밥을 지을 때만 사용했다. 노비나 식객, 과객의 밥을 지을 때라든가 쇠죽을 끓일 때는 불씨 화로에서 붙인 불을 쓰지 않았다.

불씨 화로는 불기가 잘 보존되는 은행나무나 목화를 태운 재로 채워놓았다. 장마철이나 바람이 드센 날에는 장화통에 옮겨서 불씨를 지켰다. 장화통은 까마귀나 뱀, 닭의 껍데기로 가죽주머니를 만들고, 그 외피에다 계란 흰자를 바른 것이었다.

"무슨 일이 있어도 절대 불씨를 꺼트려서는 안 되느니라!"

이랑도 친정에서부터 귀가 따갑도록 들어온 말이었다. 불씨 화로를 맡긴다는 것은 서씨 가문의 살림을 맡긴다는 뜻이었다. 불씨는 시할머니로부터 시어머니에게, 또다시 며느리에게 대물림되며 꺼지지 않고 지켜져야 했다. 만약 불씨를 꺼뜨리는 일이 있으면 가문의 커다란 흉이었고, 칠거지악에 하나를 더 보태 팔거지악이 되는 것이었다.

이랑은 시어머니에게 물려받은 불씨를 신주단지 모시듯 했다.

서경덕은 들바람이라도 쐴까 싶어 오랜만에 집을 나섰다.

3월 초, 아직 바람이 차가웠다. 들로 가려면 산자락 길로 돌아가야 했는데 옆 숲 속에서 희끗희끗한 것이 눈에 띄었다. 가까이 다가가보니 노루귀와 꿩의바람꽃이었다.

노루귀는 꽃잎이 노루의 귀를 닮았다고 해서 붙여진 이름이었고, 꿩의바람꽃은 개화 시기가 꿩이 알을 까는 시기와 같다 하여 붙여진 이름이었다.

서경덕은 찬바람에 떨고 있는 꽃을 보자 불현듯 궁금증이 일었다.

'아직 바람이 찬데 이 꽃들은 왜 이렇게 일찍 피는 것일까?'

숲을 벗어나 들판을 거닐며 서경덕은 생각에 잠겼다.

'다른 풀과 나무들은 꼼짝 않고 있는데 저 혼자 서둘러 일찍 꽃을 피우는 데는 연유가 있지 않겠는가.'

서경덕은 다시 숲 속으로 들어갔다. 소나무와 자작나무, 굴참나무, 신갈나무 사이로 노루귀와 꿩의바람꽃이 드문드문 얼굴을 내밀고 있었다. 진달래만 꽃망울이 조그맣게 맺혔을 뿐 철쭉 등은 잎이 돋아날 기미조차 없었다.

노루귀 꽃을 바라보며 궁리를 하기 시작했다.

'꽃을 피운다는 것은 씨앗을 맺는 과정, 씨앗을 맺으려면 벌레나 바람이 있어야 하고, 그렇게 해서 생긴 씨앗은 종족을 지켜나가고 번식하는 근원……. 그런데 일찍 꽃을 피운다? 다른 꽃보다 일찍 꽃을 피운다는 것은 살아남기 위한 수단일 터, 봄이 무르익어 나무들이 잎을 틔우면…….'

궁리가 거기까지 미치자 서경덕은 쉽게 결론을 얻을 수 있었다.

'나무가 잎을 틔우면 햇빛이 차단된다. 햇빛을 받지 못하면 제대로 성장하지 못할 터, 햇빛이 차단되기 전에 다른 꽃보다 먼저 꽃을 피우고 곤충을 유인하는 것이다.'

그랬다. 노루귀나 꿩의바람꽃은 키가 큰 나무들 틈에서 살아남기 위한 방책으로 찬바람 속에서도 서둘러 꽃을 피운 것이다.

노루귀 꽃이파리를 따서 손바닥 위에 얹으니 그 생명의 충일함이 가슴 한켠에서 은은하게 차올랐다. 얼마나 오랫동안 궁리의 기쁨을 잊고 살았던가. 경덕은 긴 겨울잠에서 깨어난 느낌이었다. 그러고 보니 이랑의 꽃길에 너무 깊이 빠져 지냈다.

이랑의 꽃길은 한순간의 쾌감이었다. 흐드러진 복사꽃길을 헤맨 뒤끝에는 늘 피로와 허탈이 길게 이어졌다. 그럼에도 밤이면 다시 조급증 환자처럼 복사꽃길을 향해 치닫곤 했다.

'이젠 다시 궁리를 찾아야 한다.'

서경덕은 깊은 잠에서 깨어, 기지개를 켜던 손을 들어 길을 가로막고 있는 복사꽃 이파리를 쓸어냈다. 그러고는 방 한쪽 구석에 팽개쳤던 먼지 쌓인 책을 꺼냈다. 서경덕은 한 권 한 권 정성껏 먼지를 털어냈다.

서경덕은 지금까지 읽어온 책들을 다시 보기로 마음먹었다. 천자문부터 펼쳤다. 그가 좋아하는 문구가 눈에 가득 들어왔다.

'지과필개 득능막망(知過必改 得能莫忘).'

내게 잘못이 있음을 알았거든 반드시 고쳐야 하고, 인간으로서 행해야 할 도리를 배웠거든 잊지 말아야 한다.

'태욕근치 임고행즉(殆辱近恥 林皐幸卽).'

위태롭고 욕스러운 일이 잦으면 곧 수치스러운 일을 당할 것이니, 숲이 있고 물이 있는 곳에서 한가롭게 지내는 것이 옳을지어다.

십삼 년 전 일곱 살 때, 글을 깨우치기 위해 공부한 천자문이었다. 천지현황(天地玄黃)을 시작으로 언재호야(焉哉乎也)까지, 네 글자로 된 250구. 그때에도 여덟 글자를 한 구절로 하는 125구절 가운데 유독 이 두 구절이 가슴에 다가왔었다.

이제 나이 스물이 되어 다시 펼쳐보니 그 문구들이 더욱 새롭고 뜻 깊게 가슴에 와 닿았다.

그런 느낌은 천자문만이 아니었다. 『유합』, 『계몽편』, 『명심보감』, 『십팔사략』, 『자치통감』, 『소학』 등이 모두 그랬다. 새롭고 새로웠다. 깊이 생각할수록 새로운 맛이 솟아났다. 사서오경과 잡학에 속하는 풍수지리와 운명학(명리학 또는 추명학)으로 들어가자 한 차원 높은 무릉도원의 세상이 펼쳐졌다.

격물치지의 깊고 깊은 도원에는 염원의 꽃, 탐구의 꽃, 원리의 꽃, 진리의 꽃들이 격조 높게 피어 있었다.

서경덕은 다시 궁리와 격물치지에 빠져들었다.

이랑이 복사꽃길을 아무리 열어놓아도 눈에 차지 않았다. 발길을 끊고, 귀를 막고, 먹는 것도 최소한으로 줄였다. 하나씩 깨달을 때마다 단전의 깊은 바다 속에서 끓어오르는 희열로 온몸이 오싹오싹하였다. 때론 삼사일이 지나도 의문이 풀리지 않는 것과 마주치기도 했다. 그럴 때면 무릎을 꿇고 식음을 전폐하며 꼬박 밤을 새웠다.

그렇게 격물치지에 매달려 한 해가 지나고 또다시 봄이 되면서 사물의 이치를 헤아리는 서경덕의 궁량은 부쩍 커졌다. 그 대신 몸은 대꼬챙이처럼 여위어갔다.

어머니 한씨는 그런 서경덕을 볼 때마다 걱정이 태산 같았다.

"아가, 네가 좀 말려보려무나. 저러다 큰일 치르겠다."

"제 말은 도통 듣질 않아요, 어머님."

"그래도 나보다야 낫겠지. 다시 한 번 애써보아라."

그러나 서경덕은 요지부동이었다.

경덕의 몸은 날로 여위어갔다. 눈빛에만 광채가 돌 뿐 몸은 허깨비나 다름없었다.

경칩이 지나면서 결국 경덕은 쓰러지고 말았다. 그동안 끼니를 거른 것이 하루 이틀이 아니었다. 이랑이 울면서 벽에 써 붙인 종이를 다 뜯어서 태워버렸다.

몸도 못 가누고 쓰러진 경덕은 생각을 끊으려 해도 끊어지지 않았다. 눈을 감으면 바람벽에 써 붙인 종이가 이마에 달라붙는 환시 증세가 나타나기도 했다.

그런 괴로운 고통을 달포 이상 겪고 나서야 겨우 눈을 제대로 뜰 수 있었다. 이랑과 어머니의 정성 어린 보살핌의 덕이 컸다. 자리에서 일어나자 봄 아지랑이가 살랑거리며 코끝을 간지럽혔다.

어머니가 경덕에게 말했다.

"원행(遠行)이라도 다녀오려무나. 다리 힘 기르는 데는 그 이상 없느니라."

경덕도 그리하고 싶었다. 당분간 체력도 길러야 하겠고 격물치지의 두려움도 남아 있었다. 격물치지를 하려면 체력이 뒷받침되어야 함을 새삼 깨달았던 것이다.

"혼자 몸으로는 힘들 테니 형덕이와 같이 가거라. 형덕이한테는 내가 말하마."

"예, 그리하겠습니다."

며칠 후, 형덕은 전우치(田禹治)를 집으로 데리고 왔다. 전우치는 경덕이 장가갈 때 함진아비 노릇을 한 뒤로 종종 경덕의 집에 놀러오곤 했다. 형덕의 형인 경덕을 친형처럼 대할 뿐 아니라 허물없이 지내는 절친한 사이가 되었다. 더욱이 관향도 같았다. 당성 서씨 가문의 본래 관향이 남양이었듯이 전우치의 관향도 남양이었다.

전우치는 송도의 숭인문 안에서 홀어머니 최씨 부인을 모시고 형제들과 함께 살고 있었다. 부친에 대해서는 일체 입을 봉해 아무도 아는 사람이 없었다. 태어난 곳은 전라도 담양이었고, 열다섯 살 무렵 송도로 이사를 왔다고 했다.

그는 성품이 털털하고 사귐성이 좋았으나 어디고 얽매이는 것을 싫어하였다. 키가 훤칠하고 약간 긴 얼굴에 피부색은 희었다.

그의 소망은 도술을 배워 도인이 되는 것이었다. 송도로 옮겨온 뒤 때마침 천마산에 칩거하는 노인과 인연이 닿아 지금까지 신선의 도를 배우고 있는 중이었다.

전우치가 노인을 처음 만난 곳은 한겨울 박연폭포였다. 겨울 박연을 구경할 참으로 길을 나섰는데 가는 도중에 눈이 펑펑 쏟아졌다. 눈을 맞으며 폭포에 이르렀을 때였다. 얼음을 깨고 고모담(姑母潭)으로 들어가는 노인이 보였다. 놀랍게도 노인은 실오라기 하나 걸치지 않은 알몸이었는데 전혀 추위를 느끼지 않는 것 같았다. 시간이 흐르자 물속에 잠긴 노인의 몸에서 연기 같은 김이 모락모락 피어올랐다.

전우치는 목욕을 마친 노인을 따라갔다. 전우치는 겹겹이 옷을 입고

서도 추위에 이가 맞부딪쳤으나 노인은 태연하게 맨발로 눈 위를 걸었다. 노인은 천마산 중턱에 있는 움막으로 들어갔다. 전우치는 움막 밖에서 서성거렸다.

"따라왔으면 들어올 것이지 밖에서 무얼 하느냐!"

전우치가 움막 안으로 들어가자 노인은 불문곡직 물었다.

"얼음물 속에서 목욕하고 싶어 따라왔느냐?"

전우치는 멈칫거리다 대답했다.

"예, 그렇습니다."

"솔잎을 먹으면 되느니라."

노인은 먹고 있던 솔잎을 전우치에게 내밀었다. 그 솔잎을 받아 씹었으나 떨떠름할 뿐 아무 맛도 느낄 수 없었다.

"몇 살이냐?"

"열다섯입니다."

"글은 배웠느냐?"

"사서까지 배웠습니다."

"이 책을 읽어라."

북두경(北斗經)이었다. 전우치는 북두경을 읽고 노인에게 지금껏 삼년째 도인술(導引術)을 배우고 있는 중이었다.

언젠가 서경덕이 전우치에게 물은 적이 있었다.

"우치 아우는 왜 도인이 되려 하는가?"

전우치의 대답은 명쾌하였다.

"말해 무엇하오. 첫째는 약한 자를 괴롭히는 무리들을 징벌하려는 것이고, 둘째는 가난하고 힘없는 자들을 도와주고 싶어서이지."

전우치는 경덕의 집으로 들어서자 한씨에게 인사를 올렸다.

"그간 무고하셨습니까, 어머님."

전우치는 한씨를 친어머니처럼 대하였다.

"어머니, 형이 원행 갈 때 저 대신 우치가 함께 가기로 했습니다."

옆에 있던 형덕이 어머니에게 말했다. 그러자 어머니가 형덕에게 물었다.

"왜 네가 안 가고?"

"저는 집을 지켜야지요."

"우치는 시간을 낼 수 있겠느냐? 오래 걸릴지도 모르는데……."

"전 일 년이 걸려도 상관없습니다, 어머님."

"그리 해준다니 정말 고맙구나. 그래, 언제 떠날 예정이더냐?"

한씨가 전우치에게 묻자, 그는 오히려 대청 마루턱에 앉아 있는 경덕에게 물었다.

"경덕 형님! 언제 갈 거요?"

"아무 때나. 우치 아우님이 떠나자는 날로 하세."

"그럼, 닷새 뒤에 떠나는 걸로 합시다."

"그렇게 하세."

서경덕과 전우치는 집 울타리마다 개나리가 만발한 4월 중순에 집을 나섰다.

해주를 거쳐 평양으로, 평양에서 묘향산으로 간 다음 함흥으로 가서, 함흥부터는 동해안을 따라 내려오다 금강산을 들러 송도로 돌아올 작정이었다. 바삐 서둘 것도 없는 여행길이었다.

송도에서 해주(海州)까지 이백 리, 연안(延安)까지는 백 리 길이었다.

전우치는 하루에 백 리쯤은 거뜬했으나 아직 서경덕의 몸이 온전치 못한 탓에 일단 오십여 리씩만 걷기로 했다.

송도를 떠나 토성을 거쳐 예성강을 건너고, 배천(白川), 홍현, 연안, 봉서, 풍천, 삼계, 청단을 지나 해주에 이르기까지는 꼬박 나흘이 걸렸다.

해주는 황해 감사가 있는 곳이라 꽤 북적거렸다. 바다를 끼고 앉은 지역답게 각종 해산물이 풍부했다.

두 사람은 바닷가로 나갔다. 전우치는 어렸을 때 바다에 자주 놀러 갔다고 했다. 그러나 서경덕은 그렇게 큰 바다는 처음 보았다. 송도 아래 창릉 쪽에서 보았던 바다와는 달랐다. 앞이 시원스레 탁 트인 넓은 바다에 어선들이 점점이 떠 있었다. 아직은 해풍이 쌀쌀했다. 비릿한 바닷바람이 폐부 깊숙이 스며들자 혼탁해진 머리가 한꺼번에 씻겨나가는 듯했다.

일몰을 구경한 뒤 서경덕과 전우치는 주막에 들러 작은 방을 얻었다. 몸은 피곤했지만 잠이 오지 않았다. 이런저런 얘기 끝에 전우치가 노인 이야기를 꺼냈다. 전우치의 입담은 근방에 소문이 떠르르할 정도였다.

"스승님은 평생 셀 수 없을 만치 단량(斷糧)을 한 분이우. 단량이 무어냐 하면, 곡식을 여러 날 먹지 않는 거요. 대신 입 속에서 침을 여러 번 뿜어내서 가늘게 나누어 삼키는 연진(嚥津)이라는 걸 하시는데, 일단 시작하면 물도 한 모금 안 마시고 백 일을 거뜬하게 지낸다우."

"밥 안 먹고 살 수 있다면 그처럼 좋은 게 없지."

"스승님은 짚신이 딱 한 개밖에 없수. 그 짚신을 신고 금강산을 세 번 다녀오셨는데 아직까지 멀쩡합디다. 그런데 그건 아무것도 아니우. 어느 날 새벽이었는데 스승님이 개울가로 가더니 바지를 홀렁 내리곤 물속에 앉아 항문으로 물을 빨아들여 입으로 뱉어내지 않겠수. 그러더니 이번에는 입으로 개울물을 쭉 빨아들입디다. 조금 있다 보니깐 항문으로 물을 좌악 쫙 쏟아내고 있습디다. 얼마나 신기한지 내 혼이 다 빠져버렸다우."

"허허허, 그게 참말인가?"

"이 두 눈으로 직접 봤다니깐 그러시우, 형님은."

"그렇다면 과연 도인이네."

서경덕은 허풍인 줄 알고 있었으나 그냥 장단을 맞춰주었다.

"그것뿐인 줄 알우, 또 있수. 대낮같이 훤한 가을 달밤에 스승님이 웅경조신(熊經鳥伸)을 하고 있었수. 곰이 나무를 타고 올라가는 자세로 기를 빨아들이는 게 웅경이고, 새가 모가지를 길게 늘어뜨려 먹이를 쪼는 자세로 기를 끌어들이는게 조신이라우. 스승님이 한번 웅경을 하니 날아가던 기러기 떼가 우수수 떨어지고, 이어 조신을 하니 땅속에서 두더지, 생쥐, 고슴도치가 땅을 뚫고 나와 벌떡벌떡 자빠집디다. 그래서 내가 얼른 고슴도치를 주워서 구워 먹었수. 얼마나 맛있던지."

"허허허, 그거 참 재미있네."

"얘길 또 해주리까?"

"좋지, 또 해보시게."

"에이, 오늘은 그만합시다. 이담에 잠 안 오는 날 또 해드리겠수."

다음 날은 느지막이 조반을 먹고 평양 길로 접어들었다. 산길을 타고 봉산을 거쳐 평양으로 가는 길은 사백 리가 족히 넘었다.

우선 봉산까지 가기로 하고 학현에서 하루를 묵었다. 이튿날은 이른 새벽부터 서둘렀다. 해거름에 아양까지 가지 못하면 산속에서 밤을 보내야만 했다. 학현에서 신주막을 거쳐 아양까지 가는 고갯길은 소문대로 험난하고 가팔랐다. 멸악산에서 뻗쳐 내려와 주지봉을 이루고 또다시 이어진 산맥의 고갯길은 오르막이 절반, 내리막이 절반이었다. 아양에 도착했을 때는 동네가 모두 잠든 깜깜한 한밤중이었다.

전우치가 희미한 불빛이 새어 나오는 대문을 두드리니 늙수그레한 촌부가 대문을 열어주었다.

"밤늦게 죄송합니다. 봉산으로 가는 과객입니다. 하룻밤 잠자리를 부탁드립니다."

"신주막 고갯길을 넘어왔소?"

"그렇습니다."

"쯧쯧, 힘드셨겠소. 고갯길이 좀 험해야지. 빈자리라곤 헛간밖에 없소. 거기라도 괜찮으시면 자리를 봐드리겠소."

"헛간이면 어떻습니까. 잠시 눈만 붙이면 됩니다."

"안으로 드시오. 저녁은 드셨소?"

"초행길이라 때를 놓쳤습니다."

"꽤나 시장하시겠소. 잠시만 기다리시오."

서경덕과 전우치는 마음씨 좋은 촌부의 선처로 밥까지 얻어먹고 잠자리에 들 수 있었다.

그렇게 매일 밤 잠자리를 구걸하며 쉬엄쉬엄 평양에 도착했을 때는 송도를 떠난 지 스무 날이 지나 5월 초순이 되어 있었다.

이제는 서경덕도 다리에 힘이 붙어 하루에 백 리 길을 갈 수 있을 만큼 기력을 되찾았다.

평양은 고구려의 도읍답게 웅장했다. 대동강을 끼고 쌓은 성은 한눈에 봐도 위압적이었다. 내성, 중성, 외성을 둘러보고 금수산 모란봉으로 올라갔다. 금수산은 평양의 주산으로, 좌청룡, 우백호, 남주작, 북현무의 사신(四神) 가운데 현무에 해당하였다. 가장 높은 최승대를 가운데 두고 펼쳐진 산봉우리들이 마치 갓 핀 모란꽃 같다 하여 모란봉으로 불렀다.

모란봉에 서면 평양이 한눈에 들어왔다. 고구려 시대에 지었다는 을밀대와 부벽루, 연광정, 대동문 밖 아래쪽에 있는 배다리〔船橋〕까지 아니 보이는 것이 없었다.

대동강 아래에서 올려다본 부벽루와 연광정은 천하의 절경이었다. 특히 덕암(德岩)바위 위에 얹혀 있는 연광정은 관서팔경 중의 하나로, 명나라 사신 주지번(朱之蕃)이 이곳에 올랐다가 '콰이콰이〔快快〕'를 연발하고, '천하제일강산(天下第一江山)'이라는 휘호를 남기기도 했다.

서경덕과 전우치는 수양버들이 늘어진 연광정의 풍치에 넋을 놓았다. 감영의 군사들이 지키고 있어 정자까지 올라갈 수 없는 것이 실로 안타까웠다.

"우치 아우, 관서팔경이 어디 어딘지 알고 있나?"

"글쎄……, 모르겠수."

"의주의 통군정(通軍亭), 선천의 동림폭포(東林瀑布), 영변의 약산동대(藥山東臺), 성천의 강선루(降仙樓), 강계의 인풍루(仁風樓), 만포의 세검정(洗劍亭), 안주의 백상루(百祥樓)와 평양의 연광정(練光亭)이라네."

"형님은 별걸 다 아시우."

"관서팔경을 다 구경했으면 얼마나 좋겠나. 그럴 처지가 못 되는 게 한일세. 연광정이 이토록 아름다운 절경인데 말일세."

"다음 번 원행은 관서팔경으로 하십시다, 형님."

"그럼세. 헌데 연광정 밑 대동강에 커다란 쇠닻이 묻혀 있다는 얘기는 들어봤나?"

"쇠닻이라니요?"

"이곳 평양은 풍수지리상으로 보면 떠다니는 배의 형상이지. 즉 행주형(行舟形)에 속한다네. 평양에서 사는 사람들은 배를 타고 있는 유람객인 셈이지. 형세가 그러하니 닻을 내리지 않으면 계속 떠다니지 않겠는가. 그 닻을 바로 연광정 밑 대동강 용소에다 묻었다네. 그래서 이곳에서는 어느 누구라도 함부로 우물을 팠다가는 큰일 난다네. 배에다 구멍을 뚫는 행위이기 때문이지. 평양의 오랜 풍습이야."

"참으로 형님은 아는 것도 많으시우. 그러니 머리가 아플 수밖에요. 안 그렇수, 형님. 하하하."

두 사람은 보름가량 평양에 머무르면서 한 곳도 빠뜨리지 않고 다 구경하였다. 풍치와 형세가 송도와는 크게 달랐다.

아쉬움을 남기고 둘은 묘향산으로 발길을 돌렸다. 숙천, 만성, 안주, 개천, 구장을 지나, 바닥이 훤히 들여다보이는 청천강을 거슬러 올라 묘향산에 도착했을 때는 어언 7월 중순, 녹음이 짙은 한여름이었다.

묘향산은 태산같이 우뚝했다. 백두산, 금강산, 지리산, 삼각산과 더불어 조선의 오악(五岳) 가운데 하나인 묘향산을 청천강 상류에서 바라다보니 절로 탄성이 터져 나왔다. 송도에서 제일 높다는 천마산(762미터)은 묘향산(1,909미터)에 비하면 어린아이에 불과했다. 그러니 백두산(2,744미터)은 또 어떻겠는가!

서경덕과 전우치는 신들메를 단단히 고쳐 매고 어둑새벽부터 서둘러 묘향산 정상까지 올랐다.

두 사람은 조상을 대하듯이 사방을 돌며 삼배를 올렸다. 조선의 강토와 만백성의 안녕을 기원하는 절이었다.

묘향산을 중턱쯤 내려왔을 때 날이 어두워지고 있었다. 걸음을 부지런히 재촉했지만 워낙 높은 산이라 시간을 가늠할 수 없었다. 사위를 둘러보며 내려오는데 골짜기 건너 맞은편에 작은 불빛이 눈에 띄었다. 깜박거리지 않는 것으로 보아 사람이 켜놓은 불빛임이 분명했다. 두 사람은 어둑한 골짜기를 건너 불빛을 향했다. 불빛은 자그마한 암자 같은 곳에서 새어 나오고 있었다.

"안에 계십니까?"

전우치가 방문 앞에 서서 말을 넣었다. 그러나 대답이 없었다.

"길도 잃고 날이 저물어 잠자리를 청코자 불빛을 보고 찾아왔습니다."

서경덕이 나서서 말했다.

"비좁지만 안으로 드시게."

서경덕과 전우치는 방문을 열고 들어갔다. 방에는 백발에 흰 수염을 길게 늘어뜨린 노인이 눈을 감은 채 가부좌를 틀고 앉아 있었다.

"서 있지 말고 앉으시게. 두 사람을 기다린 지 오래됐네."

"예?"

기다리고 있었다니, 두 사람은 깜짝 놀라 노인을 쳐다보았다. 예사 노인이 아닐 터, 특히 전우치 눈에 호기심 어린 광채가 실렸다.

"오늘 밤은 내가 할 일이 있으니 일찍들 잠을 청하시게."

"예, 고맙습니다."

방이 비좁아 칼잠을 잘 수밖에 없었지만 산행으로 지친 두 사람은 자리에 눕자마자 곯아떨어지고 말았다.

이튿날 아침, 서경덕이 눈을 떠보니 백발노인이 보이지 않았다. 서경덕은 전우치를 깨워 노인을 찾아나섰다. 노인은 암자 뒤로 난 숲 속 오솔길을 지나 앞이 탁 트인 곳에 홀로 앉아 있었다. 치렁치렁한 백발이 등을 타고 흘러내렸다. 이마를 질끈 동여맨 무명 자투리도 백발 위에 축 늘어져 있었다.

 노인이 앉은 자리는 한 평도 채 안 되는 바위 끝이었는데 해를 마주 보고 앉은 자리 앞으로는 아찔한 천 길 낭떠러지였다. 두 사람은 숨을 죽이고 지켜보았다.

 잠시 후.

 노인은 가부좌를 튼 자세 그대로 공중으로 천천히 떠올랐다. 두 자 정도 높이로 떠올랐을 때 '얏!' 하는 짧은 외마디소리를 지르며 새처럼 두 팔을 펼쳤다. 그러자 탄력을 받은 노인의 몸이 두 자쯤 더 위로 치솟았다.

 '공중부양(空中浮揚)!'

 믿겨지지 않는 놀라운 광경이었다. 그렇게 한 시각쯤 공중에 떠 있다가 팔을 접고 합장을 하자 다시 바위 끝으로 살포시 내려앉았다. 그러고는 두 손으로 얼굴을 비빈 다음 널찍한 바위로 걸어 나왔다.

 서경덕과 전우치는 바위로 올라가 백발노인에게 인사를 올렸다.

 "좀 더 자지 않고 뭣 하러 올라왔는가?"

 "많이 잤습니다. 어르신께서 방에 안 계시기에 찾아보았습니다."

 "내려가세."

 노인은 암자로 돌아와 두 사람에게 조반을 차려주었다. 상도 없이 방바닥에 차려진 조반은 아주 간단했다. 칡뿌리와 더덕뿌리, 도라지, 솔잎, 야생 율무가 전부였다. 모두 날것이었으나 맛은 꿀맛이었다.

"오늘 하산할 겐가?"

도라지를 씹으며 노인이 물었다.

그러자 전우치가 기다렸다는 듯 노인 앞에 엎드려 청을 넣었다.

"가르침을 주십시오, 어르신!"

"자네는 배울 필요가 없네! 저 젊은이라면 몰라도."

"저는 왜 아니됩니까?"

"자네는 사(邪)가 꽉 들어찬 몸뚱일세."

"사를 빼주십시오, 어르신."

"그렇다면 다짐을 받아둘 게 있네. 배워서 함부로 행하지 않겠다는 약조를 해야 할 것이야."

"예, 약조를 하겠습니다."

"내게 할 것이 아니라 묘향산과 백두산 신령님께 약조를 해야 해. 먼저 잠자는 시간 외에는 칠 일 동안 치성을 드려야 하는데 할 수 있겠는가?"

"여부가 있겠습니까. 장소만 알려주십시오."

"내가 앉았던 바로 그 자리일세."

전우치는 그 즉시 절벽 바위로 달려갔다. 전우치가 나가자 백발노인이 서경덕에게 말했다.

"자네는 쓸데없는 뇌를 많이 쓰고 있네. 몸을 돌보지 않고 하는 공부는 공부가 아닐세. 무릇 큰 그릇이 되기 위해서는 몸을 아껴야 하는 법, 건강한 몸에서 맑은 기운이 생긴다는 자연의 이치도 모르면서 무슨 격물치지를 한다고 건방을 떨었단 말인가!"

백발노인은 마치 그간의 서경덕을 옆에서 지켜보기나 한 듯이 큰 소리로 꾸짖었다. 서경덕도 무릎을 꿇었다.

"가르침을 주십시오."

"천지가 기 덩어리란 걸 아직 모르나?"

"기로 뭉쳐져 있다는 것만 알고 있습니다. 그 기가 몸에 실리도록 가르침을 주십시오!"

"자네는 도량이 넓고 어질어 아낌없이 가르쳐주겠네만, 옳지 못한 일에 사용하면 안 될 것이야. 자네는 세 번의 개안을 통해 진인(眞人)이 될 것인즉, 삼 년 동안의 격물치지로 한 번은 개안했고 앞으로 두 번의 개안이 더 남았다는 사실을 명심하게!"

"예, 어르신."

"사람은 숨을 쉬지 않으면 죽는 법, 숨을 쉰다는 것은 곧 천지의 기를 먹는 것이다. 밥만 먹고 기를 먹지 않으면 죽음에 이르게 된다는 것을 명심해야 한다. 기를 먹어야 사는 사람은 천지의 기를 다스릴 줄 알아야 진정한 사람(眞人)이 될 수 있는 것이니, 이는 인체의 정(精)과 기(氣)와 신(神)이 하나로 뭉쳐질 때 비로소 사람이 된다는 뜻이다.

정이 기를 낳고, 기가 신을 낳으니, 정이란 기의 근본적인 상태이다. 기가 모이면 정이 충만하고 정이 충만하면 기가 성하는 법, 정과 기가 서로 보양해야 신이 제대로 설 수 있는 것이다. 그것이 곧 정신이고 혼백인 것이다. 정신없이 사는 사람과 혼비백산한 사람은 죽은 사람이나 다름없다. 그러므로 정·기·신을 단련하는 것이야말로 참된 수양이다."

서경덕과 전우치는 백발노인에게서 천지의 기를 축적하는 공부를 배우기 시작했다.

갓난아기처럼 복부를 내밀며 쉬는 인간 본래의 호흡에서 시작해 어머니의 뱃속에서 숨을 쉬던 피부 호흡에 이르기까지, 숨쉬기 공부를 계속하였다. 또한 마음을 가다듬고 정신을 통일하여 무아정적(無我靜寂)의 경지에 도달하는 정신집중 수행을 지속했다. 이른바 선(仙) 수행이었다.

선(仙)은 우리 겨레의 오랜 정신세계였다. 흰옷을 즐겨 입는다는 것은 맑음을 생활화한 것이니 곧 정(精)의 상태이며, 그것이 바로 선인 것이다.

묘향산 백발노인 밑에서 백 일 동안 온몸과 마음을 다해 수련을 한 서경덕은 집착과 걱정과 불안에서 벗어나 무아의 경지에 이르는 진리를 터득하게 되었다. 이로써 서경덕은 두 번째 개안을 하게 된 것이다.

어느덧 시월, 단풍이 붉게 물든 묘향산은 마치 불에 타는 듯하였다. 어느 날 백발노인이 두 사람을 불렀다.

"이제 인연이 다한 듯하이. 나처럼 산을 지키는 사람들이 명산(名山)과 영산(靈山)에 부지기수로 많이 있다네. 그래서 우리 금수강산이 지켜지고 있는 것일세. 행여 인체부양이라든가 신선이 되겠다는 공연한 생각일랑 일체 거두고 백성들과 어울려 살게나. 장차 자네들은 중생을 교도하는 길을 걸을 것이야. 그것이 자네들의 운명이지. 수행을 한 사람의 몸엔 삿된 마음이 쉽게 파고드는 법, 그것을 물리쳐야 할 것이네. 우치, 자네는 특히 명심해야 하네!"

"예, 어르신."

"명심하여 지키도록 하겠습니다."

서경덕과 전우치는 무릎을 꿇고 머리를 조아렸다.

"내가 자네들에게 마지막으로 전해줄 것이 있네."

백발노인이 꺼낸 것은 산삼 두 뿌리였다. 노인은 서경덕과 전우치에게 각각 한 뿌리씩을 나누어주었다.

"조선에는 삼이 세 가지 있는데, 산에서 나는 것은 산삼(山蔘)이고 물에서 나는 것은 해삼(海蔘)이며 하늘에서 나는 삼은 비삼(飛蔘), 바로 까마귀일세. 산삼이나 해삼과 마찬가지로 비삼 역시 아무에게나 약이 되는 것은 아니지. 사람들은 겉이 검고 목소리가 아름답지 못하다 하여 까마귀를 천대하네만 까마귀는 죽음을 미리 아는 영조(靈鳥)라네. 사람도 마찬가지라네. 못나 보이는 사람이 비삼과 같은 사람일 수도 있지. 잘난 사람보다는 못난 사람 중에 진인이 많다는 것을 늘 명심하도록 하게."

"예, 어르신. 그동안의 가르치심에 깊이 감사드립니다. 만수무강하십시오."

서경덕과 전우치는 절을 올리며 백발노인과 하직하였다. 참으로 기이한 인연이었다.

묘향산에서 석 달 이상을 보낸 두 사람은 함흥을 거쳐 동해안을 따라 내려와 금강산을 가기로 했던 나머지 일정은 취소하였다.

송도로 다시 돌아왔을 때는 동짓달 초순이었다.

5

　반년여 만에 집으로 돌아온 서경덕은 식구들의 환대 속에 며칠을 쉰 뒤, 다시 공부 채비를 갖추었다. 원행 수련 덕에 심신이 가뿐했다.

　서경덕의 건강 회복을 확인한 터라 식구들도 굳이 말리지 않았다.

　이제 서경덕은 스스로 기를 다스릴 수 있었다. 적게 먹어도 힘이 솟았고, 호흡을 하면 할수록 머리가 맑아졌다. 아무리 머리를 써도 피곤하지 않았다. 기를 고르면 피부의 기공(氣孔)이 자연스럽게 열리면서 파도치는 소리가 전신을 넘나들었다. 그런 후엔 얼굴에 광채가 돌고 육감의 기능이 열렸다.

　서경덕이 이제부터 몰두하려고 하는 것은 바로 『주역』이었다.

　경전 중에 가장 어렵고 심오하며 가장 자연과 가깝다는 『주역』은 삼라만상과 천지운행의 법칙뿐 아니라 군자가 행해야 할 바른 도리와 실천 도덕이 다 망라된 경전이었다.

위편삼절(韋編三絶). 오죽했으면 공자가 심취하여 책 끈이 세 번이나 끊어질 정도로 읽었겠는가. 처음에는 단순한 점서(占書)로 출발하였으나 오랜 세월이 흐르면서 많은 학자들의 연구가 덧붙여져 사상과 철학과 교양의 경전으로 권위를 가지게 되었다. 그리하여 사서오경에 포함되었다가 이경(二經)이 떨어져 나간 사서삼경에까지 들었던 것이다.

'역(易)'

서경덕은 전에 궁리하던 습관대로 '역' 자를 써서 벽에 붙였다.

역은 삼라만상의 변화 뒷면에 숨은 불변의 법칙을 밝히려는 철학이었다. 고대 전설상의 왕인 복희씨에 의해 팔괘가 만들어졌고, 다시 여덟 개의 괘를 겹쳐서 64괘를 만들었다.

역에는 괘와 괘를 설명한 괘사(卦辭)가 있다. 각각의 괘엔 여섯 가지의 음과 양이 있는데, 그 음과 양을 효(爻)라 하고, 각 효를 설명한 것이 효사(爻辭)이다. 이러한 괘와 괘사, 효사까지 매우 복잡한 변화의 세계를 공부하는 것이 역이었다.

이렇듯 복잡오묘한 역을 꿰뚫겠다는 것은 어찌 보면 무모한 욕심일 수도 있었다. 평생을 바쳐 공부해도 터득할 수 없는 것이 역이라고 했다.

하지만 서경덕의 생각은 달랐다. 역은 분명히 사람이 만든 것이다. 사람이 만든 것이라면 꿰뚫을 수 있다. 서경덕은 그런 확신을 가지고 매달렸다.

서경덕은 '역' 자 밑에 태극, 태극 아래로 음과 양을 횡으로 나란히 붙여 놓고 궁리를 시작했다. 처음이 잘 풀려야 장차 모든 것이 막히지 않는다.

궁리하여 이치를 깨달으면 다음 단계로 나아갔다. 음과 양을 터득하면 음과 양이 낳은 네 가지의 형상인 태양, 소음, 소양, 태음으로 넘어갔다.

서경덕은 격물치지에 몰두하면서도 가정생활에 소홀하지 않았다. 몸도 함부로 대하지 않았다. 벽에 써 붙이는 버릇 외에는 모든 것이 달라졌다.

일단 격물치지에 들어가기 전에 심호흡을 하여 기를 충만하게 한 다음 정진하였으며, 이치가 잘 풀리지 않을 때는 산책으로 머리를 식혔다. 하나의 이치를 터득하는 데는 그리 많은 시간이 소요되지 않았다.

그렇게 역에 몰입하여 일 년이 되자 기본적인 이치를 꿰뚫을 수 있게 되었다.

그해 시월상달에 서경덕은 마침내 아버지가 되었다. 이랑이 아들을 낳은 것이다. 혼인한 지 3년만이었다. 식구들의 기쁨은 이루 말할 수 없었다. 이름은 응기(應麒)라고 지었다.

서경덕이 아들을 낳았다는 소식을 들은 전우치가 삼칠일이 지나자마자 찾아왔다.

"형님, 감축 드리우. 이게 다 묘향산 도인의 산삼 덕분이 아닌가 싶수. 그놈, 형님을 꼭 빼닮았수다."

"고맙네."

"조금 있어보우. 이놈 때문에 산다는 얘기가 나올 거유."

전우치 역시 묘향산에 갔다 온 다음 해에 아들 하나를 더 보았다.

그렇게 응기도 자라고, 서경덕의 역에 대한 이치도 자라고 있었다. 응기가 돌이 되었을 때 서경덕이 깨우친 역의 이치는 거의 마무리 단계에 접어들고 있었다.

역에 파묻힌 지 2년, 아침 서리가 하얗게 내려앉은 동짓날이었다.

동짓날은 일양내복(一陽來復)이요, 일양시생(一陽始生)하는 날이다. 하나의 양이 시작하는 날이니, 만물의 생동도 동짓날부터 움트는 법, 역을 꿰어가고 있는 서경덕의 입에서 감탄이 저절로 흘러나왔다.

'오, 만물이여! 스스로 행하는 자연이여! 동(動)하는 천지의 기여!'

서경덕은 붓을 들어 그 감동을 단숨에 써 내려갔다. '동짓날에 읊다[冬至吟]'이다.

> 양기가 불어와 한 소리 천둥이 되어 울리니
> 기운은 황종궁(黃鐘宮, 음악의 십이율)에 호응하여
> 이미 회관(灰管, 십이율의 관)을 움직이었네
> 샘의 물맛도 담박(淡泊)하지만
> 나무뿌리는 흙 속에서 움트기 시작하네
> 사람이 절기의 순환을 알면 도(道)는 먼 데 있지 않으니
> 세상은 간혹 이념이 바뀐다 하더라도 다스림은 되돌아오게 되네
> 넓고 큰 공부는 하기에 달렸으니
> 그대는 도에 통하여 지극한 벗들을 오게 만들라!

동짓날은 샘의 물맛[泉味]부터 달라져 맛이 한결 담박해진다. 또한 동짓날부터 온갖 식물이 봄 맞을 준비를 하니, 삼라만상이 겨울잠을 자는 듯하지만 실은 조금씩 기운을 움직이기 시작하는 것이다. 이렇듯 양이 싹트기 시작하는 동지나, 음이 싹트기 시작하는 하지는 음양조화의 기본이 된다.

마침내 서경덕은 역을 통한 삼라만상의 조화를 꿰뚫게 되었다.

그의 나이 스물다섯 되던 해였다. 역에 몰두하고 이치를 터득하기 시

작한 지 삼 년 만에 삼라만상과 천지의 운행법칙, 사람의 도리, 사상과 실천도덕의 조화를 꿰뚫었던 것이다. 또한 납기(納氣), 즉 하늘의 기운을 받아들여 천지와 기를 소통할 수 있게 되었으며, 만물과도 기를 소통시킬 수 있었다.

오랜 고행 끝에 해탈의 경지에 입문한 고승의 오도송(悟道頌)처럼 서경덕은 역의 도를 꿰뚫은 희열의 오도송 '천기(天機)'를 읊었다.

벽 위에 하도(河圖)를 붙여놓고

삼 년 들어앉아 공부를 했네

혼돈(混沌)하게 세상 시작되던 때 거슬러 올라보건대

음양과 오행은 누가 움직이게 했을까

이들이 상응하며 주고받고 작용하는 곳에

훤히 하늘의 기밀이 보이네

태일(太一)이 움직임과 고요함을 주관하며

만물의 변화는 천지의 회전을 따르네

음과 양의 풀무가 바람을 일으키고

하늘과 땅의 문이 열리고 닫히네

해와 달이 서로 오가며

풍우는 번갈아 흐렸다 갰다 하네

단단함과 부드러움이 서로 얽혀 움직이고

떠도는 기가 어지러이 날리네

사물을 나누어 갖가지 형체로 만들고

널리 흩어놓아 온갖 곳에 가득 차게 하였네

꽃과 풀은 스스로 푸르러 붉게 피었고

털짐승과 날짐승은 스스로 뛰고 날게 되었네

누가 그렇게 시킨 것인지는 알 수 없으니

조물주의 일은 기밀을 알기 어렵네

도는 어짐을 드러내지만 작용을 숨기니

극히 미묘한 넓은 작용을 누가 알리

보려 해도 볼 수 없고

찾아보아도 찾을 수 없네

그래도 사물의 이치를 미루어나가면

미묘한 발단을 어렴풋이 알게 되네

화살은 시위에서 나가고

군대는 깃발로 지휘하며

소는 코뚜레로 복종시키고

말은 재갈로 길들인다네

일의 법도는 멀리 있는 것이 아니니

하늘의 기밀인들 어찌 나를 어기리

사람들이 저마다 살아가면서

목마르면 마시고 추우면 옷 입으니

제 주위에서 원리를 배웠으나

근본에 대하여는 아는 이가 드물구나

모든 이상이 결국은 한 가지 목표에 귀착하고
길은 다르지만 마침내는 같은 곳으로 돌아가네
앉아서도 온 세상일을 알 수 있거늘
어찌 문밖으로 나가려 애쓰는가

봄이 돌아오면 어진 덕이 베풀어짐을 보고
가을이 되면 위세가 발휘됨을 알며
바람이 자면 달빛이 밝게 비치고
비 개인 뒤면 풀이 더욱 향기롭네
알고 보면 모두가 음양의 변화로 말미암은 것이며
사물과 사물은 서로 의지하며 존재하네
오묘한 기밀을 꿰뚫어 알고 나서
고요히 빈방에 앉아 있으니 광채 더욱 밝네

서경덕이 역을 꿰뚫었다는 소문이 입에서 입을 타고 알려지기 시작했다.

전우치는 신이 나서 '천기'를 퍼뜨리며 저잣거리를 누볐다. 서경덕이 보여준 천기를 전우치가 직접 필사하였던 것이다.

"송도의 서경덕이란 사람이 역을 꿰뚫었소. 이 천기를 보시오."

주역의 이치를 탐구하던 많은 사람들이 서경덕을 만나기 위해 송도로 몰려들기 시작했다.

가을로 접어드는 늦여름이었다. 전우치가 선비 두 사람과 함께 서경덕을 찾아왔다.

"형님, 잠깐 나오시오."

"왜 그러시는가?"

"한양에서 귀한 분들이 오셨소. 밖으로 나가서 얘기 좀 합시다."

전우치는 서경덕을 끌어내다시피 밖으로 데리고 나왔다.

"이분이 바로 복재 선생님, 서, 경 자 덕 자를 쓰는 분입니다."

전우치가 점잖고 품위 있어 보이는 선비들에게 서경덕을 소개하였다.

"만나서 반갑습니다, 복재 선생. 한양에서 내려온 모재(慕齋) 김안국 (金安國)입니다."

"저는 기재(企齋) 신광한(申光漢)이라 합니다. 뵙게 되어 광영입니다."

두 선비는 정중하게 서경덕에게 인사를 건넸다.

"이렇게 누추한 곳까지 찾아주시니 오히려 제가 영광이지요."

서경덕이 두 선비에게 답례를 갖추었다.

"자자, 길에 서서 이럴 게 아니라 목이라도 축이면서 얘길 나눕시다. 저를 따라오시지요."

전우치와 신광한은 평소부터 잘 아는 사이였다. 마침 김안국과 신광한이 개성 유수부에 공무차 오게 된 참에 김안국이 서경덕을 꼭 만나보고 싶다고 하자 신광한이 전우치에게 통기하여 길잡이를 하게 된 것이다.

일행은 만월대로 향했다.

만월대는 송도를 둘러싸고 있는 나성(羅城) 안에 있는 궁성과 황성을 통틀어 가리키기도 했고, 또한 궁궐 전체를 지칭하는 이름이기도 했다.

고려 왕조의 궁성인 만월대는 공민왕 10년(1361년) 홍건적이 불을 지른 후 거의 폐허가 되다시피 했다. 그래도 송도 사람들은 틈만 나면 만월대를 찾았고, 덕분에 만월대 주변에는 제법 흥청대는 저잣거리가 들어서게 되었다. 같은 저잣거리이기는 하되, 여느 저잣거리와는 품격이 달랐다. 선비들만 상대하는 기생집도 있었고 기생은 없지만 풍류를 즐길 수 있는 정자각이 즐비했다.

전우치의 안내로 일행은 정자각에 올랐다. 사면이 탁 트인 정자각은 풍광이 그만이었다. 일행이 앉자 주모 차림의 아낙이 잰 몸짓으로 정자각 아래에서 올려주는 주안상을 받아 네 사람 앞에 각각 독상을 보아주고 내려갔다.

"우선 한잔하십시다."

전우치가 술을 권하며 한양 선비들의 이력을 소개했다.

"모재께서는 일찍이 별시문과에 급제하셔서 승문원에 재직하시다 문과중시까지 급제하신 분입니다. 현재 사헌부 장령(정4품) 나리시고, 기재께서는 식년문과에 급제하셔서 금년(癸酉年. 1513년) 봄, 승문원 박사(정7품)로 등용되셨습니다."

"내직에 계셔서 뵙기 어려운 분들을 이렇게 만나 뵙게 되어 영광입니다. 한 분은 대간(臺諫) 관직이시고, 또 한 분은 옥당(玉堂. 홍문관) 관직이시니 참으로 귀한 분들이 아닙니까?"

전우치의 소개를 받은 서경덕이 또다시 예를 갖춰 말했다.

"과찬의 말씀이십니다. 오히려 저희 두 사람은 복재 선생을 만나게 되어 기쁘기 한이 없습니다. 앞으로 많은 편달 바랍니다."

나이가 들어 보이는 김안국이 점잖게 서경덕의 말을 받았다.

"편달이라니요? 당치 않은 말씀입니다. 저는 한낱 서생에 지나지 않습니다."

서경덕이 겸손하게 고개를 숙였다.

모재 김안국은 김굉필의 제자로, 그의 문하에서 조광조, 기준(奇遵) 등과 함께 공부한 수재였다. 김굉필은 도학의 정통 계열인 정몽주와 길재, 김숙자(金叔滋)로 이어지는 김종직의 제자였다.

김안국은 급제 후 여러 관직을 거쳐 지금은 남들이 부러워하는 청요직(淸要職) 자리에 있었다. 서경덕보다 열한 살 많은 서른여섯이었다.

기재 신광한은 세조 대왕 때 영의정을 지낸 신숙주(申叔舟)의 손자로, 어릴 때부터 조부에게 수학하였다. 서경덕보다 네 살 위인 스물아홉이었다.

학문에 밝고 주역에 관심이 깊은 김안국과 신광한은 조광조와 함께 신진사림의 수장으로서 장차 조정을 이끌어나갈 주역으로 촉망받는 인재였다.

"이런 좋은 날에 시 한 수가 없어서야 되겠습니까? 모재 나리께서 먼저 운을 떼시지요."

전우치가 나섰다. 정자각 옆에 머리를 풀어헤친 수양버들 속에서 매미도 흥을 돋우고 있었다.

네 사람은 만월대에 노을이 내려앉을 때까지 시를 짓고 시조가락을 읊으며 흥겨운 시간을 가졌다. 그러나 자리를 파할 때까지 누구도 역에 대한 이야기는 꺼내지 않았다. 대가(大家)는 대가를 보는 눈이 있다. 김안국이나 신광한도 역에는 조예가 깊은 사람들이었다. 눈빛으로 서로를 알고 인정하였던 것이다.

인연은 스스로 만들기도 하고, 누군가가 맺어주기도 하고, 바람처럼 스치기도 한다. 스스로 찾아 인연을 맺은 이들은 오래 묵을수록 장맛이 깊어지듯 생을 마칠 때까지 그 인연을 이어갔다.

집으로 돌아온 서경덕은 김안국을 떠올려보았다.

서경덕이 유심히 본 것은 김안국의 입이었다. 김안국은 위아래 입술의 조화가 분명했다. 그것은 말이 정직하고 마음이 착하며 문장에 재능이 뛰어남을 나타낸다. 입술이 두텁고 선이 분명하며 색이 붉은 것은 부귀를 보장함이며, 입 모양이 활처럼 옆으로 퍼지다 끝이 위로 향해 각궁(角弓)의 형태를 지었으니 이 또한 관록이 풍부한 군자(君子)가 될 것임을 상징하는 상이었다. 이가 치밀하고 반듯한 호치(皓齒)이니 장수할 것이요, 희고 은빛으로 빛나니 청아한 직품을 거느릴 명이었다.

실제 김안국은 그 후 승차를 거듭하여 예조참의(정3품)와 대사간(정3품)을 거쳐 공조판서(정2품)가 되었다. 1516년에는 『이륜행실도(二倫行實圖)』와 『여씨향약언해(呂氏鄕約諺解)』을 간행하였고, 1517년에는 백성들을 교화하라는 어명을 받고 경상도 관찰사(종2품)로 부임, 그 다음 해 『정속언해(正俗諺解)』 등을 간행하면서 학자로서도 그 본분을 게을리 하지 않았다.

그런 가운데 꾸준히 서경덕과 역에 대한 의견을 나누며 각별한 친분을 쌓아갔다.

신광한 역시 승차가 빨랐다. 홍문관 교리(정5품)와 공조 정랑(정5품)을 역임하고, 홍문관 전한(종3품)으로 경연의 시강관(侍講官)을 겸임했다.

김안국과 신광한이 조정에서 승차를 거듭하는 동안 서경덕 또한 점차 이름이 알려져 조정은 물론 조선 팔도에서 도포짜리라면 그의 이름을 모르는 사람이 없을 지경이었다.

그러나 이 무렵 조정에는 이상한 기운이 뻗치고 있었다.

결코 벼슬길에 들지 않으리라.

서경덕은 맹세하듯 되뇌이며 방으로 들어왔다.

자신에게 닥칠 고난이 두려운 것이 아니었다.

자신 한 몸에 그칠 형극이라면 무엇을 아끼며 무엇을 주저하겠는가.

진정 두려운 것은 사람과 학문의 근간이 뒤흔들릴 것이라는 점이었다.

이제 다시 한 번 사림에 피바람이 분다면 학문은 회생불능으로 빠져들 것이다.

산불이 그친 자리는 바람이 생명을 품는다지만

학문이 끊긴 자리는 수십 년이 지나도 복구하기가 쉽지 않은 법.

누가 학문을 두루 펼쳐 어진 정치를 세워 백성을 구할 수 있단 말인가.

벼슬에 들어 뜻을 펼치는 것만이 정치이겠는가.

1

중종 14년(1519년) 정월.

입춘이 코앞이었으나 동장군의 기세는 여전히 칼끝 같았다. 송악산에서 바람이 불어치는 날이면 서경덕의 초가 처마에는 어김없이 고드름이 주렁주렁 매달리곤 했다.

그즈음, 민기(閔箕)라는 청년이 모재 김안국의 서찰을 가지고 서경덕을 찾아왔다.

처음 보는 청년임에도 한눈에 마음이 갈 만큼 눈매가 깊고 시원했다.

"올해 몇이신가?"

서경덕은 늘 그랬듯이 나이 어린 민기에게도 하대를 하지 않았다.

"열여섯입니다."

"열여섯이라……."

민기는 열여섯이 아니라 스무 살 남짓 되어 보일 정도로 용모가 조숙

했다. 지체 있는 집안에서 귀하게 자란 티가 역력했다. 민기는 정3품 참의 벼슬에 있었던 민효손(閔孝孫)의 손자로, 아버지는 현령 민세류(閔世瑠), 어머니는 장령(정4품) 이인석의 딸이었다.

"그래, 모재 공이 보내셨다고?"

"예, 경상도 관찰사로 계시던……."

"그럼, 지금은 관찰사가 아니시더란 말인가?"

"예, 대감께서는 인년(寅年) 말에 경상도에서 한양으로 오셨습니다."

"인년이면 작년이 아니던가? 그랬구먼. 그래, 지금은 무슨?"

"의정부의 우참찬으로 계십니다."

참찬(參贊)은 의정부 소속 관직으로 정2품에 해당되었다. 위로는 삼정승과 좌우찬성이 있을 뿐인 의정부의 서열 6위에 해당하는 높은 지위로 판서, 대제학, 판윤, 도총관 등과 같은 품계의 관직이었다.

의정부는 고려 때 '도평의사사(都評議使司)' 라고 하던 것을 조선조에 들어 정종 2년에 개칭한 것으로, 모든 조정의 일과 관원을 총괄하는 최고의 관청이었다.

"우참찬이 되셨다면 영전이 아니신가. 그렇지, 모재 공이야말로 그 직분을 능히 해내실 분이시지. 이제야 제대로 자리를 잡으셨군. 그렇잖아도 궁금했는데, 참으로 잘된 일일세."

서경덕의 얼굴에 진실로 기쁜 기색이 어리었다.

민기는 짧은 시간임에도 서경덕에게서 느껴지는 인품과 위엄에 절로 머리가 숙여졌다.

서글서글하면서도 깊이 있는 눈빛은 모든 것을 다 내다보는 듯했고, 얼굴 한가운데에 반듯하고 높게 자리한 코는 어린 민기의 눈에도 좀처럼 변하지 않을 굳센 의지로 비춰졌다. 게다가 맑은 이마에 짙으면서도 알맞게 잘 뻗어간 눈썹이 보기 좋거니와, 커다란 귀 또한 군자다운 풍모가 역력했다. 무엇보다 온화하면서도 기품이 느껴지는 표정은 대하는 이를 서서히 압도하는 힘을 담고 있었다.

한양에서 많은 사람들의 입에 오르내리는 것이 과연 뜬소문만은 아닌 듯했다.

서경덕은 김안국의 서찰을 조심스럽게 열었다. 그가 경상도 관찰사로 있을 때는 가끔 서신 왕래가 있었으나 근간에는 통 소식이 없던 터였다.

서찰에는 안부를 묻는 것으로 시작하여 몇 가지 부탁과 함께 신광한의 근황이 첨언되어 있었다. 홍문관의 전한(종3품)으로 있던 그가 대사성으로 승차되었으며, 사헌부의 총수로 있는 대사헌 조광조와 더불어 연계하고 있다는 내용이었다.

대사성이라면 정3품으로 성균관의 으뜸 벼슬이었으니 사간원의 대사간, 참의, 부제학, 도승지 등과 같은 품계였다.

몇 년 전 찾아왔던 신광한의 얼굴이 떠올랐다. 소신이 있는 선비라고 느꼈는데 성균관의 대사성이 되었다면 훌륭한 선비들을 많이 배출할 것이었다. 게다가 대사헌인 조광조와 연계하고 있음에랴.

사헌부는 예로부터 백부(柏府), 상대(霜臺), 오대(烏臺) 등의 별칭으로 불리며, 각사(各司)나 지방에 감찰을 파견하여 부정을 적발하고 그에 대해 법을 적용하여 처벌하는 등의 사법권을 쥐고 있었다. 그리하여 형조, 한성부와 더불어 삼법사(三法司), 또는 출금삼아문(出禁三衙門)이라고도 일컬었다. 또한 사헌부와 사간원을 병칭하여 그 소속 관원을 모두 대간

(臺諫)이라 불렀다.

당시 사헌부의 기능은 어마어마해서 미치지 않는 곳이 없었다.

우선 언론활동을 적극 수행하는 기관으로 사간원과 함께 언론양사로 불리며 탄핵은 물론 간쟁, 인사, 시정 등을 주도했다. 대간의 서명인 서경(署經)이 있어야 관원의 고신(告身), 즉 임명장이 효력을 발휘했으니 새로 임명된 5품 이하의 관원들은 인사발령이 나더라도 삼사와 승지들에게 '서경'을 받아야 했다.

게다가 소속 관원들은 의정부, 육조의 대신들과 조계(朝啓)라든가 상참(常參)에 참여했으며 정치와 입법에 관한 논의에도 활발하게 참여하였다.

또한 관원은 시신(侍臣)으로서 왕을 모시고 경서와 사서를 강론하는 자리인 경연과 세자를 교육하는 자리인 서연에 입시하였고, 왕의 행행(行幸)에도 반드시 호종(扈從)하였다.

법령의 집행, 백관에 대한 규찰, 죄인에 대한 국문·결송(決訟) 등 법사도 빼놓을 수 없는 사헌부의 기능이었다.

사헌부는 이처럼 조정의 대소신료는 물론 임금까지 탄핵할 수 있는 최고의 감찰기관이었던 것이다. 뿐만 아니라 시정(時政)의 잘잘못을 논의하고 관리들의 잘못을 꾸짖어 기강을 진작하였으며 백성의 풍속까지 바로잡는 서릿발 같은 기세를 지니고 있었다.

사헌부는 사간원, 홍문관과 함께 삼사(三司)라고 하였으며 삼사에 재직하는 관원 모두를 언관(言官)이라 불렀다.

서찰 내용으로 짐작컨대 젊고 강직한 선비들이 삼사를 중심으로 모여들고 있는 듯했다. 임금에게 직언을 고하는 것이 언관의 직분임을 감안하면 이는 반정공신 세력을 견제하기 위한 조광조의 의도적인 포석일 터였다.

반정공신 세력을 훈구파라고 불렀다. 훈구파는 남곤, 심정, 홍경주 등이 었는데 벌써 십삼 년간이나 조정을 손아귀에 넣고 좌지우지하고 있었다.

서경덕은 한양 돌아가는 사정을 얼추 알 수 있게 되었다.

"먼 길을 오느라고 수고가 많았네. 푹 쉬도록 하시게."

"아닙니다. 유수청에 잠시 들렀다가 다시 오겠습니다."

"유수청에 볼일이 있으신가. 그럼 다녀오시게."

민기가 유수청으로 떠난 뒤, 서경덕은 자신의 방으로 들어와 김안국의 서찰을 다시 펼쳐 찬찬히 읽었다.

서찰에는 서경덕을 조정에 천거(薦擧)한다는 내용과 함께 머지않아 개성 유수로부터 전갈이 있을 것이라는 말도 덧붙어 있었다.

또한 화담과 함께 금상을 가까이 모시고 조정의 일을 함께 논한다는 것이 무척 기대가 되며, 화담이 참여하게 되면 작금에 추진하는 지치주의(至治主義)를 실현하기가 한결 쉬워지리라는 등의 내용이 깨알같이 적혀 있었다.

천거란 하급 관리나 벼슬을 하지 않고 은거하는 선비 가운데 학행이 뛰어나고 덕망이 높은 인물을 현직 고관이나 지방관의 추천으로 조정에 발탁하는 것을 말하였다.

김안국은 서경덕과 인연을 맺은 뒤 누차 과거에 응시할 것을 종용해왔다. 하다못해 생원이나 진사가 되는 사마시(司馬試)라도 치를 것을 권유했으나 서경덕은 그때마다 때가 아니라는 말로 완곡하게 청을 물리곤 했다.

서경덕은 깊은 생각에 잠겼다.

'천거와 지치주의라. 지치주의를 추구한다면 이상정치를 실현하겠다

는 뜻일 터이나…….'

천거는 그렇다 쳐도 지치주의는 결코 쉬운 일이 아니었다.

지치(至治)는 본래 『서경』「군진편(軍陳篇)」의 '지치형향(至治馨香) 감우신명(感于神明)'에서 따온 말로, '잘 다스려진 인간세계의 향기는 신명(神明)을 감명시킬 수 있다'는 뜻이다. 곧 지치주의는 요순시대와 같은 이상사회를 실천하겠다는 것이니, '사회는 개인이 모여서 이루어진 것이므로, 수양에 의해 하늘과 하나인 존재를 실천하는 개인들만으로 사회가 구성될 때 지치의 사회는 저절로 이루어진다'는 꿈같은 세계였다.

그 근본은 '하늘의 뜻이 인간의 일과 분리되지 아니한다〔天理不離人事〕'는 것으로서, 결국 사회 구성원인 개개인이 모두 수양을 하여 성인(聖人)이 되는 것으로 귀결되었다.

지치. 뜻이야 지고지순하지만 결코 쉬운 문제가 아니었으니 특히 왕에 이르러서는 더욱 그러하였다. 왕을 성인으로 수양시키는 일이 어디 쉬운 문제인가. 더욱이 나랏일을 돌보는 것과 학문 경연을 통한 수양의 균형을 이루는 일도 충분히 어려움이 예견되는 터, 어쨌든 지치주의 운동은 극단적으로 왕이 수양을 하더라도 성인에 이르지 못하리라 판단될 경우 가능성이 있는 다른 사람으로 대치하는 매우 위험한 방법까지도 품고 있었던 것이다.

서경덕은 김안국의 서찰을 여러 차례 되풀이하여 읽었다.
'지치주의, 그리고 금상을 가까이에서 모시고…… 현량과에 천거를 하였다?'

현량과는 중종 13년(1518년), 조광조가 홍문관 부제학으로 있을 때 발의하여 윤허를 받은 이른바 인재등용책이었다. 초야에 묻힌 덕망 높고 뜻있는 선비들을 천거하여 기용하자는 취지였다.

서경덕으로서는 응당 기뻐해야 할 일이었다. 그렇지 않아도 근근이 연명하고 있는 명색뿐인 양반이었다. 먹고사는 일이 시급해 남의 소작까지 부쳐야 하는 형편이었으니 몰락 양반이나 다를 게 없었다. 몰락 양반은 차라리 농사꾼이나 상인이 되느니만도 못했다. 이참에 가난의 짐도 덜고 허울만 남아 있는 가문도 빛낼 수 있는 좋은 기회였다.

그러나 서경덕은 어쩐지 마음이 무거웠다. 그래도 이 사실을 어머니에게 고하는 것이 순서라 생각하고 안채로 들어섰다.

"아범이 웬일이신가. 안방 출입을 다하고……."

"드릴 말씀이 있습니다."

"말해보시게."

경덕은 글을 모르는 어머니를 위해 서찰을 읽어드렸다.

서경덕이 서찰을 다 읽자 어머니가 크게 기뻐하며 말하였다.

"이런 경사가……. 참 잘되었네. 내 아들이 조정의 녹을 먹는 사람이 된다니 이제 조상님네 뵐 낯이 서겠어. 성은이 이리도 망극할 수가 있나."

얼마나 학수고대하던 일인가. 경덕에게 기대하던 것이 바로 입신출세요, 그것만이 한씨의 평생소원이었다.

"아범, 얼른 한양으로 갈 채비를 해야 할 게 아닌가. 서두르시게. 나는 집안에 경사가 났으니 동네 어르신들 모시고 잔치라도 벌여야겠네. 참으로 장하이."

어쩔 줄 몰라 하는 어머니의 모습에 서경덕도 잠시 흐뭇한 마음이 일기는 했으나 그것도 일순간, 속으로는 도리어 깊은 수심이 일었다. 주역을 꿰뚫었으되 어머니 생각에 잠시 분간을 놓았으니 이건 생각할수록 기뻐할 일이 아니었다.

'관직을 갖는다? 하지만 지금까지 공부한 것이 벼슬살이를 하자고 한 것은 아니지 않은가. 내겐 아직도 해야 할 공부가 많이 남지 않았는가?'

그러나 연로해가는 어머니의 얼굴과 밤낮 없이 허드렛일로 생계를 유지하는 처 이랑, 그리고 굶기를 밥 먹듯 하는 어린 자식들의 모습이 겹겹이 눈앞에 매달렸다.

이랑은 그동안 아들 응기 밑으로 딸을 하나 더 낳았다. 서경덕은 화초같이 예쁘고 귀여운 딸의 이름을 초로(草露)라고 지어주었다. 이랑의 몸이 튼실하지 못한 탓에 응기와 터울이 다섯 살이나 되었다.

그러나 집안 사정이 그러할지라도 섣불리 벼슬판에 뛰어들 일이 아니었다. 후학을 지도하는 학자, 그것이 서경덕이 늘 마음에 품었던 뜻이었다. 벼슬은 애당초 서경덕의 마음을 사로잡을 수 있는 방편이 아니었다.

서경덕은 어머니께 생각할 일이 있다며 문안을 드리고 방을 빠져나왔다. 마음이 천근만근 무거웠다.

2

이내 밤이 되었다.

서경덕은 궤안 옆에 지필묵을 당겨두고 묵상에 잠겨 있었다. 오늘 안으로 민기 편에 들려 보낼 서찰을 써야 했다. 이것은 단순히 격식을 차리는 답지(答紙)가 아니었다. 서경덕은 자신의 운명이 갈릴 중차대한 고비에 서 있음을 직감적으로 느끼고 있었다.

그때 마침 민기가 다시 찾아왔다.

"앉으시게."

서경덕의 권유에 민기는 조용히 두루마기 자락을 걸으며 마주 앉았다.

"그래, 유수부 일은 잘 보셨는가?"

"예, 모재 대감께서 보내신 서찰 하나를 전달하고 왔습니다."

"그러셨나. 수고 많으셨네. 편히 쉬시게나."

"저는 괜찮습니다."

"아닐세, 젊을 때일수록 몸을 잘 돌보아야 하는 법이라네. 나는 잠시 생각 좀 해야겠네. 자네는 그냥 편히 쉬시게."

서경덕은 마음을 가다듬는 듯하더니 이내 묵상에 들며 깊게 숨을 빨아들였다.

서경덕이 묵상에 드는 사이 민기는 방 안을 찬찬히 둘러보았다. 그러나 살필 것도 없었다. 방에는 조그마한 궤안 하나와 구석구석 쌓아놓은 책 더미뿐이었다. 겨울임에도 구석 모서리에 개켜져 있는 것은 홑이불이었고, 벽에는 곱게 손질한 의복 한 벌과 허드레로 입는 바지저고리 한 벌, 값싼 갓 하나만이 걸려 있었다.

'명성 높은 분의 살림이 고작 이러하다니……'

유복하게 자란 민기는 이와 같은 청빈한 선비의 방문턱을 넘어본 적도 없었다. 한양의 선비들은 아무리 가난하다 한들 이처럼 빈곤한 생활은 아니었다. 민기는 또 한 번 머리가 숙여졌다.

그러다가 서경덕을 살피던 민기는 눈을 커다랗게 떴다.

'숨을 멈춘 채가 아닌가.'

궤안 앞에 정좌한 서경덕의 코끝에서 전혀 숨결의 낌새가 느껴지지 않았다. 민기는 속으로 숫자를 헤아리기 시작했다.

밖은 찬바람이 늑대 울음을 울며 몰이꾼의 짧은 외마디소리처럼 휙, 휙, 휘몰아치고 있었다. 민기는 두툼한 솜옷을 입었는데도 한기를 느낄 정도였으나 서경덕은 홑옷 차림이건만 전혀 추위를 느끼지 않는 것 같았다.

삼백을 넘게 헤아린 뒤에야 민기는 서경덕의 콧수염에서 반짝이는 빛을 볼 수 있었다. 인중을 경계로 하여 양옆의 콧수염이 찬 공기에 살짝 얼음 빛을 발하고 있었던 것이다.

이제야 숨을 내쉬고 있구나, 민기는 비로소 안도의 한숨을 쉬었다. 하지만 유심히 보지 않으면 숨을 끊고 있는 그대로였다.

'저것이 말로만 듣던 도인호흡법이란 말인가?'

코끝에 깃털을 대어도 움직임을 느낄 수 없다는 극단의 숨고르기, 서경덕은 오랫동안 그렇게 앉아 있었다. 마치 신선의 자태처럼 고요한 모습이었다.

그랬다. 서경덕은 도인호흡으로 단전에 기를 모으고 영기를 다스려 운기를 헤아리고 있었다. 굳이 염파(念波)까지 나아가지는 않았다. 염파법은 몸에서 분리시킨 영기(靈氣)를 천상에 올려 앞날을 살피는 절륜의 기행술로, 원하는 시기의 사태를 훤히 내다볼 수 있었다. 그러나 굳이 염파를 행할 것 없이 운기를 헤아려 짚은 괘해(卦解)만으로도 모든 것의 앞뒤가 명료했다. 서경덕의 이마에 땀방울이 맺히기 시작했다.

한참이 지난 후 서경덕은 실눈을 뜨며 낮게 중얼거렸다.

"결국 또 피바람이 분단 말인가."

서경덕은 다시 눈을 감은 채 묵상에 잠겼다.

정치란 힘과 욕(慾)의 균형이다. 음과 양도 균형이 맞을 때 생성(生成)의 매듭을 이루는 법, 헤아려보매 작금의 조정은 생성의 매듭을 지을 새도 없이 균형의 정점을 넘어섰다. 개혁을 앞세운 조광조의 기는 급(急)과 격(激)이니, 털끝만큼의 양보나 타협이 없을 것이다. 지치(至治)의 도를 앞세움은 무엇인가. 전주(前主)를 내몰고 권력을 장악하여 그 권세를 지금껏 누리고 있는 반정공신을 돌이킬 수 없는 사(斯)로 규정했음이 아닌가. 결국, 한판 싸움은 피할 수 없을 터, 수세 쪽에서 치고 나올 싸움에서 그 수순이 온당하고 정당할 리 없다. 반정공신이 누구인가. 그들은 음모와 권모술수에 능하며, 게다가 순순히 물러서기에는 가진 것이 너무 많다. 그것은 곧 욕(慾)이니, 욕은 수세에 몰릴수록 그 독이 강해진다. 지난 무오년과 갑자년 사화의 발단이 무엇인가. 작은 보신욕(保身慾)이 부른 화가 아니던가.

조광조가 급히 서두를수록 그 시기는 당겨질 것이다. 자신에게 이미 천거의 파발이 당도했음에랴. 훈구파는 이제 본격적으로 보이지 않는 곳에서 행보를 거듭할 것이다. 이들과 맞서 어심(御心)을 얻기에는 조광조의 기가 지나치게 맑고 선명하다. 곧 투쟁과 살육이 창궐하리라.

서경덕은 감고 있던 눈을 천천히 떴다.

"이보게, 민기. 내가 얼마나 이렇게 있었는가?"

아직도 밖은 찬바람만 소리 내어 울고 있었다. 추위에 올빼미마저 입을 닫았는지 바람 소리 외에는 아무 소리도 들리지 않았다.

"두어 시각은 된 듯싶습니다."

"그랬나. 미안하지만 밖에서 솔가지 좀 꺾어 오시겠나?"

"솔가지를 말씀입니까?"

"조그만 것 하나면 되겠네."

민기가 밖으로 나가 솔가지를 꺾어 방으로 들어왔을 때 서경덕은 눈을 감은 듯 뜬 듯 부처처럼 앉아 있었다. 얼굴에는 조금 전보다 은은한 생기가 돌았다.

"수고했네. 피곤할 터이니 먼저 눈을 붙이시게. 잠자리가 좀 불편할 걸세."

"괜찮습니다. 괘념치 마십시오."

"미안하게 생각할 거 없네. 자리에 누우시게."

방 한쪽 모서리에 이부자리가 깔려 있었다.

서경덕은 또다시 허리를 꼿꼿하게 펴고 정좌를 한 다음 솔가지를 두 손으로 감아쥔 채 한동안 눈을 감았다. 그러고는 솔잎이 다치지 않게 솔가지를 세 마디로 꺾은 뒤 세 마디 가운데 하나를 손에 들었다. 그 다음 마디에 붙어 있는 솔잎들을 센 뒤 솔잎 하나를 궤안 위에 횡으로 놓았다.

또다시 방금 솔잎을 셌던 솔가지를 다시 센 뒤 처음처럼 횡으로 놓았다. 두 번째 마디도 똑같은 방법으로 하였다. 그러나 궤안 위에 놓는 것이 달랐다. 두 번째 마디의 처음 솔잎을 센 것은 첫 번째 마디처럼 횡으로 놓았는데 두 번째 센 것은 종으로 놓았다.

마지막 마디까지 같은 방법으로 하여 모두 다 세었을 때, 궤안 위에는 횡으로 놓여 있는 솔잎이 세 개, 종으로 놓여 있는 솔잎이 세 개였다.

"비괘(否卦)가 나왔군. 음, 비괘라……."

'비괘?'

민기는 그것이 무엇을 말하는지 알 수 없었다. 민기는 서경덕의 행동을 놓치지 않고 유심히 관찰했다.

원래 작괘(作卦)를 할 때는 정성을 다하는 것을 으뜸으로 한다. 먼저 목욕재계하고 마음을 차분하게 가라앉힌 다음, 정신을 모아 양손으로 서죽(점을 칠 때 쓰는 산가지)을 모아 쥐고 어떤 일의 가부(可否)를 밝혀달라는 염을 하면서 괘를 얻는 것이 일반적인 서법(筮法)이었다.

그러나 서경덕은 그런 작괘법을 쓰지 않았다. 그에겐 서죽이 필요 없었다. 두어 시간에 걸쳐 정신을 모으고 나면 지금처럼 소나무 가지로도 할 수 있었고, 꽃잎이나 풀잎, 냇물의 굽이라든가 지붕 위에 열린 박을 보고도 할 수 있었으며, 심지어는 상대방의 얼굴만 가지고도 작괘를 할 수 있었다.

서경덕이 솔가지를 세 마디로 꺾어 처음 횡으로 놓은 셋은 초효, 이효, 삼효였다. 그것을 안괘(내괘 또는 하괘)로 하였는데 모두 음(- -)으로만 되어 있었다. 이것은 팔괘인 천택화뢰풍수산지(天澤火雷風水山地)의 하나로, 지괘(地卦, ☷)였다.

그 다음 종으로 놓은 셋은 사효, 오효, 상효로 바깥괘(외괘 또는 상괘)였다. 모두 양(一)으로만 되어 있었으며, 이것은 여덟 개의 괘 가운데 하나인 천괘(天卦, ☰)였다.

이들 하나씩인 천괘와 지괘를 역학 용어로 소성괘(小成卦)라 불렀으며 두 개의 소성괘를 상하로 포갠 것이 대성괘(大成卦)로서 역경 64괘의 하나인 천지비(天地否)였다.

괘명(卦名)을 읽을 때는 바깥괘를 먼저 읽고 안괘를 다음으로 읽는다. 그러기에 작괘를 했을 때는 지괘가 먼저였으나, 천을 먼저 읽고 지를 다음으로 읽어 천지(天地)가 된다. 여기에 천지의 괘상인 비(否)를 합쳐서 천지비로 부르는 것이다.

서경덕은 밖으로 나갔다.

방문을 열자 밤바람이 차갑게 달라붙었다. 하지만 서경덕은 한기를 느끼지 못했다. 작괘마저 이렇게 흉하다니.

서경덕은 고개를 들어 하늘을 보았다. 구름 한 점 없는 밤하늘엔 별이 가득했다.

예로부터 별은 인간세상의 길과 흉을 점지해주는 성도(星圖)로 존중받았다. 하여 선인들은 별빛의 강도, 굴절, 색상, 형태, 움직임의 변화를 통해 천기를 읽고 길흉을 점치기도 하였다.

서경덕은 한참 동안 별들을 쳐다보았다.

동에서 남으로, 남에서 서로, 서에서 북으로 그리고 마침내 자신의 정수리를 겨누고 있는 하늘의 중심, 천정(天頂)을 올려다보았다. 북두칠성이 뚜렷한 국자 모양으로 빛나고 있었다.

서경덕은 일곱 개의 별 가운데 국자 머리 부위의 두 별, 천추성(天樞星)과 천선성(天璇星)을 눈에 실은 다음, 두 별 사이의 폭을 머리에 담았다. 그리고 곧장 두 별을 일직선으로 연결하여 그 폭의 다섯 배 정도로 눈을 옮겼다. 별 하나가 그의 눈에 안기듯 들어왔다. 북극성이다.

서경덕은 북두칠성과 북극성의 변화를 자세히 살펴보았다.

빛의 밝기가 전과 달랐다. 푸르되 거칠었으며, 밝게 발하되 붉게 요동치고 있었다.

"피할 수 없단 말인가."

서경덕은 나지막이 소리쳤다. 모든 것이 하나로 귀결되고 있었다. 손바닥이 땀으로 흥건하게 젖었다.

'결코 벼슬길에 들지 않으리라.'

서경덕은 맹세하듯 되뇌이며 방으로 들어왔다. 가족에겐 미안하지만 어쩔 수 없었다.

자신에게 닥칠 고난이 두려운 것이 아니었다. 자신 한 몸에 그칠 형극이라면 무엇을 아끼며 무엇을 주저하겠는가. 진정 두려운 것은 사람과 학문의 근간이 뒤흔들릴 것이라는 점이었다.

이미 살핀 대로 머지않은 시기에 한바탕 회오리가 사림을 쓸고 지나 갈 것이니, 그리하면 젊은 유생들과 선비들이 낙엽처럼 스러질 것이었 다. 지난 갑자년과 무오년 사화를 통해 얼마나 많은 선비와 기개를 잃었 는가. 이제 다시 한 번 사림에 피바람이 분다면 학문은 회생불능으로 빠 져들 것이다. 산불이 그친 자리는 바람이 생명을 품는다지만 학문이 끊 긴 자리는 수십 년이 지나도 복구하기가 쉽지 않은 법, 누가 학문을 두루 펼쳐 어진 정치를 세워 백성을 구할 수 있단 말인가.

'벼슬에 들어 뜻을 펼치는 것만이 정치이겠는가.'

서경덕은 궤안 앞에 앉아 지필묵을 당겼다.

애당초 마음먹었듯 초야에 묻혀 천지의 이치를 궁구하고, 후학을 양 성하는 것이 자신의 소명임을 서경덕은 거듭 가슴에 새겼다. 뜻이 꺾여 도 다시 그 뜻을 세워 일으킬 젊은 씨앗들을 품어 키우리. 자신의 공부를 위해 긴 길을 돌아왔듯, 이제 다시 스승의 긴 길을 뚜벅뚜벅 가야 할 것 이었다.

민기는 방 한구석에 웅크려 깊은 잠에 빠져 있었다.

'좋은 선비가 될 재목이다. 언젠가 강단을 마주하고 앉게 되리라.'

서경덕은 먹을 갈며 한동안 잠든 민기를 바라보았다. 짙은 먹향이 방 안을 가득 채웠다.

서경덕은 길게 숨을 내쉰 뒤, 김안국에게 보내는 서찰의 초를 잡았다. 이어 작괘하여 얻은 괘상을 써 내려갔다.

비(否)는 소인이 날뛰는 때로서 군자가 눈에 띄는 지위에 있으면 반드시

모함을 받아 해를 입는다고 역에 나와 있습니다.

공께서도 잘 아시겠지만 원래 양은 위로 올라가는 성질을 가지고 있고, 음은 아래로 내려가는 성질이 있지 않습니까. 하여 천지비는 음과 양이 합쳐지는 것이 아니라 시간이 지날수록 한없이 떨어지고 있는 형상입니다.

천은 끝없이 우주를 향하여 치솟고, 지는 끝없이 땅속을 향하여 내달려 결합이라든가 합리적인 것은 생각할 겨를도 없이 극과 극을 향하는 것으로, 이는 반목과 질시, 모함과 음모, 투쟁과 살육이 창궐한다는 의미도 내포하고 있다는 것을 말씀드립니다.

또한 음이 안[내괘]에 있고, 양이 밖[외괘]으로 내쫓기는 형국을 하고 있으니, 이는 소인(小人)에 의해 군자(君子)가 내쫓긴 것이므로 군신상하의 뜻이 폐쇄되어 통하지 않는 것입니다.

이러한 세상에서는 군자의 정도가 받아들여지지 않을 것으로 사료됩니다.

그러하오니 말을 삼가함은 물론 무리 짓는 행동을 삼가고 은인자중하여 때를 기다려 뜻을 펼치시기 바랍니다.

부디 깊은 혜안으로 정국을 이끌어가는 것이 상책이라 생각됩니다. 꼭 명심하여 바른 처신을 하시기 바랍니다.

그리고 마지막으로, 학문에 정진하고 있는 중이라 이번 천거에 응할 수 없음을 정중히 사과하였다. 그러나 천문을 보았던 일은 첨언하지 않았다.

붓을 놓은 서경덕은 또다시 깊은 생각에 빠져들었다.

서경덕은 김안국의 학문과, 나라를 위하고 눈먼 백성을 위해 불철주야 혼신을 다하는 점을 높이 사고 있었다. 더욱이 청렴청빈한 그의 인생

관은 서경덕과 깊이 통하고 있었다. 그래서 더 안타깝고 가슴이 아팠다. 마음 같아서는 당장이라도 달려가, 이제 그만 정치를 접고 그 높은 뜻을 후학을 위해 써달라고 권하고 싶었다.

다음 날 아침.
민기는 이른 조반을 먹고 한양으로 떠났다.
송도를 빠져나와 한양으로 걸음을 재촉하는 동안에도 민기의 머릿속에서는 서경덕의 모습이 지워지지 않았다.
모재에게 들어 익히 알고 있었으나 실제 만나보니 그 풍모며 위엄이 기대보다 차고 넘쳤다.
'저런 스승을 모신다면 얼마나 좋겠는가.'

3

민기를 떠나보낸 서경덕은 안채로 들어갔다. 한씨는 이미 기침하여 의복은 물론 머리단장까지 끝낸 뒤였다.

"웬일이신가? 이른 아침에."

"드릴 말씀이 있습니다."

서경덕은 어머니 앞에 무릎을 꿇고 앉았다.

"말씀하시게."

그래도 양반 가문이었다. 한씨는 언제나 자식들에게 '하게'로 대하였다.

"……."

"한양 갈 준비는 잘 되고 있는가?"

"그게 아니옵고……."

"아니면 무엇이란 말인가? 내 빚을 내서라도 잔치도 하고 노자도 두둑하게 준비할 터이니 걱정 마시게. 천거된 터에 무에 걱정이 있겠나."

서경덕은 가슴이 저미어왔다. 저렇듯 기대에 차 있는 노모를 어떤 말로 설득한단 말인가.

차마 말을 못하고 있는 경덕의 눈에 회초리가 눈에 띄었다. 아들들이 다 장성했음에도 어머니는 늘 회초리를 곁에 두고 지냈다. 그것은 어머니의 꼿꼿한 자존심이기도 했다. 물론 경덕은 한 번도 회초리를 맞은 적은 없다. 어머니는 엄한 훈계를 할 때면 스스로의 종아리를 쳤다.

어렸을 적이었다.

삼대째 내려오는 가난한 가문이었으므로 항상 배가 고팠다. 마침 한 동네에 사는 김 진사 댁에 환갑잔치가 있다는 말을 듣고 두 동생을 데리고 갔다. 거기서 잘 얻어먹은 뒤 어머니를 드리기 위해 부침개 몇 조각과 떡 여남은 개를 싸가지고 돌아왔다. 그날 어머니는 그 회초리로 당신의 몸을 사정없이 때리고 또 때렸다.

"천거에 불응할까 합니다."

"천거에 불응이라니? 아범, 지금 무슨 말을 하시는 겐가?"

"못 다한 학문이 남아 있어섭니다."

"그건 또 무슨 말인가? 공부는 해도 해도 끝이 없는 법, 어찌 다할 수 있겠나. 다만 아범의 공부가 조선 팔도에 손꼽을 만하여 천거를 한 것이 아니겠는가. 조정의 생각뿐만 아니라 이 어미도 그리 여기네. 어서 한양으로 올라가 그동안 닦은 공부를 국사를 위해 펼치시게. 그만 물러가시게!"

말을 마친 한씨는 일어서려고 했다. 낌새를 알아차렸음인지 목에 핏줄이 굵게 서 있었다.

서경덕은 마음을 굳게 먹고 거듭 말씀을 드렸다.

"어머니, 전 벼슬에 뜻도 없거니와 나선다 해도 지금은 때가 아닙니다."

서경덕은 차마 고개를 들어 어머니의 얼굴을 마주 볼 수 없었다. 한씨는 일어서려던 자세 그대로 앉아 아무 말도 하지 않았다.

둘 사이에 긴 침묵이 흘렀다. 한참 후에 자세를 바로 고쳐 앉은 한씨가 가라앉은 목소리로 말했다.

"아범이 벼슬에 관심이 없다고 하니 어미로서도 할 말은 없네. 허나 이 어미는 아범이 관복을 입고 입궐하는 모습을 보는 것이 원일세. 그것이 서씨 가문의 며느리로서의 도리요, 윗대에 보답하는 길이기도 하지 않은가. 아범이 백면서생으로 있는 한 어미는 조상님네 뵐 면목이 없다는 말일세. 또 어미가 할 말은 아니나, 아범도 잘 알다시피 삼대째 내려오는 가난이 아니던가. 아범이 관직에 나간다고 해도 성품 때문에 가난은 면치 못할 것이라는 것도 이 어미는 잘 아네. 허나 가솔들 배는 곯지 않아야 하지 않겠는가? 허니, 다시 한 번 깊이 생각해보시게."

끝까지 경덕은 고개를 들지 못하였다.

서경덕이 안채에서 나왔을 때는 이미 아침 햇살이 넓게 퍼지고 있었다. 햇살을 대하자 머릿속이 그나마 맑아지는 느낌이었다.

서경덕은 발길이 닿는 대로 걸었다.

서경덕은 틈나는 대로 산책하는 것을 좋아했다. 숲과 바람, 산과 바위, 냇물, 국화, 거문고 등을 벗 삼아 학문에 정진하는 것은 얼마나 큰 위안이며 행복인가. 살림이 궁핍하다 하나 자연과 이웃하는 순간 그것조차 오히려 여유였고 즐거움이었다. 또한 자연이 보여주는 변화무쌍한 모습은 생명의 이치 그 자체였다.

자연은 심기를 어지럽히는 모든 것들을 훌훌 털어버릴 수 있는 청심제(淸心劑)이기도 했다.

어제와는 달리 봄기운을 실은 바람이 대지의 깊은 잠을 깨우고 있었다. 밝은 햇살에 기지개를 켜듯 들녘 곳곳에서 김이 모락모락 피어올랐다. 발에 밟히는 촉감과 지기(地氣)도 어제와 달랐다.

들새들이 떼를 지어 들녘 위를 날고 있었다. 새 떼는 한 덩어리가 되어 곡예하듯 저만치 앞서 치닫다가 되돌아왔고, 되돌아오는가 싶으면 다시 하늘로 솟구쳐 올랐다.

햇살의 힘은 그렇게 만물을 잠에서 깨우고 있었다.

그 모든 것이 경덕의 어지러운 심사를 가라앉히기에 모자람이 없었다. 마음이 가라앉자 그 한쪽으로 뜨거운 기운이 서서히 차오르기 시작했다.

저절로 시 한 수가 흘러나왔다.

만물은 오고 또 와도 다 오지 못하니
다 왔는가 하고 보면 또다시 오네
오고 또 오는 것은 애당초 시작도 없는 데서 오는 것
묻노니 그대는 애당초 어디서 왔는가
有物來來不盡來　來纔盡處又從來
來來本自來無始　爲問君初何所來

그대는 어디에서 왔는가? 만물이 이렇듯 화답하며 깨어나는데 어찌 기쁘지 않을쏜가. 그래, '유물(有物)'이렷다. 방금 지은 시에 제목을 얹자, 이어서 또다시 시 한 수가 흘러나왔다.

> 만물은 돌아가고 또 돌아가도 다 돌아가지 못하니
> 다 돌아갔는가 하고 보면 아직 다 돌아가지 않았네
> 돌아가고 또 돌아가서 끝인가 해도 돌아감은 끝이 없는 것
> 묻노니 그대는 어디로 돌아려는가
> 有物歸歸不盡歸　歸纔盡處未曾歸
> 歸歸到底歸無了　爲問君從何所歸

흐르는 물이라고 이와 다를 것인가. 만물은 시작도 귀결도 없지만 끝없이 변화하는 법, 인간도 그 속에서 만물과 함께 변하고 있다. 어디서 와서 어디로 가는 것인지 알지도 못한 채 시간의 흐름과 어울려 변하며 소멸하는 것 아니겠는가.

서경덕은 그렇게 노래하며 한없이 걸었다. 해가 중천에 걸려 있었다.

발길은 어느덧 백룡산 아래 자리 잡은 후릉(厚陵)에 다다랐다.

송악산 줄기에서 뻗어 나와 서남쪽으로 달리다가 우뚝 솟은 산이 백룡산(白龍山)이다. 백룡산은 송악산에서 약 육십 리, 서경덕의 집인 화정리에서는 사십여 리의 거리였다. 그 백룡산 주봉의 남쪽 기슭, 나지막하고 양지바른 곳에 조선조 둘째 임금인 정종(定宗)과 정안왕후(定安王后)를 모신 후릉이 있었다.

정안왕후가 먼저 이곳에 안장되고, 7년 뒤 정종(이방과, 1357~1419)이 죽어 그 옆에 자리를 잡으니, 봉분을 나란히 한 것은 물론, 봉분을 둘

러싼 병풍석 밖을 또다시 띠를 두른 듯한 난간석으로 서로 연결한 쌍릉의 형식을 취하고 있었다.

정종은 태조의 둘째 아들로서 1398년 9월에 임금 자리에 올랐으나 즉위 2년 만에 동생 방원에게 왕위를 넘겨주었다. 태종이 된 동생 방원은 야망도 능력도 정종과는 비교가 되지 않게 큰 인물이었다. 그는 계모인 신덕왕후와 사이가 좋지 않았는데 태조가 신덕왕후가 낳은 방석(芳碩)을 세자로 책봉하자 불만을 품고 제1차 왕자의 난을 일으켜 이복동생 방석을 죽였을 정도였다.

아버지 태조와 동생 방원 사이에 끼여 안절부절못하던 정종에게 왕위를 넘기라고 강력하게 권했던 사람이 바로 정안왕후였다. 정종은 정안왕후와의 슬하에는 후사가 없었으나 후궁들에게서 15명의 군(君)과 8명의 옹주(翁主)를 두었다.

왕위를 넘기고 물러난 정종은 백룡산 기슭의 인덕궁에 자리 잡고 상왕의 예우를 받으며 20년을 더 산 후 천명을 다했으니 보령 63세였다.

서경덕은 그전에도 후릉을 여러 번 찾은 적이 있었다. 그때마다 경덕은 후릉에 얽힌 사연을 떠올리며 권력의 무상함에 쓸쓸함을 떨치지 못했다. 그러함에도 종종 후릉을 찾는 것은, 기꺼이 임금 자리를 바쳐 분란을 막고자 했던 왕과 비를 대인으로서 존중했기 때문이었다.

4

후릉의 능지기는 지 참봉이었다.

참봉은 능(陵), 원(園), 종친부, 예빈시(禮賓寺), 전옥서 등속의 일을 맡아보는 종9품의 말단 벼슬이었다.

지 참봉은 서경덕보다 십여 년 연상이었으나 평소 학자로서 서경덕을 존경하고 있는 터라 늘 예의를 갖추어 대하였다.

"참봉 어른, 그간 별고 없으셨는지요."

"복재께서 왕림하셨군요. 아직 날씨가 풀리지 않았는데 어인 걸음이신지요?"

"아침 햇살이 좋아서 따라왔습니다. 이곳의 약수를 마셔본 지도 오래되었구요."

"그러고 보니 작년 가을에 들르시고 처음인 듯싶습니다."

"먼 길을 왔더니 목이 마릅니다. 약수 한 모금 하고 경내를 산책하고 오겠습니다."

서경덕은 인사를 하고 경내에 있는 약수터로 향했다. 이곳 약수는 위장병과 폐병에 특효가 있어 많은 사람들이 찾았다. 물맛은 약간 단 듯하면서 뒷맛이 매콤했다.

목을 축인 뒤 정자각을 지나 능역으로 들어선 서경덕은 왕과 비를 향해 차례로 배를 올린 다음, 능을 한 바퀴 돌았다.

봉분을 에워싸고 있는 곡장(曲墻) 3면은 기슭의 산허리를 감싸듯 펼쳐져 있었다. 곡장을 따라 채 녹지 않은 눈이 햇빛에 눈부셨다.

서경덕은 능의 좌향을 살폈다.

좌향은 계좌정향(癸坐丁向. 북북동에서 남남서 방향)으로서 백룡산을 뒤로 하고 탁 트인 평지를 건너 멀리 안산(安山)이 바라보이는 명당이었다.

명당이라 함은 북쪽의 높은 산을 주산으로 삼고 주변의 산 가운데 왼쪽의 산을 청룡으로, 오른쪽의 산을 백호로, 남쪽에는 안산을 주작으로 갖춘 다음, 묘역 안에는 작은 개울이 흐르는 그런 곳을 말하는 것이다. 특히 묘역 안의 개울이 동쪽으로 흘러 모아지는 곳을 으뜸으로 쳤다.

그리고 능은 좌향을 중시하였는데, 좌(坐)란 혈(穴)의 중심이 되는 곳이며 좌의 중심 방향을 향(向)이라 하였던 것이다. 후릉이 북북동에서 남남서로 좌향을 하고 있듯이 대개 왕릉은 좌향을 대부분 북에서 남으로 향하게 하였다.

좌향을 살핀 서경덕은 왕릉의 구조를 면밀히 뜯어보았다.

왕릉 입구에는 궁궐로 들어갈 때 명당수가 흐르듯이 작은 내가 있었다. 능역 입구에는 홍살문이 서 있고, 그 뒤로 널찍한 길이 길게 깔려 있는데 이를 '참도(參道)'라 하였다. 이는 살아서나 죽어서나 흙을 밟지 않는 임금에 대한 예우였다.

홍살문 바로 오른쪽에 벽돌을 반듯한 모양으로 깐 '판위(板位)'가 있는데, 임금이 선왕의 제사를 모시러 올 때는 이곳에서 절을 하고 들어갔다.

참도를 따라 올라가면 전면에 제례를 올리는 정(丁)자 모양의 정자각(丁字閣)이 있다. 이 정자각을 오를 때는 반드시 동쪽 계단으로 올라갔다가 제사가 끝난 뒤에는 서쪽 계단으로 내려와야 한다.

이번에는 봉분을 살피기 시작했다.

봉분 앞으로 섬돌처럼 장개석(長蓋石)을 3단 형식으로 쌓았다.

첫째 단 공간에는 석마와 무인석이, 둘째 단 공간에는 문인석이 각각 한 쌍씩 서로 마주 보도록 하였으며, 문인석 사이 한가운데에 팔각형으로 된 장명등을 앉혔다. 마지막 단에는 봉분 바로 앞에 제물을 차려놓는 상석과, 그 좌우로 망주석을 세웠다.

봉분 밑부분에는 12각의 병풍석을 둘러 봉분이 무너지지 않도록 보호했으며, 봉분 주위로 또다시 난간석을 두르고 석양(石羊)과 석호(石虎) 두 쌍을 각각 좌우로 벌여 놓았다. 석호는 능을 지키는 수호신이며, 석양은 사악한 것을 물리친다는 의미와 함께 명복을 비는 뜻을 담고 있다. 그리고 봉분 주위로는 능을 감싸듯 앞면만 터놓은 담장, 즉 곡장을 둘렀다.

후릉은 이와 같이 풍수지리설에 바탕을 둔 전통적인 왕릉의 형태로 조성되어 있었다.

경내를 한 바퀴 돌아본 서경덕은 지 참봉이 있는 곳으로 다시 왔다.

어느덧 해는 서쪽으로 기울어 경내에 어스름이 깔리고 있었다.

초가의 사립문으로 들어서니 지 참봉의 방에서 이미 불빛이 흘러나오고 있었다.

"흐음."

서경덕은 헛기침을 했다. 그러나 사람 그림자는 있는데 아무런 인기척이 없었다.

이상하게 여겨 문을 열어보니 지 참봉이 방문을 여는 것조차 모르고 책에 빠져 있었다.

"예나 지금이나 공부에 여념이 없으십니다."

서경덕의 말에 지 참봉은 읽던 책을 얼른 덮었다. 하지만 서경덕은 표지의 제목을 보았다. 『참전계경』. 책이 깨끗하고 표제의 먹물이 아직 빛을 발하는 것으로 보아 근래에 필사한 듯싶었다.

지 참봉은 자세를 고쳐 앉으며 말머리를 돌렸다.

"경내는 별고 없던가요?"

"겨우내 참봉 어른께서 애를 많이 쓰셨음을 알겠습니다. 하나도 흐트러지지 않았더군요."

"겨울이라 별로 할 일이 없습니다. 아직 곳곳에 눈이 쌓여 있지만 입춘이 지나면 녹을 눈이라 굳이 치우지 않았습니다."

"그래도 경내가 말끔했습니다. 그런데 지금 어떤 서책을 읽고 계시는지요? 제가 못 보던 책 같아서 말입니다."

"아, 별, 별거 아닙니다."

지 참봉은 정색을 하며 발뺌을 했다.

"『참전계경』이라 써 있던데, 무슨 책인지 매우 궁금합니다."

"……"

"말씀을 하지 않으시니 더욱 궁금합니다."

"뭐 별로 내세울 것이 아니라서……."

"혹시 비서라도 되는 책입니까? 괘념치 마시고 보여주시지요. 허허허."

서경덕은 농을 건네듯 말했다.

예로부터 민간에는 고대부터 전해지는 비서(秘書)나 참서(讖書)가 많이 나돌았다. 그런데 조선조에 들어와 비서나 참서는 민심을 교란한다하여 지니거나 읽거나 유포하는 것을 법으로 금지했다. 금서를 가지고 있는 자는 자진하여 관가에 갖다 바치도록 하였다. 연산 임금 때까지 이법을 어기는 자는 참형으로 다스렸다.

중종반정 이후 이 법이 많이 완화되었다고는 하나 아직도 백성들 사이에서는 금서를 지니거나 읽는 것은 목숨을 거는 것과 진배없었다.

한참 동안 입을 다물고 있던 지 참봉이 어렵게 말문을 열었다.

"복재께서 다 보셨으니 제가 무엇을 감추겠습니까. 말씀드리지요."

"실은 저도 고대사나 비서에 대해 관심이 많은 사람입니다. 괘념치 마시고 말씀해주시지요."

지 참봉은 서경덕을 믿었다. 송도는 물론 조선 팔도 사람이라면 그의 인품과 명성에 대해 익히 알고 있는 터였다. 어쩌면 『참전계경』이야말로 서경덕과 같은 사람이 진작에 만났어야 할 서책일지도 몰랐다.

"혹시 일십당(一十堂) 선생님을 아시는지요?"

"일십당이라……, 잘 모르겠습니다."

"그러시면 이맥(李陌) 대감은요?"

"이맥 대감이라면……. 혹시, 전조에 장녹수를 탄핵하다 유배되셨던

분 아닙니까?"

"예, 그렇습지요. 성품이 대쪽 같은 분이셨지요."

이맥은 연산 임금 때 장녹수가 권세를 등에 업고 온갖 축재를 저지르는 것을 보고 사헌부 장령의 신분으로 수차에 걸쳐 이를 탄핵했다. 그러다 연산 임금의 미움을 받게 되었고, 끝내 나이 오십에 충청도 괴산으로 유배되었다. 성품이 매우 강직하고 매사에 공정했던 인물이었다.

그 후 반정의 성공으로 왕족들을 관리하는 동지돈녕부사로 복귀했으나 몇 해 전 관직을 그만두고 송악산 동북쪽에 있는 제석산 자락에서 잠시 칩거하다가 어디론가 떠났는데, 지 참봉도 지금은 그의 행방을 모른다고 하였다.

"『참전계경』에 대해서는 숨은 이야기가 있습니다. 우선 그것부터 말씀을 드리지요."

서경덕은 귀를 기울였다.

"이맥 대감의 가문은 대대로 내려오면서 우리나라의 고대사를 전수하였답니다. 이맥 대감의 5대조이신 행촌(杏村) 이암(李嵒) 선생께서는 고려 말 공민왕 때 문하시중을 지낸 분이시지요. 그분께서 『단군세기』라는 사서를 편찬하셨는데 비기이므로 집 안에 고이 간직하고 밖으로는 일절 유출하지 않으셨답니다. 그러나 언젠가 때가 되면 빛을 볼 수 있으리라는 확신을 갖고 다른 비기들과 함께 항아리에 담아 대물림을 하게 되었답니다. 그동안 아무도 그 항아리를 열 수 없었던 것은 행촌 선생의 엄중한 유언 때문이었지요. 행촌 선생께서는 사후 5대 현손(玄孫)만이 열어볼 수 있도록 하였답니다. 아마도 사서라는 것은 시대가 지남에 따라 첨삭(添削)이 필요한 것이기에 그렇게 하셨으리라 싶습니다. 그 5대손이 바로 이맥 대감이십니다. 대감께서는 전해 들은 이야기만으로도 높은 식견을 이루어 손수 비기를 저술할 정도였다고 합니다.

해서 어느 날 목욕재계하시고 조상께 정중히 예를 올린 다음 항아리를 열게 되었답니다. 항아리 속에는 『참전계경』과 행촌 선생께서 편찬하신 『단군세기』, 그 외에 몇 권이 더 있었다고 합니다. 이맥 대감은 괴산에서 유배생활을 하실 때 모든 것을 잊고 머릿속에 둔 고서와 비기를 해석하고 연구하시던 중 유배에서 풀려나 한양으로 돌아오시게 되었지요. 복직하신 후에는 또 무슨 인연인지 홍문관 장서각에 근무하시게 되었답니다. 장서각이 무엇을 하는 곳입니까. 장서각에 소장되어 있는 수많은 서책 가운데 비서들이 얼마나 많았겠습니까. 이맥 대감은 그곳에 계실 때 온갖 비서들을 접하게 되었던 것이지요.

일찍이 저의 조부께서 이맥 대감의 가문과 절친하게 지내셨는데, 어느 날 이맥 대감께서 편찬하신 『태백일사』와 고대부터 전해졌다는 『참전계경』을 보게 되었고, 그 두 권을 머리에 담아 오시게 되었습니다. 저희 조부께서도 고서와 비기에 조예가 깊으신 분이셨지요. 아마 이맥 대감이 공부하시다 막히는 부분이 있어 조언을 구하셨던 모양입니다. 조부께서는 오래전에 저를 앉혀놓고 『참전계경』을 쉬운 말로 풀어서 전해주셨습니다. 그것을 머릿속에 담아두고 차일피일 미루다 몇 달 전에야 서책으로 엮은 것을 지금 읽고 있는 중이었습니다."

지 참봉은 『참전계경』을 지니게 된 연유를 상세하게 들려주었다.

"『참전계경』이라……."

전해지길 고대로부터 내려오는 고조선사의 큰 줄기를 담은 경전으로 『천부경』, 『천부삼일신고』, 『참전계경』이 있다고 했다. 이름 하여 삼대

경전이었다.

이 세 경전이 역사를 보존하는 큰 주춧돌이라면, 기둥이 되고 서까래가 되는 고서(古書) 또한 몇 가지 전해지고 있었으니 신라 사람 안함로(安含老)의 『삼성기(三聖記)』와 고려 사람 원동중(元童仲)의 『삼성기』, 또 고려 사람 범장(范樟)의 『북부여기(北夫餘記)』 상권과 하권, 『가섭원부여기(迦葉原夫餘記)』 등이 그것이었다.

서경덕도 『천부경』과 『삼일신고』, 그 밖에 다른 고서에 대해서는 잘 알고 있었으나 『참전계경』은 처음이었다. 이암 선생이 서술했다는 『단군세기』도 처음 듣는 고서였다.

어둠이 깊었으나 서경덕은 집으로 돌아갈 생각도 하지 않고 저녁을 먹는 것도 잊었다.

"『참전계경』은 어느 때 어느 분이 저술하신 것이랍니까?"

"『참전계경』은 고대로부터 전해 내려오다가 어느 날 자취를 감추었다고 합니다. 그러다 을파소(乙巴素) 선생께서 백두산 어느 석굴에 계실 때 은연한 계시와 함께 하늘의 글인 천서(天書)를 얻게 되었다고 합니다. 지금 이 『참전계경』이 바로 그것이지요. 을파소 선생은 고구려 제9대 임금인 고국천왕 때 사람인데, 당시 큰 이름을 남기신 분이라고 합니다."

"당시 국상(國相)으로 계시면서 진대법(賑貸法)을 만들어 태평성대를 이루게 하신 분, 바로 그분이시지요? 『삼국사기』에 나와 있는 것으로 기억합니다."

"그렇습니다. 세상을 등지고 재주를 감춘 채 시골에서 농사일을 하시다 천거되어 당시의 난세를 딛고 나라의 기틀을 바로 세운 분이었지요."

을파소는 유리왕의 대신이었던 을소(乙素)의 후손으로 많은 업적을 남겼는데, 그 가운데 손꼽히는 것이 진대법이다.

진대법은 빈민구제책으로 흉년이나 춘궁기에 국가가 농민에게 양곡을 빌려주었다가 수확기에 갚도록 한 구휼제도였다. 이 제도는 고려와 조선시대까지 이어져 상평창, 의창, 연호미법, 환곡 등의 여러 가지 제도로 재정비되어 발전하게 된다.

"복재 선생께서도 잘 아시겠지만 고대부터 전해지는 『천부경』은 조화경(造化經)으로, 모두 여든한 자로 되어 있지요. 또 『삼일신고』는 삼백예순여섯 자로 되어 있는 교화경(敎化經)이지요. 그런데 그 당시만 해도 정치적인 발전이 미약했기 때문에 치화(治化)에 고심했던 모양입니다. 좀 전에 말씀드렸듯이 『참전계경』은 고대부터 내려오기는 했으나 실용하지 못해 잊혀져가던 중인데 을파소 선생께서 천서에 주서(註書)하고 정사에 실행하셨지요. 얼마나 치밀하게 만드셨는지 그 당시에 『참전계경』을 따라 정사를 돌본 후로는 요순시대와 같은 태평성대를 이루었다고 합니다. 삼백예순여섯 계율로 만들어진 『참전계경』이 곧 치화경(治化經)이었기 때문이지요. 이 세 가지 경전을 삼화경(三化經)이라 부르기도 한다더군요."

지 참봉의 이야기를 듣는 서경덕의 머릿속에서 끝없이 궁금증이 일었다. 야심한 시각이었으나 서경덕은 묻고 또 묻기를 주저하지 않았다.

"『태백일사』를 이맥 대감께서 직접 엮으셨다면……."

"그것은 상고사에 관한 여러 사서들을 비교 분석한 다음 재정리하여 편찬한 것이지요. 좀 더 정확하게 말씀드리자면 「삼신오제본기」에서부터 「한국본기」와 「신시본기」는 물론 「고려국본기」까지, 우리나라의 고대사 전체를 서술한 사서라고 들었습니다. 그러니까 고조선시대부터 고려시대까지, 다른 사서에 누락되었거나 불확실한 것을 보충한 것이라고 합니다."

이러한『태백일사』는 근세에 와서『삼성기』와『북부여기』,『가섭원부여기』,『단군세기』와 함께 합편하여『한단고기(桓檀古記)』로 탄생하게 된다.

"『참전계경』을 볼 수 있겠습니까?"

지 참봉은 서경덕에게『참전계경』을 건네주었다. 서경덕은『참전계경』의 366사, 즉 366가지 계율을 단숨에 읽고 머릿속에 단단히 새겨두었다.

서경덕은 동이 틀 무렵에야 지 참봉과 작별하였다. 그리고 돌아오는 길 내내『참전계경』의 삼백예순여섯 계율을 외고 또 외웠다.

이후『참전계경』은『주역』,『대학』과 더불어 서경덕의 삶을 이끌어가는 정신적 바탕으로 자리 잡게 되었다.

집으로 돌아온 서경덕은 후릉의 정종대왕과 지 참봉에 대해서 다시 한 번 생각해보았다.

정종대왕은 임금 자리를 스스로 물러남으로써 왕권을 둘러싼 피바람을 막았다. 그것은 무능한 것과는 다른 차원의, 먼 앞날을 내다보는 혜안이었다고 말할 수도 있다. 그리고 자연으로 돌아와 천수를 다한 점이 돋보였다.

한편 목숨을 아끼지 않았던 이맥 대감이라든가 지 참봉은 참으로 고마운 사람들이었다. 그런 사람들이 있기에 우리나라 역사가 제대로 전해지는 것 아니겠는가.

'내가 남길 것은 무엇인가?'

그것은 나라를 떠받드는 인재, 동량지재(棟梁之材)를 키우는 일이었다. 서경덕은 자신의 소명을 다시 한 번 새기며 방구석에 쌓인 서책을 하나씩 쓸어보았다.

5

기묘년(중종 14년, 1519년) 초봄.

중종 임금은 조정의 문무백관과 각 지방의 장들이 천거한 전현직 관리나 유생, 은둔하고 있는 사람의 명단을 접수하였다. 모두 120명이었다.

임금은 현량과 후보자의 이름과 천거한 대신들의 이름을 비교하며 읽어보다가 이내 상 위에 내려놓고 영의정 정광필에게 시험 날짜와 최종 합격자를 몇 명으로 할 것인지 논의하여 다시 보고하라 명하였다.

정광필은 편전을 나와 우의정 신용개와 좌의정 안당, 대사헌 조광조 등을 의정부로 불러 모았다.

천거 명단에 오른 120명은 그 자체만으로도 대단한 영광이려니와 최종 합격까지 한다면 과거에 응시하여 급제하는 것과 다름없었다.

당시의 과거제도는 소과(小科)와 대과(大科)로 나뉘었다.

소과는 진사나 생원이 되기 위한 시험이었고, 대과는 과거를 지칭하는 것으로서 문과, 무과와 잡과로 나뉘었다. 본래 대과는 생원이나 진사가 응시하게 되어 있으나 실제로는 유학(幼學, 일반 유생)에게도 응시 자격이 주어졌다.

소과는 자(子), 오(午), 묘(卯), 유(酉)년, 즉 3년마다 실시하는 식년시와 국가에 경사가 있을 때 실시하는 증광시가 있었다. 시험은 두 단계를 통과해야 했는데 첫째가 초시(初試)였으며 둘째는 회시(會試)였다. 응시 자격은 15세 이상의 양반 자제에게만 주어졌고 초시에 합격해야만 다음 단계인 회시에 응시할 자격이 생겼다. 회시에 합격한 사람은 진사와 생원이 되었다.

소과 초시에는 한성시와 향시가 있었다. 한성시는 한성부에서, 향시는 팔도에서 각각 실시하였다. 한성시에서 각 200명, 향시에서 각 500명(경기도 60명, 충청도와 전라도 각 90명, 경상도 100명, 강원도와 평안도 각 45명, 황해도와 함경도 각 35명)씩 총 1,400명을 뽑은 다음, 다시 예조에서 실시하는 회시에서 생원과 진사를 각 100명씩 합격시켰다. 이들에게는 일종의 합격증서인 백패(白牌)를 주었다.

보통 과거라고 일컫는 대과는 초시, 복시, 전시 세 단계의 시험 과정을 거쳐야 했는데 대과를 실시하는 해는 따로 정해져 있었다.

대과의 초시는 식년 전 해에 각 도에서 시험을 치러 초시 합격자를 발표하고, 다시 식년 초에 예조를 통해 최종 합격자를 발표했는데 이를 복시라고 하였다. 그리고 전시는 복시의 합격자 중에서 어전에서 순위를 정하는 과정으로 당락 없이 갑과, 을과, 병과의 등급만 정해졌다.

이처럼 전시에서 등급이 정해지면 홍패(紅牌)와 임금이 직접 하사하는 어사화를 받게 되고 관직에 등용되는 것이다.

대과는 식년시 외에 증광시(增廣試), 별시(別試), 외방별시(外方別試)가 있었고, 임금이 친림하는 알성시(謁聖試), 정시(庭試), 춘당대시(春塘臺試) 등도 있었다. 또 성균관 유생에 한정하여 치르는 인일제, 삼일제, 칠석제, 구일제 등 비정기적인 과거도 많이 있었다.

하여 과거를 치르는 선비는 소과의 두 과정과 대과의 세 과정을 거쳐야만 비로소 벼슬자리를 가질 수 있었다. 이처럼 어려운 과정을 거쳐야 했기에 과거에 합격하기만 하면 가문과 개인에게 갖가지 영예가 따르는 것이었다.

이렇듯 엄연한 과거제도가 있었으나 철인정치와 지치주의적 이상정치를 앞세운 조광조는 한(漢)나라의 현량방정과(賢良方正科)를 인용하여 훈구세력과 언관들의 반대를 무릅쓰고 중종의 결심을 이끌어내어 현량과를 실시하게 된 것이다.

중종 임금이 조광조와 같은 신진사류를 등용한 이유 중에는 연산 임금 때의 어지럽던 정치를 쇄신하려는 의도 외에도 반정공신과 훈구세력을 견제하려는 복선이 깔려 있었다.

신진사류는 이 기회에 요순성대의 이상정치를 실현하기 위해 전통적인 인습과 구제의 혁파, 궁중여악(宮中女樂)의 폐지나 내수사장리(內需司長利)의 혁파, 성리학적 윤리질서와 통치질서의 수립을 위한 주자가례와 삼강행실의 보급, 기신재(忌晨齋)와 소격서의 혁파, 소학교육의 장려를 주창하였다.

한편 향촌에서 지지기반 확대를 위해 향약의 보급, 향교교육의 강화

등 여러 방면으로 많은 개혁을 단행했는데, 현량과의 실시도 그중 하나였다. 거기에는 종래의 과거제도가 과유(科儒)로 하여금 사장(詞章) 학습만을 일삼게 한 나머지, 성리학의 학리추구와 실천궁행에 소홀하게 만들었을 뿐 아니라 그 시행과정에서 여러 폐단이 횡행하는 까닭도 있었다.

그리하여 기존 제도로는 참다운 인재선발이 불가능하다고 판단한 조광조는 재행(才行)을 겸비한 숨은 인재를 발탁코자 현량과를 도입하기에 이른 것이다.

이 제도에 따라 한양에서는 사관(四館)이 유생과 조사(朝士, 조정의 벼슬아치)를 막론하고 후보자를 성균관에 천보(薦報)하고, 성균관은 다시 이를 예조에 전보(轉報)하였다.

또 중추부, 육조, 한성부, 홍문관, 사헌부, 사간원 등에서도 예조에 후보자를 천거할 수 있었으며, 지방에서는 유향소(留鄕所)에서 수령에게 천거하면 수령은 관찰사에게, 관찰사는 예조에 전보하도록 되어 있었다.

이와 같은 과정을 거친 다음 예조에서 후보자의 성명, 출생연도, 자와 천거사항, 즉 성품, 기국(器局), 재능, 학식, 행실과 행적, 지조, 생활태도와 현실 대응의식 등 일곱 가지 항목을 종합하여 의정부에 보고한 뒤, 그들을 창덕궁 영화당에 집결시켜 임금이 참석한 자리에서 대책으로 간략히 시험하여 인재를 선발하는 것이었다.

의정부에 모인 삼정승과 조광조 등의 대신들은 밤늦은 시각까지 진지한 논의를 계속하였다.

일차로 심사된 120명 사림 가운데 1위로 지목되고 있는 사람이 바로 서경덕이었다. 이제 몇 사람 선에서 최종 합격자를 발표하느냐가 논란의 대상이었다.

퇴청하여 안국동 집으로 돌아온 김안국은 서둘러 하인을 불렀다.

"촌각을 다투는 일이다. 파발꾼을 사서라도 송도로 이 서찰을 전하도록 해라!"

한편 서경덕은 집 안에 앉아 그런 판세를 미리 읽고 있었다.

이른 아침부터 담 밖 복숭아나무에서 까치 한 쌍이 요란스레 울어댔다.

"손님이 두 사람이라? 한양과 유수부에서 오실 모양이군."

서경덕은 까치 우는 소리를 들으며 혼잣말을 하였다.

봄볕이 앞마당을 환하게 비추었다. 서경덕의 눈길이 복숭아 꽃망울에서 멈췄다. 꽃망울은 금세라도 꽃을 피울 듯 꽃받침을 가르고 바깥세상을 보기 위해 안간힘을 쓰고 있었다.

"그렇지, 잉태되었으면 세상 구경을 해야지. 그렇게 힘들이지 않고는 바깥세상을 구경할 수 없다네. 그리고 온갖 풍상을 겪어야 씨앗으로 남는 법, 그대와 내가 똑같이 자연의 일부인데 뭐가 다르겠는가."

과연 해가 중천을 향해 치솟을 무렵 개성 유수부에서 사람이 왔다.

이미 예상하고 있던 터, 서경덕은 마당 한가운데 있는 나지막한 평상으로 관원을 안내하여 마주 보고 앉았다.

"아주 좋은 소식을 전하러 왔습니다."

유수부 관원은 활짝 웃음을 머금으며 서경덕에게 문서를 건네주었다.

서경덕은 공손히 문서를 받아들었다. 무슨 내용이 들어 있는지 열어볼 필요도 없었으나 개성 유수가 보낸 문서였으므로 관원이 보는 자리에서 뜯어보았다. 짐작대로 현량과에 천거되었다는 내용이었다.

'사림 서경덕은 이번에 실시하는 현량과에 추천되었다. 축하한다. 시험일시는 기묘년 4월 13일 진시, 장소는 창덕궁 영화당이다.'

유수부에서 보낸 문서는 천거되었다는 통보만으로도 선비들의 가슴을 부풀게 하는 것이었다.

서경덕이 담담하게 문서를 바라볼 뿐 아무런 반응이 없자 유수부 관원은 "감축드립니다" 하고 인사를 잊지 않았다. 관원은 서경덕이 장차 장원급제하여 자신보다 품계가 월등히 높아지리라 짐작해서인지 언행이 더욱 공손했다.

서경덕은 문서를 관원에게 다시 돌려주며 말했다.

"나는 해야 할 공부가 아직 많이 남은 사람이오. 이번 현량과 추천에는 응할 수가 없소이다. 유수부에 가서 그리 전하시오. 덧붙여 다시는 이런 일로 나를 번거롭게 하지 않았으면 고맙겠다고 전해주시오. 나는 그저 공부하는 사람일 뿐이오."

서경덕은 이왕 손님으로 오셨으니 차나 준비해야겠다며 자리에서 일어섰다. 유수부 관원은 넋 나간 사람처럼 멍하니 서 있었다.

이 광경을 안방 문을 열고 어머니 한씨가 보고 있었다. 그 역시 아무 말도 하지 않았다. 하지만 온몸의 기력이 땅속으로 꺼지는 듯하였다. 가문이 일어설 수 있는 기회를 저리도 버리다니, 한씨는 깊은 한숨을 내쉬었다.

'무심한 사람 같으니.'

그때였다.

"형님, 그런 자리를 내치시려면 저나 주시지 않고."

언제 마당으로 들어섰는지 전우치가 능글맞게 낄낄거리며 서 있었다.

"오셨나. 싱거운 소리 그만하고 손님께 인사나 드리게."

서경덕은 유수부 관원에게 전우치를 인사시켰다.

"전우치라 하오. 관아 사람들하곤 인연이 먼 사람인데 오늘은 형님 때문에 어쩔 수 없이 아는 척이라도 해야겠소."

벼슬아치라면 가재미눈을 하는 전우치가 떨떠름하게 눈인사를 하자 관원은 목례로 받으며 문밖으로 나갔다.

'모를 일이로세, 모를 일이야. 따놓은 당상을 거절하다니……'

"어인 일이신가?"

서경덕이 관원을 보낸 뒤 전우치에게 물었다.

"한양에 들렀다가 형님 이야기를 들었소이다. 이번에 천거된 유생 가운데 형님이 장원으로 낙점되었다고 합디다. 헌데 왜 사양하시는 거유?"

전우치는 서경덕이 수석으로 낙점되었다는 말을 듣고 한걸음에 달려온 것이다.

현량과 수석이란 곧 장원급제를 말하는 것이었다. 과거에 합격한다 해도 문벌이 시원치 않은 양반들은 먼저 분관(分館) 과정부터 차별을 받았다. 분관은 일종의 수습기간으로 승문원, 성균관, 교서관의 세 관청으로 배치되는데, 승문원 분관을 배정받지 못하면 출세가 거의 불가능했다. 하다못해 성균관이라도 배정되어야 했고, 교서관은 미관말직으로 끝날 사람이 가는 곳이었다. 만약 서경덕이 장원으로 급제한다면 앞길은 탄탄대로였다. 더욱이 이번의 현량과는 계옥(啓沃. 임금을 가까이서 보좌하는 것)할 수 있는 것이니 이보다 더 좋은 기회가 어디 있겠는가.

아무리 벼슬살이를 싫어하고 학문에만 전념하는 서경덕이라지만 전우치로서는 이해하기 어려웠다.

"수석 낙점이라니, 누가 그런 소릴 하던가? 조선 팔도에 나보다 훌륭한 사람이 어디 한둘이던가. 나는 내 공부가 부족하다는 걸 스스로 잘 알고 있네. 그래서 사양한 거라네."

전우치는 고개를 저으며 퉁명스럽게 말했다.

"신광한 대감이 그럽디다. 나하고 술 한잔하면서 말이오. 내가 보기에도 형님만 한 분이 없소. 그간 글줄깨나 읽었다는 인사들을 숱하게 만나보았지만, 하나같이 기회만 엿보는 쥐새끼 같은 소인배들 뿐이었수."

하지만 서경덕은 좋은 낯빛으로 전우치를 달랬다.

"세상을 아름답게 보면 모두가 아름다운 것이 아니던가. 추하게 보기시작하면 어디 하나 좋게 보이지 않는 법, 좋게 보도록 노력하시게나."

"좋게 봐주려야 봐줄 데가 있어야 하지 않소. 조선 천지가 한 군데도 성한 데 없이 썩은 것뿐이니 보는 내 눈마저 온전치 못할 지경이오."

"그래서 불경에서도 일체유심조(一切唯心造)라 이르지 않았던가. 모든것이 마음먹기에 따라 달라지는 법, 그 말은 불도만이 아니라 모든 사람에게 해당되는 것 같으이. 아우님도 그 말뜻을 잘 알리라 믿네."

"도학을 하는 놈도 사람이오. 도학을 하기에 더더욱 나쁜 것만 눈에 띄지 않소. 그래서 나라를 확 뒤집어놓아야 한단 말이오."

"그 사람 성미하고는……. 그게 어디 마음대로 될 성싶은가. 낮말은 새가 듣는다 했으니 아우님은 항상 입 조심을 해야 할 걸세."

"까짓것, 그래 봐야 죽기밖에 더 하겠소."

"허허, 그 사람. 자중 좀 하시게."

"자중해야 할 당사자는 금상이오. 이쪽도 저쪽도 아니고 갈팡질팡하니 나라꼴이 어떻소? 이놈의 성깔은 나 하나에 그치지만."

전우치는 도인이 되어 백성들이 편안한 세상을 만드는 것이 꿈이었다. 그만큼 시대가 불안하여 백성들의 원성이 높았다. 전우치는 이 모두가 임금이 국정을 그르친 결과라고 믿고 있었다.

전우치는 무엇보다 임금의 우유부단한 성격이 맘에 들지 않았다. 처음에는 반정공신의 뜻을 따르다가 그 다음엔 훈구세력을, 그러다가 이제는 신진사림 조광조를 앞세워 몸을 의지하려는 임금의 태도가 못마땅하였다. 용상에 오른 지 십사 년이면 이제는 자신의 뜻을 넓게 펼쳐 백성을 구해야 하지 않겠는가.

"형님, 술 한잔합시다. 걸쭉하게 한잔 사리다. 채비를 하시지요."

하기사 서경덕도 모처럼 마음껏 취하고 싶었다. 불길한 조정의 앞날, 그리고 자신만 바라보고 있는 어머니와 처자……. 취해서라도 복잡한 심사를 정리하고 싶었다.

두 사람이 막 밖으로 나올 때였다. 요란한 말 울음소리에 이어, 파발꾼이 숨을 몰아쉬며 뛰어들었다.

"복, 복재 선생님을 찾습니다."

파발꾼은 턱밑부터 차오르는 숨을 간신히 수습하며 서경덕을 찾았다.

"누구요?"

"서 자, 경 자, 덕 자를 쓰시는……."

"누가 보냈소?"

전우치가 서경덕인 양 다시 물었다.

"모재 김안국 대감께서……."

파발꾼은 두 사람을 번갈아보면서 가쁜 숨을 몰아쉬었다.

"내가 서경덕이오. 모재 공께서 서찰을 보내시었소?"

서경덕이 앞으로 나서자 파발꾼은 앞가슴 속에서 땀내가 묻은 서찰을 꺼내어 건네주었다. 그러고는 황급히 왔던 길을 되짚어 말을 달렸다.

"천거에 꼭 응해달라는 전갈일 걸세."

전우치가 서찰을 받아 펴보니 과연 서경덕이 말한 대로였다.

"술은 어디서 먹을 겐가?"

두 사람은 남문 밖 주가(酒家)로 향했다.

제5장

기묘사화(己卯士禍)

임금을 어버이같이 사랑하고
나랏일을 내 일같이 걱정하였노라
밝고 밝은 햇빛이 세상을 비추니
거짓 없는 이 마음 환히 비추리.

이상정치에 대한 지향은 옳았으되,
구현하는 방식이 온화하지 못하여 힘을 얻지 못했다.
조광조는 그것이 회한이었다.
'그러면 어찌했을까.'
조광조는 송도의 서경덕을 만나보지 못한 것이 못내 아쉬웠다.

1

같은 해 4월 13일.

마침내 현량과를 실시하는 날이었다. 시행 건의를 한 지 만 일 년이 넘은 때였다.

당초 훈구세력은 현량과 실시를 심각한 도전으로 받아들였다. 심정, 남곤, 홍경주 등의 훈구파는 현량과 제도가 전통적인 과거의 법규에 어긋날 뿐만 아니라 사림파가 정국을 주도하려는 데 목적이 있고, 인재 천거에 공정을 기할 수 없다는 문제점을 들어 강력하게 반대하고 나섰으나 뜻을 이루지 못했다.

"우참찬 대감, 나 좀 보십시다."

일찍부터 영화당으로 나와 있던 조광조가 김안국을 불렀다.

"무슨 잃어버리신 거라도 있는 게요. 행보가 분주해 보입니다."

"아니오. 아무것도 아니올시다. 흐흠."

김안국은 짐짓 헛기침을 하며 또다시 사람 사이를 비집고 다녔다.

민기를 통해서 편지를 받았고, 개성 유수로부터 천거에 불응하겠다는 전갈을 받았음에도 서경덕을 기다리고 있었던 것이다. 혹시 그가 마음을 바꿔 참석하지 않았을까 하는 기대 속에 버선발이 젖는 것도 잊었다. 그러나 어디에도 서경덕의 모습은 보이지 않았다.

'복재께서 끝내……'

김안국은 허탈했다.

김안국은 일찍부터 정치를 추구할 수 있는 사람은 실은 조광조보다도 서경덕이 제격이라고 판단하고 있었다. 조광조의 원리원칙주의적인 태도와 지나칠 정도로 꼿꼿한 강직함이 내심 불안했기 때문이었다. 김안국은 속으로 서경덕이 없는 이번 현량과는 의미가 없다고 결론지은 터였다.

김안국은 하늘을 올려다보며 나지막이 탄식했다.

'하늘이 돕지 않는도다!'

그 시간.

서경덕을 찾는 또 다른 무리가 있었다. 훈구파들이었다. 그들은 서경덕이 참석하지 않기를 빌었다. 그들도 서경덕이 천거에 불응하리라는 소식을 이미 알고 있었으나 행여 마음을 바꿔 참석하면 어쩌나 싶어 내심 불안했던 것이다.

영화당 뜰을 한 바퀴 돈 좌참찬 이유청(李惟淸)이 이조판서 남곤(南袞)에게 귀띔을 했다.

"서 처사(處士)가 오지 않은 것 같소."

"오지 않는 게 우리를 도와주는 거요. 다행이오."

"그렇다마다요. 서 처사가 조정에 발을 들여놓는 순간부터 골치지요. 조광조와 김안국, 신광한 무리들이 천군만마를 얻는 꼴이잖소. 봉(鳳)의 날개를 달아주는 격일 게요."

그들의 말처럼 서경덕이 합세하면 훈구세력은 발붙일 수 없게 될지도 모를 일이었다. 그만큼 서경덕을 흠모하는 사람이 많았던 것이다.

영화당 뜰에 모인 천거자들은 임금과 영의정 정광필을 비롯한 좌우 정승, 조광조, 김안국, 신광한, 이장곤, 남곤, 이유청 등이 참석한 가운데 구술시험을 치렀다.

이미 천거 사항에 기재된 일곱 가지 항목을 종합한 기록을 검토한 뒤라 형식적인 시험이었다. 최종 합격자는 미리 정해져 있었다.

최종 합격자는 28명, 전·현직 관리부터 유학까지 다양하였다.

장령 김식(金湜), 지평 박훈(朴薰), 좌랑 조우(趙佑), 정랑 정완(鄭浣), 좌랑 이연경(李延慶), 좌랑 민회현(閔懷賢), 정랑 송호지(宋好智), 직장 김옹(金顒), 직장 김대유(金大有), 현감 민세정(閔世貞), 참봉 김신동(金神童), 참봉 방귀온(房貴溫) 등 전직 관리 2명과 현직 관리 10명에다 안처겸(安處謙), 김명윤(金明胤), 신잠(申潛), 김익(金釴), 강은(姜恩), 이령(李領), 안정(安挺) 등 진사가 7명이었고, 안처근(安處謹), 유정(柳貞), 권전(權碩), 박공달(朴公達), 경세인(慶世仁) 등 생원이 5명이었으며, 안처함(安處誠), 고운(高雲), 도형(都衡), 신준미(申遵美) 등 유학이 4명이었다.

이들 최종 합격자 가운데 장원은 현직 관리인 장령 김식으로 낙점되었다. 서경덕이 없는 현량과의 장원으로 현직 관리를 합격시킨 것은 조정의 위신을 중요시하였던 까닭이었다.

합격자들은 대부분 조광조 세력들로, 학맥 또는 인맥으로 연결되어 있는 신진사림파였다. 그러나 장차 문제가 될 소지도 이때 잉태되었다. 다름 아닌 우의정 안당의 아들 삼형제인 안처겸, 안처근, 안처함의 급제였다.

우여곡절 끝에 막을 내린 현량과 급제자들은 임금께 사은숙배(謝恩肅拜)를 올리고 어주삼배(御酒三盃)를 받았다.

장원급제한 김식이 퇴청을 하여 육조거리를 빠져나가다가 급제자 박훈을 만났다.

"대사헌 대감을 찾아뵙도록 하십시다."

김식이 박훈에게 제의했다.

"진작 찾아뵙고 인사드렸어야 하는데……. 서둘러야 될 줄 아오."

"급제자들에게 기별을 넣읍시다. 돌아오는 진일(辰日)이 좋을 것 같소. 시간이 허락하는 급제자들부터 찾아뵙는 것으로 합시다."

두 사람의 이야기가 있은 뒤부터 각 부처에 자리 잡은 급제자들이 교동에 있는 조광조의 집으로 삼삼오오 모여들었다.

봄이 무르익어 여름머리로 치닫던 갑진일(甲辰日) 유시(酉時) 말이었다.

제일 먼저 조광조의 집을 찾아온 급제자들은 김식을 비롯하여 박훈, 이연경, 송호지, 김대유 등이었다.

그들은 조광조의 성품을 잘 알고 있었으므로 선물은 엄두도 못 내었고 각자 먹을 술과 안줏거리를 준비해 왔다. 가운데 주안상을 놓고 둘러앉으니 마루가 좁을 지경이었다.

"왕림해주셔서 감사하오. 이번 현량과에 합격한 것을 축하하오이다.

내 진작 조촐한 자리를 마련하려 했으나 남의 눈이 있는지라 못하였소. 이왕지사 어려운 걸음을 하였으니 즐겁게 이야기나 나눕시다."

조광조의 인사에 김식이 화답했다.

"급제한 것이 모두 대사헌 대감의 노고이시매 진심으로 감사드립니다. 오늘 모인 것은 대감의 높은 말씀을 듣고자 하는 뜻이니, 대감의 아낌없는 지도를 부탁드립니다."

사실 김식은 조광조와 친구처럼 지내는 사이였다. 나이도 동갑이었다. 하지만 특별한 자리였으므로 조광조에게 극진한 공대를 올렸다.

"대감, 가르침을 주시옵소서."

"무엇을 어떻게 해야 할지 일러주셔야 할 것입니다, 대감."

급제자들은 조광조를 영감이라고 부르지 않고 대감이라 불렀다. 대사헌이면 종2품이므로 분명 영감이라 불러야 했으나 사헌부의 수장이라 모두들 그렇게 불렀으므로 조광조 또한 굳이 영감으로 불러달라고 하지는 않았다.

조광조가 그만 됐다는 듯 손을 내저으며 환하게 웃었다.

"별말씀 다 하십니다. 내가 한 일은 아무것도 없소이다. 이렇게 찾아주신 여러분이 되레 고마울 따름이오. 편안하게 드시오."

축하 연회는 밤늦은 시각까지 계속되었다. 그러나 말이 축하연이었지 조광조를 중심으로 한 신진사림의 입회식이나 다름없었다. 급제자들은 대부분 조광조가 천거하였거나 그를 흠모하는 자들이었다. 그들은 스스럼없이 조광조의 그늘에 서게 됨을 영광으로 생각하고 있었다.

술이 얼큰해지자 조광조가 좌중에 물어보았다.

"여러분 중에 혹시 송도의 복재 선생과 잘 아시는 분이 있소이까?"

"복재 선생이라면 서경덕을 이르는 말씀입니까?"

김식이 조광조에게 되물었다.

"이번 현량과 추천을 사양했다는 말이 떠돌던데……."

박훈도 어디서 들었는지 한마디 거들었다.

"학문이 경지에 달했다고 들었습니다."

사실, 김식이나 박훈도 서경덕에 대해 소문을 많이 듣고 있었다. 그들도 서경덕을 영화당에서 만날 수 있기를 기대했던 터였다.

"그렇다고 들었소. 해서 그분과 막역한 분이 계신가 하여 여러분들에게 물어보는 것이오."

"소문은 많이 들었습니다만 아직 면대하진 못하였습니다."

"저도 아직……."

조광조 또한 김식이나 박훈과 같았다. 김안국이나 신광한에게서 수없이 전해 들은 서경덕을 만나고 싶었다. 이번 현량과에 꼭 참석하리라 믿었기에 안타까운 마음이 더 컸다. 대체 어떤 사람이기에 천거에 불응한단 말인가? 생각할수록 서경덕이란 인물이 더욱 궁금했다.

"다른 분들은?"

"……."

아무도 없었다.

조광조는 아쉬웠다. 김안국이 좀 더 일찍 알려주었다면 무슨 수를 써서라도 서경덕을 참석시켰으리라.

그렇게 서너 차례에 걸쳐 축하 연회를 가질 때마다 서경덕과 친분이 있는 급제자를 찾았다. 그러나 모두들 풍문으로 들은 바 훌륭한 유학(幼學)이며 학문이 깊고 천문, 지리와 주역에 능통한 젊은 선비라는 것 외에는 서경덕에 대해 아는 사람이 없었다.

조광조는 시간이 허락하면 언제 한번 직접 송도로 가서 서경덕을 꼭 만나보리라 마음을 다졌다.

한편 훈구파의 수장격인 남양군 홍경주의 가회동 집에는 남곤을 비롯하여 심정, 김전(金詮), 이유청 등이 모여들고 있었다.

"남양군 대감, 신진사류들이 정암의 집에 벌 떼같이 모여들고 있답니다."

심정(沈貞)이 홍경주에게 보고하듯 말문을 열었다. 심정은 사 년 전 이조판서에서 파직당하여 한강변에 정자를 짓고 한거하고 있는 중이었다.

"나도 들었소이다. 허나 전하께서 워낙 신임하는 자들이라……."

홍경주도 진작에 들어서 알고 있었으나 딱히 어찌할 방도가 없었다.

"대감, 이대로 당할 수는 없소이다. 정사도 모르는 새파란 애송이들이 패기만 앞세워 전하를 능멸하는 방자한 모양을 그냥 보고 있을 수는 없는 일이오. 아니 그렇습니까?"

판중추부사 김전도 거들고 나섰다. 김전은 이곳에 모인 훈구세력 가운데 나이가 가장 많았다. 심정이나 남곤보다 열셋이 위였다.

"언관들이라 전하께서도 그들의 입을 막을 도리가 궁색하신 모양입니다. 상심하시는 모습을 내 두 눈으로 여러 번 보았소이다. 게다가 임금을 도학자로 만들려고 하고 있소이다. 얼어 죽을……. 지치주의가 뭡니까? 철인정치를 해야 한다고 하루도 빠뜨리지 않고 열변을 토하고 있소이다. 서 처사가 천거에 불응하길 다행이지, 그 사람까지 합류하면 우리 처지가 풍전등화 격이 될 겝니다."

심정과 동갑내기인 이조판서 지족당(知足堂) 남곤도 조광조를 위시한 신진사류들의 기세에 불만이 많았다.

"그러니 우리가 이렇게 모인 것이 아니오이까. 계책을 강구하도록 하십시다. 좋은 의견들을 내놓아보시지요."

홍경주가 답답한 표정을 지으며 말했다.

"코에 걸면 코걸이지 별수 있겠소. 옭아매는 수밖에."

좌참찬 이유청이 거들었다. 다들 주요 관직을 두루 섭렵한 백전노장들이었다. 이유청만 해도 연산조 갑자사화 때 사헌부 집의 직첩마저 환수되고 관노로 떨어졌다가 반정 후 다시 등용된 인물이었다. 그 후 평안도 관찰사를 비롯해 형조판서, 대사헌을 역임했으니 조정의 일이라면 손바닥 꿰듯 하였다.

"맞소. 이대로 있다간 우리가 당하오. 옭아맬 방도를 말해보십시다."

홍경주가 맞장구를 쳤다. 반정에 참여하여 일등공신이 된 홍경주도 자기 손으로 옹립한 임금의 눈 밖에 나서 한번 뒷전으로 밀리고 보니 그 처지가 옹색하기 짝이 없었다.

"좌참찬 대감 말씀대로 한시가 급하오. 방법을 강구해서 다시 만나도록 합시다."

남곤이 숙제를 주었다.

조광조의 사림세력은 시일이 지날수록 기세등등하였다. 임금의 신임도 있으려니와 사림세력의 빠른 승차도 한몫하였다. 일례로 현량과 장원으로 급제한 김식은 정4품 장령에서 단기간에 정3품 부제학으로 승차했다. 유례없는 빠른 승차였다.

날이 갈수록 조광조가 머무르는 사헌부에 드나드는 무리들이 늘어났다. 김식과 박훈 등이 핵심이었고 이조참판 김정(金淨), 응교 기준, 대사성 신광한, 좌승지 윤자임, 좌부승지 박세희, 형조판서 이자, 병조판서 이장곤, 도승지 유인숙, 홍문관 부제학 김구(金絿), 형조참의 정순붕 등이 그 뒤를 따랐다. 조광조와 막역한 사이인 한충(韓忠)과 최수성(崔壽城) 등도 먼발치에서 조광조의 측근으로 가세하고 있었다.

그 밖에 김안국의 동생인 황해도 관찰사 김정국(金正國)과 대사간을 역임했고 지금은 한직인 경주 부윤으로 가 있는 김안로(金安老) 등이 사림파들과 뜻을 같이하며 도학사상과 지치주의를 앞세운 개혁에 앞장섰다.

김안국은 조광조의 지치주의 실천에는 뜻을 같이했지만 급진적이고 과격한 개혁에는 반대했다. 서경덕이 보내준 작괘해의를 머릿속에 새기며 개혁에 앞장서기보다 반 발짝 물러서서 학문에 더 열중하였다.

사림세력은 개혁과 왕도정치의 실현을 위해, 미신타파를 내세워 도교의 제사를 맡아보는 소격서의 철폐를 주창했고, 향약을 실시해 지방의 상호부조와 미풍양속을 배양하는 데 힘을 기울였다. 또한 백성들의 교화가 필요하다 하여 김안국이 3년 전에 간행한 『이륜행실도』와 『여씨향약언해』 등의 서적을 인쇄하여 팔도에 보급하는 등 발 빠르게 개혁 포석을 주도해나갔다.

임금은 조광조를 앞세운 사림에게 서서히 회의를 느끼기 시작했다. 그들은 어떤 문제든 한번 주장하고 나서면 임금의 의지와 조정 원로대신들의 설득에도 뜻을 굽힐 줄 몰랐다. 털끝만큼의 양보나 타협의 여지도 없었으니 임금을 대하는 태도 또한 다르지 않았다.

'아, 길을 잘못 들었구나.'

임금의 탄식은 날로 깊어갔다.

처음에는 반정공신들에 둘러싸여 임금 노릇을 제대로 하지 못했다. 그 후 훈구파에 의지해왔으나 그들 역시 제 앞가림에 급급한지라 다시 신진사림을 기대했건만 갈수록 태산이었다.

임금이 이러지도 저러지도 못하고 있을 때 훈구파 조정대신들은 백전 노장답게 그 틈을 놓치지 않았다. 다시 판도를 뒤엎을 수 있는 절호의 기회였다.

초복을 넘긴 어느 날이었다.

궐내의 그늘 길을 따라잡으며 남양군 홍경주와 남곤이 희빈 홍씨의 처소로 찾아들었다.

"아버님께서 어인 행차이신지요?"

"궐내에 들렀다가 잠시 발길을 돌렸습니다."

희빈 홍씨는 그동안 발길이 뜸했던 홍경주를 반갑게 맞이하였다. 반정공신인 아버지의 후광을 업고 임금의 후궁이 된 희빈이었다. 희빈은 한 해 사이에 부쩍 수척해진 아버지가 걱정스러웠다.

"잘 오셨습니다. 그렇지 않아도 아버님을 뵙고 싶었습니다."

"이제부턴 자주 찾아뵙겠습니다. 사림들의 손길이 마마에게까지 뻗치기 전에 손을 써야 하니까 말입니다."

"말씀을 들으신 모양입니다. 녹훈이 잘못되었다는……."

홍경주 대신 남곤이 희빈의 말을 받아 목청을 높였다.

"반정공신과 정국공신의 녹훈이 잘못되었다니, 그게 말이나 됩니까. 공신이 없었다면 어찌 지금의 종묘사직을 논할 수 있겠습니까. 안 그렇습니까, 희빈 마마?"

"전하께서 그 문제로 며칠째 사림의 닦달을 받고 계신 모양입니다. 전하께서 윤허하지 못하겠노라고 하셨는데도 막무가내인 모양입니다. 어제는 삼사가 일제히 들고일어났다고 들었습니다. 방책이 있으십니까?"

희빈은 연로해가는 아버지가 걱정스러웠다. 갓 아래 귀밑머리가 부쩍 희어 보였다.

"방도가 없는 게 아니오나 시일을 요하는 것이라……. 그러나 희빈 마마께서는 아무 염려 마시옵고 옥체 보존하시옵소서. 이 아비가 다 알아서 할 것입니다."

다음 날부터 홍경주와 남곤은 희빈 홍씨의 처소를 부지런히 드나들기 시작하였다.

2

　"전하! 성현을 본받는 지치(至治)는 도학을 높이고 인심을 바로잡는 것이온데 지금 백성의 관심은 오직 하나, 공신들의 잘못된 녹훈을 바로잡는 데 있사옵니다. 부디 혜안으로 용단을 내려주시옵소서!"

　조광조가 아뢰면 삼사의 대간들은 이구동성으로 '용단을 내려주시옵소서!' 복창하며 엎드렸다. 사정전(思政殿) 앞에서 오전부터 서너 시간째 임금과 맞서고 있는 참이었다.

　"아니 된다 하지 않았소. 벌써 며칠째 같은 말을 되풀이해야 하오. 이제 그만들 물러가시오!"

　"전하! 훈척(勳戚)의 전횡이 백성들을 도탄에 빠져들게 하고 있사옵니다. 백성들은 송곳 하나 꽂을 땅도 없이 추위와 굶주림에 신음하고 있는데 공도 없는 사람이 공신으로 위훈(僞勳)되어 있사옵니다."

　"이미 십삼 년 전에 심사하여 봉(封)한 것이오. 지금에 와서 재론한다는 것은 오히려 화만 부를 따름이오. 윤허할 수 없소."

"전하! 다시 한 번 깊이 통찰하여주시옵소서. 이 정전의 이름을 지을 때 일찍이 삼봉(三峰)이 사정전이라 한 뜻을 되새겨주시옵소서."

태조 때 사정전의 이름을 지어 올리는 자리에서 삼봉 정도전은 이성계 앞에 엎디어 다음과 같이 간(諫)하였다.

천하의 이치란, 생각을 하면 이(利)를 얻고 생각이 없으면 이를 잃는 법입니다.

만인의 무리 속에는 지혜로운 자나 어리석은 자, 어질지 못한 자, 못난 사람들이 섞여 있고, 또한 만사가 번거로워서 시비와 이해가 뒤섞여 가지런하지 못합니다. 어떻게 일의 옳고 그름을 가리어 처리하며, 사람이 어질고 어질지 못한 것을 가리어 나아가게 하고 물러가게 하오리까.

예로부터 임금으로서 어느 누가 존엄하고 영화롭지 않으려 하겠습니까마는, 사람답지 못한 사람을 가까이하고 좋지 못한 일을 꾀하여 화를 입고 패하는 지경에까지 이름은 생각하지 않은 데에서 오는 것입니다.

『시경』에 이르기를 '기불이사(豈不爾思)'라 하였고, 공자께서는 '부지사야(夫知思也)인저 부하원지유(夫何遠之有)리오'라 하였으며, 『서경』에도 '사왈예(思曰睿)요, 예(睿)는 작성(作聖)'이라 하였으니 사람으로서 생각한다는 것은 사람을 쓰고 부리는 일의 극치인 것입니다.

이 집은 임금께서 날마다 조회하시고 시무를 보시는 곳으로, 여러 가지 정사가 많이 몰려들면 전하께서 처결하여 몸소 타이르는 말씀을 내리고 지휘하시나니 더욱 생각을 많이 하셔야 할 일입니다. 이 집 이름을 지어 아뢰옵기를 사정전이라 하옵니다.

조광조는 정도전의 말을 거론하면서 공신녹훈의 잘못을 재심사하자고 거듭 주장했다. 그의 말 속에는 은연중 임금이 깊이 생각하지 않고 있음을 질책하는 뜻이 담겨 있었다.

"하오니, 윤허해주시옵소서!"

임금은 이제 답변하는 것도 지겨웠다. 임금은 고개를 돌려 조광조를 외면했다.

이렇게 매일 밤늦은 시각까지 밀고 당기는 녹훈정정 건으로 임금은 지칠 대로 지쳤다. 이따금 훈구파 대신들이 가세하여 임금을 도왔으나 사림세력의 거친 파도를 잠재우기에는 역부족이었다.

임금의 입장에서는 결정을 내리기가 쉽지 않았다. 훈구파든 사림파든 모두 필요한 조정신료들이기 때문이었다. 더욱이 다른 문제도 아니고 자신을 왕으로 세우기 위해 목숨을 내놓고 반정에 참여한 103명의 정국공신과 정난공신에 대한 것이었으므로 실로 난감한 문제였다.

임금은 보위에 오른 지 14년이 되도록 지금처럼 난감한 일에 처하긴 처음이었다. 반정공신 가운데 많은 사람들이 유명을 달리했고, 세력판도도 훈구파에서 사림으로 옮겨지고 있었지만 그 어떤 세력도 사림파처럼 임금의 의지를 꺾고 가르치려 들지는 않았다. 세도를 가질수록 왕명을 잘 받들었으며 임금의 심기를 불편하게 하지도 않았다.

"퇴청하시오!"

임금은 어명을 남기고 황급하게 정전을 빠져나왔다.

밖에는 소나기가 세차게 쏟아지고 있었다. 한 치 앞도 구분할 수 없는 어둠 속에 간혹 뇌성과 함께 번갯불이 궁궐 위를 칼날처럼 스쳐 지나갔다.

임금은 내관의 만류를 무릅쓰고 빗속으로 나섰다.

잠시 후 소나기는 가랑비로 바뀌었다. 일각도 안 되게 쏟아 부은 소나기였지만 임금은 다소 속이 씻기는 기분이었다.

임금은 모처럼 희빈 홍씨의 처소를 찾아들었다.

언제부턴가 이렇게 소리 없이 비가 내리는 밤이면 젊은 희빈을 찾아가는 습관이 생겼다. 오늘처럼 심신이 혼곤할 때는 더욱 그러하였다. 게다가 한때는 희빈의 아버지 남양군 홍경주와 정사를 논의했던 임금이었다. 까마득한 옛일이었으나 이젠 그 시절이 그리워지기도 했다.

"상감마마 납시오!"

내관의 소리가 끝나기 무섭게 희빈은 버선발로 뛰어나와 임금을 안으로 모셨다.

"전하, 용포가 다 젖었사옵니다. 소첩이 벗겨드리겠사옵니다."

희빈 홍씨는 임금을 마치 큰 아이 다루듯 하였다. 임금도 곤룡포를 벗자 편안한 옷차림에 마음이 한층 가벼워졌다.

"전하, 용안이 무척 수척해 보이십니다."

희빈 홍씨는 눈치가 빠른 사람이었다.

"술이 마시고 싶소."

"그러지 않아도 일러놓았습니다, 전하. 심신의 기력을 회복케 하는 약주이옵니다. 곧 올리겠습니다."

희빈이 지밀상궁에게 명을 내리자 이내 주안상이 올려졌다.

"오늘은 대취하여야겠소, 희빈."

임금은 후궁 가운데 특히 희빈을 아꼈다. 임금의 성정을 거스르지 않았으며 눈치가 빠르고 싹싹했다.

임금은 단숨에 약주 잔을 비웠다. 한 잔, 또 한 잔, 거푸 세 잔을 비웠다.

"이제 속이 좀 후련해지는 듯하오."

"또 언관들이 전하의 심기를 어지럽혔사옵니까?"

홍경주로부터 계책을 받은 것도 있어 희빈 홍씨는 슬쩍 임금의 심기를 떠보았다.

"훈구 대신들의 공적을 재심사하여야 한다고 저렇게 난리들이오."

인자하고 유순한 면은 있으나 결단성이 부족하고, 좋아하고 싫어함이 분명치 않은 중종 임금의 마음을 잘 아는 희빈이었다. 얼른 말을 받았다.

"허락하시옵소서."

"지금 허락을 하라 하였소?"

"예, 전하. 그렇사옵니다. 허락을 하셔야 장차 앞날을 도모하실 수 있을 것이옵니다."

"앞날을 도모할 수 있다니, 무슨 방책이라도 있단 말씀이오?"

"공신들이 잘 알아서 할 것이옵니다. 소첩을 믿고 내일이라도 윤허하신다는 어명을 내리소서."

"빈의 아비도 일등 공신이 아니오. 남양군의 전갈이라도 있었소?"

"지금은 밝힐 수 없사오나 반드시 좋은 결실이 있을 것이옵니다. 어디서든 길은 있는 법입니다."

"밝힐 수 없다니? 괜찮으니 말해보시오, 희빈."

희빈 홍씨는 못 이기는 척하며 농 속에서 무엇인가를 가져와 내밀었다.

"이건 나뭇잎이 아니오?"

"예, 그러하옵니다. 자세히 살펴보시옵소서."

"벌레 먹은 나뭇잎이 아닌가?"

"분명 벌레가 파먹은 흔적이 뚜렷하옵니다. 하오나 글자를 새겨놓은 듯하지 않사옵니까?"

"글자라……. 음……, 글자라……."

"주초위왕(走肖爲王)이옵니다."

"주초위왕? 오, 그렇군. 주초위왕으로 읽혀지는군. 헌데 이것이 무엇을 뜻하는 것이오?"

"파자(破字)이옵니다."

"파자라?"

"조(趙)를 파하면 주초(走肖)이고 주초를 합하면 조가 되옵니다."

"그렇다면 조가 왕이 된다는 뜻이 되지 않소?"

"그러하옵니다. 조씨가 장차 왕이 된다는……."

"대체 누가? 어디서 이것을……."

"궐내 큰 나무마다 이와 같은 나뭇잎이 부지기수이옵니다. 뿐만 아니오라 궐내는 물론 백성들 사이에는 조씨 성을 가진 사람이 장차 왕이 된다는 소문이 파다하게 돌고 있다고 들었사옵니다. 그 사람은 수려한 용모와 훤한 인물을 가졌고 덕망이 높아 백성들로부터 존경을 받고 있다하옵니다. 이러한 소문이 꼬리를 물고 이미 전역에 번지고 있는 것으로 알고 있습니다."

"그가 누구란 말이오?"

"말씀드리기 송구스럽사옵니다."

"괘념치 말고 말해보시오."

"……."

"어허, 괘념치 말라 하지 않았소!"

"대, 대사헌이라 하옵니다."

"뭐라? 대사헌이라면 조광조가 아니오?"

"그렇사옵니다."

"그렇다면 역성(易姓)이 아니오?"

"아직까지는 정확한 물증이 없으니 역모라는 말씀은 이르옵니다. 때를 기다리심이 옳을 듯하옵니다. 또 공신의 문제는 공신들로 하여금 해결하도록 하여야 할 것으로 사료되옵니다."

"온 나라의 인심이 조광조에게 돌아갔다 하지 않았소."

"전하, 소문이옵니다. 진상이 밝혀질 때까지는 참으셔야 하옵니다."

"나뭇잎이 있잖소, 나뭇잎이!"

"하오나 나뭇잎 하나로는 충분하지 않사옵니다."

"감찰에 명하면 될 것이 아니오?"

"감찰이 누구 편입니까? 사헌부 소속이 아니옵니까? 그러하오니 공신들로 하여금 주동자를 밝히게 함이 옳을 것으로 사료됩니다. 전하께선 너무 상심치 마시옵소서. 소첩의 아비와 공신들이 흐름의 추이를 주시하고 있는 것으로 아옵니다."

"어허, 어찌 이런 일이……. 어쨌거나 남양군과 공신들이 주시하고 있다니, 일단 희빈의 말을 따르겠소."

임금의 얼굴에 노여운 기색이 스쳐 지나갔다. 임금도 이제 사림보다는 훈구 쪽으로 마음이 기울고 있음이었다. 밤이 새도록 두 사람의 말소리는 끊이지 않았다.

아침이 밝아왔다. 소나기가 지난 뒤라 정전에 가득 쏟아지는 햇살이 유난히 눈부셨다.

삼사의 언관들과 조광조는 어제와 다름없이 좌정하고 있다가 임금이 자리를 잡자 일제히 엎드려 청을 올렸다.

"전하, 공신들의 공적을 재심사하도록 윤허하여주소서."

"공정을 기할 수 있겠소?"

임금이 조광조에게 물었다.

"어찌 사심이 있을 수 있겠사옵니까. 부당한 공적만 가려내도록 하겠사옵니다."

"대사헌은 공신들의 공적을 재심사하여 보고토록 하시오! 단, 조정의 안위와 관련되는 문제이니 한 치의 어긋남도 있어서는 아니 되오."

마침내 임금에게서 윤허가 떨어졌다.

어느덧 계절은 늦가을로 접어들고 있었다. 바람이 불면 서리 맞은 꽃잎처럼 나무마다 낙엽이 우수수 떨어졌다.

조광조는 삼사에서 공신들의 공적을 심사한 최종결과를 보고하기 위해 정전으로 향하고 있었다.

조광조의 손에는 기나긴 세월 동안 공신입네 호의호식하며 우쭐거리던 자들의 명부가 쥐여 있었다. 이제 곧 수많은 인사들이 공신의 훈작에서 낙엽처럼 떨어져 나갈 것이었다.

그때 누가 조광조를 불렀다. 이판 남곤이었다.

"대사헌 영감, 나 좀 봅시다."

"이판 대감이 아니시오? 무슨 일로……"

"영감에게 한마디 하고 싶어서 불렀소이다."

"말씀하시오."

조광조가 퉁명스럽게 대답했다.

"공적을 심사하는 것은 좋으나 적을 많이 만드는 일은 썩 좋은 것이 아니라오. 정치라는 게 무어요? 물 흐르듯 감싸 안으며 자연스럽게 가야 하는 것 아니오이까. 아집과 독단보다는 유함과 포용이 길게 간다는 걸 내 마지막으로 일러주고 싶어 말씀드리는 게요."

"길게 간다? 지금 이판 대감이 내게 협박을 하고 있는 것이오?"

"협박이라니. 단지 내가 영감보다 조정에 오래 몸담고 있었고 세상을 좀 더 살아보았기에 말씀드리는 게요. 고양이를 무는 쥐를 많이 만들지 않았으면 하오. 독을 품은 쥐가 많으면 고양이도 어쩔 수 없지 않겠소, 하하하!"

"쥐를 무서워할 고양이라면 그건 고양이가 아닐 것이외다. 소인배의 눈엔 모든 사람이 소인으로 보일 것이오. 이판 대감의 말은 안 들은 것으로 하겠소이다."

"사람 보는 눈이 없는 소인배……. 내가 소인이면 그대는 대인이라는 말씀이오?"

"권세에 눈이 멀어 앞뒤를 분간치 못하고 아첨을 일삼는다면 그가 소인배가 아니고 무엇이란 말이오!"

조광조는 더 상대할 가치가 없다는 듯 바람 소리를 일으키며 가던 길을 재촉했다.

정전에 들어선 조광조는 임금 앞에 명부를 올렸다.

"전하, 공정에 공정을 기하여 심사를 하였사옵니다."

명부를 낱낱이 읽은 임금의 표정이 흐려졌다.

"어찌 이리도 많은 공신들이 위훈이란 말이오?"

"엄정하게 가려서 거듭 살피고 살폈나이다. 위훈삭제에 숫자는 중요하다 생각지 않사옵니다."

"공신 백셋 가운데 일흔여섯이나 위훈이라니 말이나 되는 소리요?"

"사실이옵니다."

"그렇다면 고작 서른도 안 되는 자들만이 정국과 정난공신이란 말이 잖소. 공적을 논하는 데 그리 인색해서야 되겠소. 장차 나라를 위해 공을 세우려 해도 공적의 문턱이 이리 높아서야 어느 누가 공을 세우려 한단 말이오. 모름지기 상과 격려는 후해야 하는 법이 아니겠소?"

"전하, 진정 공이 있다면 어찌 해를 가하겠나이까. 이 명부에 적힌 공신들은 공이 없음에도 과장되게 공신으로 훈작되었기에 그 공적을 삭제하여야 한다는 것이옵니다. 윤허해주시옵소서!"

임금은 진정 곤혹스러웠다.

아무리 생각해도 공적을 박탈당하는 공신들의 수가 너무 많았다. 그렇다고 재심사를 하라 내치면 조광조가 쉽게 받아들이겠는가.

'그렇다면 윤허를 해야 하는데, 윤허를 하면 공신들이 들고일어날 것이 분명하고, 그러다 보면 또다시 정국은 혼란해질 것이 아니겠는가. 이를 정녕 어찌 한단 말인가.'

임금은 쉽게 결단이 서지 않았다.

"찬찬히 검토하겠으니 대사헌은 물러가시오!"

임금은 시간을 벌 요량으로 조광조에게 물러갈 것을 명하였다. 그러나 조광조는 거듭 고개를 조아렸다.

"전하! 이 명부는 시간을 지체할 수 없사옵니다. 명부란 시간이 지나면 누설될 수밖에 없는 것이옵니다. 하오니 즉시 어명으로 다스려주시기 바라옵니다. 공신에서 삭제된다고 하더라도 대인이라면 어명을 받들고 차후에 더 큰 공을 세우려고 노력할 것이며, 지금의 위훈삭제를 거울삼아 사명을 다한다면 다시 명예를 회복할 것이라 사료되옵니다. 그것이 대인의 자세입니다. 어명을 내려주시옵소서!"

조광조는 물러서지 않았다. 임금은 지난 소격서 철폐 때 모든 사람이 목숨을 내놓고 들고일어났던 기억이 떠올랐다. '참으로 무섭고 집요한 사람들이다.' 한기가 온몸을 엄습해왔다.

"과인이 검토한다고 하지 않았소! 어찌 짐의 말에 따르지 않는 것이오! 물러가시오!"

"전하! 아무리 어명이라 하더라도 이번만큼은 사안이 다르옵니다. 다른 어명이라면 어찌 소인이 거역하겠사옵니까. 하오나 국사에 관한 어명을 받아 그 결과에 대한 윤허를 기다리는 소임이 대사헌의 직무이옵니다. 널리 통촉해주시옵소서."

임금은 할 말을 잃었다. 말인즉슨 충분히 일리가 있으며, 임금에 맞서 고집을 세우며 일을 일방적으로 몰아치긴 하되, 언관의 총수로서 취하고 있는 태도 또한 크게 나무랄 것이 못 되었다.

결국 임금은 윤허하고 말았다. 이젠 훈구세력과 공신을 위로하며 좀 더 가까이 두어야겠다고 마음을 다잡고 있을 뿐이었다.

일흔여섯 명의 공신들의 훈적을 삭제하면서 13년 동안 공적으로 하사했던 노비와 전답을 모두 국고로 환수해버렸다. 그들이 소유했던 노비의 수가 수백이요, 전답 또한 수십만 평이었다.

그러나 훈적삭제는 홍경주와 남곤, 심정을 중심으로 하는 훈구세력을 다시 집결시키는 계기가 되었다. 그들은 사림을 제거할 구체적인 계책에 박차를 가하기 시작했다.

3

임금의 윤허를 받아낸 조광조는 한발 더 나아갔다. 위훈삭제에 그치지 않고 연이어 해당 공신들을 탄핵하는 상소를 올린 것이다. 마음이 착잡하지 않은 것은 아니었으나 사안이 여기까지 진행된 이상 탄핵은 일의 당연한 순서였다.

> ……정국공신 중에는 연산 임금의 신임을 받았던 사람들이 많은데, 임금이 선정(善政)을 이룰 수 있도록 간언하지 못했다면 그것만으로도 큰 죄를 범한 것이 아니고 무엇이란 말입니까! ……당시 연산 임금의 폭정이 너무 지나쳐서 공신들로서는 퇴위시킬 수밖에 없었다면 후에라도 부끄러워하고 물러나는 겸양의 태도를 보여야 하는 것이 공신의 도리라 사료되옵니다. 또한 섬기던 군주를 죽음으로 내몬 것을 어찌 공로라 생각할 것이며 공신의 지위를 향유할 수 있겠사옵니까……?

정국공신들은 거세게 반발했으나 상소의 내용이 워낙 날카롭게 정곡을 찌르고 있었기 때문에 달리 반박할 논리를 찾기 어려웠다.

공신들이 기댈 곳은 임금뿐이었다. 그들은 조광조를 물리칠 계책에 속도를 더하는 한편, 임금에게 압박을 가하기 시작했다.

"전하, 만백성을 위해 목숨을 걸고 패주를 폐위시키고 상감마마를 옹립한 공신들이옵니다. 개개인의 명리와 치부를 앞세웠다면 어찌 목숨을 내걸고 일을 도모하였겠사옵니까. 그러함에도 저들은 말재주를 앞세워 공신들을 능욕하고 있사옵니다. 어찌 공신들뿐이옵니까. 붕당을 이뤄 세력이 번성해지자 이제 저들의 안하무인이 하늘을 찌르고 있사옵니다. 차제에 싹을 자르지 않는다면 이제 그 누구도 막지 못할 것이옵니다. 통촉하여주시옵소서."

임금은 밤잠도 제대로 이루지 못할 지경이었다.

'하긴 조광조를 위시한 사림의 힘과 기세가 도를 넘고 있다. 훈구와 사림의 양립과 조화가 더 이상 힘들다면……. 그렇다, 뜨는 해를 누르지 못하면 보위도 안전치 못할 것이다.'

조광조가 탄핵상소를 실행으로 옮기기 전에 공신을 중용해야겠다고 마음을 굳힌 임금은, 드디어 조광조의 싹을 자르기로 결심하였다.

훈구세력도 이에 화답하여 맞불을 놓듯 조광조와 사림을 대상으로 일제히 탄핵상소를 올리기 시작했다.

위훈삭제를 윤허한 사흘 뒤, 중종 14년(1519년) 11월 14일 밤이었다.

그날은 먹구름이 낮게 깔려 별빛조차 보이지 않았다. 먹구름은 금방이라도 함박눈을 퍼부을 기세였다.

그런 밤에 사대문 가운데 북문인 신무문(神武門)을 지나는 그림자가 있었다. 평상시에는 굳게 잠겨 있던 신무문이 열린 것이다. 임금의 명으로만 열릴 수 있는 신무문이 열렸다는 것은 나라에 큰일이 도모되고 있다는 징후였다. 폭군 연산을 폐위시키고 하루아침에 세상을 뒤집어놓았던 길목이 신무문이었다.

신무문으로 스며든 홍경주를 기다리고 있는 것은 어전내관이었다. 어전내관은 등불도 밝히지 않은 채 홍경주를 정전으로 안내했다.

정전에는 임금이 밤늦은 시각까지 홀로 앉아 있었다. 홍경주는 임금과 독대하여 말했다.

"조광조 일파가 붕당을 지어 중요한 자리를 독차지하면서 전하를 속이고 국정을 어지럽히고 있사오니 죄를 밝혀 벌을 주시옵소서!"

"내 그러잖아도 밀지(密旨)를 전할 참이었소."

"분부 명심하여 거행하겠사옵니다."

"그대들만 믿겠소!"

"무더기 탄핵상소를 올리겠사옵니다."

"그리하시오."

차 한 잔이 채 식기도 전, 밀지를 받아든 홍경주는 정전을 나왔다. 비로소 임금의 결심을 얻어낸 것이다.

신무문 밖 멀지 않은 곳에서 판중추부사 김전, 이조판서 남곤, 호조판서 고형산(高荊山), 오위도총부 도총관 심정 등 훈구대신들이 모여 밀지를 기다리고 있었다.

밀지에는 다음과 같이 적혀 있었다.

조광조, 김정, 김식, 김구 등은 서로 붕당을 이루어 자기에게 붙는 자는 천거하고 자기들과 뜻이 다른 자는 배척하여 성세로 서로 의지하며 권요의 자리를 차지하였다. 뿐만 아니라 후진을 유인하여 궤격(詭激)이 버릇이 되게 하고 국론과 조정을 날로 그릇되게 하였다. 또한 조정의 신하들이 그 세력이 번성한 것을 두려워하여 아무도 입을 열지 못하게 된 일과 윤자임, 박세희, 박훈, 기준 등이 궤격한 논의에 화부(和附)한 일 등을 추고(推考)하라!

다음 날부터 조광조와 사림을 탄핵하는 상소가 빗발쳤다. 홍경주를 위시하여 남곤, 심정, 이유청, 김전 등의 훈구세력은 물론, 공적을 박탈당한 공신들이 거의 다 참여하였다.

조광조와 사림을 탄핵하는 상소가 정전에 산더미처럼 쌓였다. 임금은 상소를 읽는 둥 마는 둥 건성으로 펴볼 따름이었다.

역모라는 상소도 다수였으나 역모 사건으로까지 몰아가는 것은 무리였다.

"조광조와 그의 일당들을 치죄하라!"

마침내 어명이 떨어졌다. 삼경의 깊은 밤이었다. 의금부 사령들이 서둘러 사림들을 압송하기 시작했다.

의금부에 압송되어 온 사림들의 치죄가 시작되었다. 문초도 가해졌다. 그러나 크게 문초할 것도 없이 조광조를 비롯한 사림들은 지치주의를 실현하기 위해 뭉쳤던 것도, 철인정치를 강요했던 것도, 임금을 압박했던 것도 순순히 밝히고 받아들였다. 도학사상에 뿌리를 둔 그들이었기에 구별이 분명하였다.

전례에 비춰 역모가 아닌 이상 잠시 벼슬에서 물러나 유배되는 것이 전부일 터, 그들은 전혀 두려워하지 않았다.

취조를 마친 조광조는 김정, 김식, 김구, 윤자임, 박세희, 박훈 등과 함께 투옥되었다. 시간이 그리 길게 걸리지 않았다.

아침이 되었다. 또다시 어명이 떨어졌다.

"조광조, 김정, 김식, 김구는 죄가 엄하므로 사사하라!"

사사! 모든 것이 시위를 떠난 화살과 같이 빠르게 진행되고 있었다.

그 외의 사람은 절도안치와 유배, 삭탈관직, 좌천 등으로 세분되었다.

그때였다.

"전하! 사사함은 너무 과중한 처사라고 사료되옵니다. 그들이 붕당을 지어 국론을 어지럽힌 것은 사실이오나 아직 젊어 사리에 밝지 못해 그리한 것이오니 목숨만은 보존토록 성은을 베풀어주시길 간곡히 청하옵나이다. 통촉하여주시옵소서, 전하!"

영의정 정광필이 용상 아래 엎드려 간청했다.

"영상 대감! 지금 무슨 말씀을 하시는 게요. 어찌 어명을 거두시길 간청하는 게요! 영상으로서 소임을 다하지 못했음을 탄핵받아야 마땅하거늘 어찌하여 사림을 싸고도는 것이오!"

이조판서 남곤이 언성을 높였다. 훈구파에게는 운명이 달려 있는 제2의 거사나 다름없었으므로 관직의 높낮이가 안중에 있을 리 없었다. 그러나 우의정 안당과 병조판서 이장곤 등도 나서서 조광조의 사사는 과하다며 어명을 거두어주길 간곡히 청하였다.

"우상! 붕당을 지어 조정을 그르치게 하면 대역죄로 다스리는 것이 옳으매 어찌 간당(奸黨)의 무리들을 두둔하고 계시오!"

도총관 심정이 핏대를 세우면서 안당과 이장곤을 노려보며 힐책했다.

그러나 사사의 부당함을 고하는 자들도 만만치 않았다. 설전이 이어졌다.

같은 훈구파 사이에도 사사하자는 부류와 유배로 그치자는 부류가 맞서 대립하고 있었다. 사사를 반대하는 부류는 정승 반열과 육조의 대신들이었고, 사사하자는 부류는 홍경주, 남곤, 심정, 이유청 등의 골수 훈구세력이었다.

"자자, 그만들 하시오. 과인이 알아서 하겠소."

임금은 잠시 용상에서 일어나 밖으로 나갔다. 찬 공기를 쐬고 싶었다.

이때 광화문과 홍례문(弘禮門) 앞에 사림의 투옥 사실을 전해 들은 유생과 백성들이 모여들었다. 아우성을 치는 무리가 있는가 하면 곡성을 내는 무리도 있어, 이따금 그 소리가 바람을 타고 궐 안까지 들려왔다.

입직승지를 불러 하문하니 수천의 성균관 유생들과 백성들이 대궐 입구에 운집하고 있다고 했다.

임금은 정전으로 다시 들어갔다. 서둘러 결정을 내려야 한다는 생각이 들었다. 임금이 다시 용상에 자리를 잡자 정전이 이내 조용해졌다.

"대사헌 조광조는 사헌부의 수장으로 조정을 문란케 한 죄는 크나, 사사로이 붕당을 지은 것이 아니라 수장의 직분을 추종하는 무리들이 자의와 타의로 결집한 점이 인정되고, 또한 조정대신들의 충언이 있으니 그를 참작하여 사사의 형은 감하도록 하겠소. 그러나 조광조를 추종한 무리들도 중죄에 해당하므로 죄질에 따라 처벌할 것이오. 경들은 어명을 따르도록 하시오!"

"성은이 망극하나이다."

임금은 조정대신들도 반론을 제기할 수 없을 만큼 단호하게 어명을 내렸다. 곧이어 의금부에 하옥되어 있는 죄인들의 죄질에 따라 세분하여 공고하였다.

"조광조는 능주(陵州)로, 김식은 선산(善山)으로, 김정은 금산(錦山)으로, 김구는 개령(開寧)으로, 박세희는 상주(尙州)로, 박훈은 성주(星州)로, 윤자임은 온양(溫陽)으로, 기준은 아산(牙山)으로, 김안로는 풍덕(豊德)으로 유배하라! 김안국과 김정국, 이자 등은 삭탈관직하라! 신광한은 삼척으로, 정순붕(鄭順朋)은 전주로 좌천시켜라!"

신광한과 정순붕은 훈구세력과 절친한 관계에 있었던 터라 임시 모면은 했으나 좌천을 면할 수는 없었다. 사안이 그만큼 크고 엄했다.

사림들의 유배지와 파직과 좌천이 정해지자 표면상으로는 기묘년 사림의 화가 일단락되는 듯싶었다.

그러나 훈구세력은 연일 탄핵상소를 올려 조광조의 구명에 앞장섰던 정광필을 영의정에서 파직시켰으며, 이장곤을 병조판서에서 밀어냈다. 우의정 안당도 탄핵의 심판대에 올렸다.

짧은 기간 동안 사림세력에 밀렸던 훈구세력은 정권의 칼을 거머쥐자 능란하게 정적들을 일시에 쳐내며 각 부처 요직에 새로이 자리를 잡았다.

영의정에 김전, 좌의정에 남곤, 우의정에 이유청, 좌찬성에 이계맹, 우찬성에 장순손, 이조판서에 심정, 예조판서에 신상, 형조판서에 홍숙, 호조판서에 고형산, 병조판서에는 권균이 올랐다.

전라도 화순군 능주면 남정리로 유배된 조광조는 평생 다져온 단정한 몸가짐으로 하루 종일 서책을 읽거나 명상에 잠기는 것으로 일과를 보냈다. 유배지의 울타리를 넘나들 수도 있었으나 단 한 발자국도 울 밖을 벗어나는 법이 없었다.

그가 명상에 잠기는 것은 단 하나, 어떻게 하면 도학사상을 온 나라에 뿌리내려 철인정치와 조화시키느냐 하는 것이었다. 이상정치에 대한 지향은 옳았으되, 구현하는 방식이 온화하지 못하여 힘을 얻지 못했다. 조광조는 그것이 회한이었다.

'그러면 어찌했을까.'

조광조는 송도의 서경덕을 만나보지 못한 것이 못내 아쉬웠다.

그렇게 보름이 지난 12월 20일. 문을 열고 보니 하얀 눈이 소복이 쌓여 있었다. 밤새 눈이 내린 것이다. 그 눈을 밟고 소리 없이 손님이 찾아왔다. 의금부 도사 유엄이었다.

"죄인은 어명을 받으시오!"

조광조는 마치 기다리고 있었던 것처럼 의관을 정제하고 섬돌 아래로 내려와 부복하고 어명을 기다렸다. 만감이 교차했다. 의금부 도사가 직접 왔다면 한양으로 압송되거나 사사, 둘 중의 하나일 터였다.

"죄인 조광조에게 사약을 내리노라!"

말을 마친 의금부 도사는 어명이 적힌 사사의 전지를 내밀었다.

'죄인 조광조의명사사(罪人 趙光祖依命賜死).'

저승행 구언시(九言詩) 아홉 글자가 또렷했다.

"잠시 시간을 주겠소?"

유엄의 허락이 떨어지자 조광조는 붓을 세워 들었다.

임금을 어버이같이 사랑하고

나랏일을 내 일같이 걱정하였노라

밝고 밝은 햇빛이 세상을 비추니

거짓 없는 이 마음 환히 비추리

愛君如愛父　憂國如憂家

白日臨下土　昭昭照丹衷

　붓을 놓은 조광조는 시중들던 자에게 마지막 유언을 하였다.

　"내가 죽거든 관은 되도록 얇게 쓰시오. 그리고 내 시신은 선산이 있는 용인에 묻어주오. 그곳까지는 멀고 험난하여 운구가 힘들 것이니 그대들의 수고를 조금이라도 덜기 위함이오."

　말을 마친 조광조는 마당 한가운데 펴놓은 돗자리 위에 신을 벗고 올라서서 임금이 계신 북향으로 삼배를 한 뒤 조용히 꿇어앉았다. 그러고는 약사발을 받자마자 단숨에 마셨다. 피를 토하며 쓰러졌으나 숨이 쉽게 끊어지지 않았다. 조광조는 다시 몸을 일으켰다.

　"약을 더 주시게!"

　또 단숨에 마셨다. 선혈이 입 밖으로 꾸역꾸역 쏟아져 나왔다. 잠시 후 싸늘하게 식은 시신 위로 함박눈이 소리 없이 쏟아지기 시작했다.

　그의 나이 서른여덟이었다. 조광조는 뜻을 펼치지도 못한 채 그렇게 젊은 나이로 요절하고 말았다. 기묘사화의 첫 번째 희생자였다.

　어스름 무렵, 파직되어 고향 월곡리(月谷里)에 와 있던 교리 양팽손이 조광조의 시신을 수습했다. 그 시신은 화순군 이양면 중리에 가매장되었다가 세월이 흐른 뒤에 유언에 따라 현재 용인군 수지면 상현리로 이장되었다.

　임금은 조광조를 죽이고 싶은 마음은 없었다. 그러나 세력을 되찾은 훈구파가 그를 가만히 두지 않았다.

조광조가 사약을 받을 무렵, 온양으로 중도부처(中途付處) 되었다가 다시 북청으로 위리안치(圍籬安置, 유배지의 울타리를 벗어나지 못함) 된 윤자임은 배소로 향하던 중 혹한으로 병을 얻어 죽었다. 두 번째 희생자였다.

임금은 조광조가 죽고 나자 4월에 실시했던 현량과를 폐지시켰다. 시행 여덟 달 만이었다.

개혁에 앞장섰던 현량과 급제자들은 사사되거나 죽음을 기다려야 했다. 다행히 화를 피한 몇몇 급제자들도 삭탈관직을 당하고 고향으로 되돌아가야만 했다.

아무도 예측 못 했던 현실을 단 한 사람만이 내다보고 있었으니 송도의 서경덕이었다.

따놓은 현량과 장원급제를 초개와 같이 버리고, 초야에 묻혀 학문정진에 골몰하는 서경덕에 대한 소문은 바람을 타고 퍼져 조선 팔도 사람이면 모르는 이가 없었다. 학문에 뜻을 둔 사람이라면 반드시 서경덕을 만나서 가르침을 받으리라는 희망을 꿈꾸었다.

백성들의 관심과 존경심이 조광조에서 송도의 서경덕으로 쏠리고 있었다.

〈2권으로 계속〉